人間

角川文庫
23152

人間

目次

第一章　星月夜

理由はわからないが群衆が一斉に絶叫していて、自分もそのただなかにいるのだけれど、どうしても周りの人の眼が気になり叫ぶことができなかった。叫ばなければ命を落とす危険がある状況だということだけはなんとなく感じているのだが、それでも叫べないのが情けない。信念を持って叫ばないと決めて、唇を結んでいるならまだしも、はたから見れば叫んでいるように見えなくもない程度に口をひらき、誰にも届かないかすかな声を自分の耳にだけ響かせているのだからみっともない。精神的な高揚が足りていないので、隣の人が飛ばす唾さえも気になる。こんな風にして、自分は死んでいくのだろうか。

悲観しているのか笑っているのかはっきりしない表情で眼を覚ました。寝覚めの悪さのわりに、布団は一切乱れていなかった。夢でよかったと安心しながらも、もう細部は忘れ始めていた。自分の誕生日に見る夢としては、妙に暗示めいていて、その平凡さにも呆れてしまう。便所に行きたいときに、そのまま便所に行く夢を見てしまうような単純さが、自分の苦しみを陳腐に解体し笑っているようだった。

生まれた瞬間を最後に、自分は心の底から叫んだことがないのかもしれない。誰でもそんなものだろうか。叫びと言わずとも、たとえば産声とおなじ純度で、なにか言葉を正直に発したことがあっただろうか。自分が生きてきた三十八年間は嘘ばかりで、からっぽだったのかもしれない。

ベッドから起きて、ガスコンロに火をつける。電動のコーヒーミルで豆を砕く音を聞くと少し落ち着いた。一人暮らしが長いのでコーヒーを淹れるのには慣れた。手順に慣れただけで美味いわけではない。湯が沸くのを待つあいだにパソコンの電源を入れる。おなじ編集者から届いた複数のメールに挟まれて、懐かしい名前が一つあった。もう何年も連絡を取っていない友人からのメールだった。

美術の専門学校に通っていた頃、似たような環境にいた学生同士で集まり、ともに過ごした時期があった。充実していたわけではないが、濃密な時間ではあった。そんなどうしようもない時代に関わった一人。顔も名前も覚えているのに、自分が彼をなんと呼んでいたかがおもいだせず不安になる。彼は絵をやめて就職したはずだった。自分は漫画家にはなれなかったが、まだ絵は描いていて、いつからか粗末な文章も書くようになった。そもそも自分は漫画家になりたかったのだろうか。

件名には、「踏むことのなかった犬のクソみたいな人生（笑）」とあった。

メールをひらく前にガスコンロの火を止めて、コーヒーに湯を注いだ。どういった内容なのか想像がつかない。

彼は日常に退屈し、今日から死ぬまで僕を罵倒することに決めたのかもしれない。「吐くことのなかったゲロの名残りみたいな人生」とか、「踏んだけど気づかなかった手製の詩集みたいな人生」とか。

コーヒーの香りで無理やり日常に留まろうとする。カップのなかで揺れる液体をこぼさないように、パソコンまで歩幅を狭くして運んだ。

「踏むことのなかった犬のクソみたいな人生（笑）」という文字を眺めていると、やはり自分に言われているようにしかおもえなかった。その間抜けな文字にカーソルを合わせてメールをひらいた。

永山様

ご無沙汰しています。このあいだ、美容室でコーヒー特集の雑誌をめくっていたら永山くんが描いたと一目でわかるイラストがあったので嬉しくなりました。

ところで、仲野太一って覚えてるよね？　あの頃、みんなで住んでいたアパートにもよく出入りしてたもんね。もう知っているかもしれないけど、その仲野がとんでもないことになっています（笑）。

〈ナカノタイチ　犬のクソ〉で検索したら出てくるとおもいます！　懐かしさとかいろいろな感情があったけど、僕は一周回って笑いました。永山くんがどうおもうか気になって、一応伝えておこうとおもいました。仕事、応援しているので頑張ってください！

森本　拝

このメールだけではなにが起こっているのかわからなかったけれど、かつて自分とおなじような環境にいた仲野太一という男が、なにか騒動の渦中にいるようだった。

仲野のことはおもいだしたくなかった。とはいえ、仲野はイラストレーターとして順調に仕事を続けていたし、雑誌やネットなどの媒体でコラムも書いていたので、生活していると、ついその名前を眼にしてしまうことがあった。

「おまえは絶対になにも成し遂げられない」

いまだに僕の身体に浸透している仲野の予言。真夜中のファミレスで話し込んでいたときだった。特に言い争っていたわけでも、ふざけていたわけでもなかった。仲野は息を吐くかのように、「わかった。おまえは絶対になにも成し遂げられない」と眼を見開いて言った。反応に困って言葉を返せず、こんなことはなんでもないことなのだと無理に笑おうとしている自分に向かって、仲野は「すべての面で俺が上だ」と馬鹿みたいな言葉を繋いだ。

自分が侮っていた相手に言われて笑うことも怒ることもできなかったのは、どこかで彼の得体の知れない無邪気さを恐れていたからだとおもう。仲野の呪いのような予言は当たった。子供の頃に、自分が憧れた漫画家にはなれなかった。細々と文章やイラストを手掛け、なんとなく東京の表層だけをかすめ取りながら生活している。

コーヒーを啜るとまだ熱かった。

仲野と最初に出会ったのは、僕が十九歳になってすぐのことだった。

漫画家のなり方がよくわからず、とりあえず上京することにした。上京する名目のために美術系の専門学校に入った。そこでおなじように漫画家を志す先輩と知り合った。先輩は僕が知らない漫画をたくさん知っていたし、制作の技法や道具にも詳しかった。先輩と話していると、自分が本当に漫画家になりたいのか不安にさえなった。

先輩の知り合いが上野の美術館で開催されている若手の企画展に参加しているので一緒に観に行こうと誘われた。展示室に若い作家の作品が複数並んでいて、面白いものと、よく理解できないものとがあったけれど、先輩に感覚を審査されているような気がして、その場ではうかつに感想を伝えることができなかった。

　その後、近くの居酒屋で酒を飲みながら企画展の感想を求められた。そうなるだろうと予測していたので、これだけは揺るぎなく自信を持って答えられる感想を準備しておいた。

「全体的には面白い作品が多かったんですが、あの、キリストの眼から血の涙が流れている大袈裟な作品がありましたよね。あの手法は既視感があるというか、作為が見え過ぎていて、あざといと感じました」

　そう僕が伝えると、先輩は「それが、俺の知り合いだよ」とつぶやいた。

　もう少し言葉を選べばよかったかもしれないが、あれが先輩の知り合いの作品だからといって意見を変えることはできなかった。僕の感想に対して、先輩は共感している気配こそ見せなかったが、反論もせず、なにを考えているのかわからなかった。先輩は細身の長身で、長髪を頭の後ろで結んでいる。初対面だと相手を身構えさせる風貌だったが、話してみると偏屈な印象はなく柔らかい人だった。しかし、酒が進むにつれて、先輩の個人的な流行だったのか、決め台詞（ぜりふ）のように「俺は流星」という言葉を多用しているのが気になった。「俺は流星だから」とか、「俺は流星なのに」とか、語尾を変化させることによって無限に使える万能の言葉だと本人は信じているようだったが、こちらにはなにも伝わらなかったし、聞いているうちに恥ずかしくなった。あまりにもしつこいので、「そういうところも流星ですね」とあえて軽薄なことを言って正気に戻そうと試みたが、先輩は酔っていたからかまんざらでもない様子で、「そっ」と答えた。

居酒屋を出ると、先輩は「ただで飲める場所が近くにある」と言って歩き始めた。先ほどの企画展に参加した先輩の知り合いや芸大生を中心に、美術系の学生が何人かで住んでいる家があるらしい。上野公園から十分ほど歩いた上野桜木というところに、古い一軒家を改築した、共同住宅があった。建物同士を繋げたり増築を繰り返した形跡も見えた。そこの人達は、その場所を「ハウス」と呼んでいるようだった。

玄関を上がると、すぐ右手に十二畳程度のリビングがあり、五、六人の若い男達がソファーに座って酒を飲んでいた。彼らと自分は、そんなに年齢が変わらないはずなのに、ずいぶんと大人びて見えた。リーダー格の飯島さんと呼ばれている男が、表情を変えずに「よろしく」と言って僕に手を差しだした。その人のやけに筋張った腕を眺めながら、それが握手を求めているのだと理解するまで少し時間が掛かった。蛇柄のシャツを着た、小太りの男が無言でビデオカメラを回しているのが気になった。

ここで暮らす芸大生は三人だけで、他の住人は居住者の知り合いか、なにかしら美術に関わる人という条件が設定されているようだったが、それが厳密に守られている様子はなかった。知り合いが勝手に寝泊まりすることもあれば、管理人を通さず勝手に部屋が知り合いに引き継がれる場合もあったらしい。若者が集団で生活する場所を見たことがなかった僕からすれば、そこは不良の溜まり場のように見えた。

初めて僕が「ハウス」を訪れたその夜に、仲野はそこにいた。仲野は黒い縁の眼鏡を掛け、黒と白のストライプのシャツを一番上のボタンまで、きっちりと窮屈に留めていた。

その場にいた、先輩の知り合い達に挨拶を済ませたあと、会話の流れから仲野が自分とおなじ年齢であることを知った。十代は僕と仲野だけだったからか、他の芸術家然とした風貌の男達に気後れする感情とはまた違った、妙な緊張があった。

仲野はリビングのソファーに腰掛けていたが、常に背中を浮かせ前傾姿勢で周りに笑顔を振りまいていた。なぜか、キリストの血の涙の絵をおもいだした。あの絵は仲野が描いたものではなかったようだが、あのあざとい絵とおなじ印象が仲野にもあった。

その日、彼らも早い時間から飲んでいたようで、声の調節が馬鹿になった誰かにつられて、それぞれの声量も次第に増していった。ここに自分を連れてきた当事者である先輩もうまく話題に入っていけず、一度だけ見当外れな場面で「流星」と口を挟んだのだが、それが偶然にも不謹慎な冗談のように聞こえてしまい、場をしらけさせたあとは、能面のような青白い色を顔面に張り付けたまま黙ってしまったので、あまり先輩を見ないように酔ったふりをしながら酒を飲んだ。壁に掛けられたゴッホの『星月夜』の複製が浮かび上がるように見えてきた頃、ここに住んでいるという女性が一人帰ってきた。

「あっ、まどかさん、こんばんは！」

仲野が浮かれた耳障りな声を上げて、彼女が持っていたコンビニの袋を受け取った。そこには酒が大量に詰められていて、飯島さんが女性に金を渡すと、そのまま女性もソファーに座って酒を飲み始めた。女性がこちらを見て微笑んだので、会釈した。こういう場は不慣れだったが、注目されるのが嫌だったので平静を装った。視線を感じて、顔を上げると坊主刈りで頬のこけた不健康そうな男が瞬(まばた)きもせずに僕を見ていた。おもわず眼を逸らしたが、そいつがずっと自分を見ていることはわかった。そいつと眼が合わないように首を左右に振ったが、どの話も耳に留まることはなく、時間はゆっくりと流れ続けた。

その夜、僕と仲野が直接なにかについて会話を交わしたわけではない。みんな、そうするのが当然であるように酒を飲んでいた。僕はソファーには座らず、床に座って先輩達が話す絵画や女の話を漠然と聞いていた。先輩達の飲みものがなくなると、僕は酒をついだ。棚にはウイスキーや焼酎の瓶が大量に並んでいたので、いつまでも酒がなくなる気配はなかった。

とても学生には見えない髭の男が、レコードの曲が終わるたびに、また別のレコードを流していた。フランク・ザッパだとかクイーンだとか髭の印象が強いミュージシャンのレコードが続いていたが、意図的にそうしているのかはわからなかった。髭が何枚目かのレコードに針を落とし、ソファーに戻ってきたとき、レコードの盤に傷がついていたのか、ブツ、ブツ、ブツ、という音だけが鳴って、一向に曲が流れず、時間が停滞しているようだった。髭が再び立ち上がろうとすると、会話の中心になっていた飯島さんが、「待って」とそれを止めた。時間が停止したように誰も動かなかった。そのレコードの、ブツ、ブツ、ブツ、という音を全員が黙って聴いていた。そして、飯島さんが「なんか、いい」と言うと、みんながそれに共感を示した。特に、仲野はこの場にいられたことが本当に嬉しかったようで、「いいっすねー」と笑顔で繰り返していた。そのレコードの、ブツ、ブツ、ブツ、という音がもたらす心地よさが自分にまったくわからなかったわけではないのだが、ここで全員がおなじ感覚で一方向に陶酔していることが、なにかとても恥ずかしいことであるようにおもえてならなかった。さっきまで洗練された人物に見えていた飯島さんも、魅力的に見えていた女性も、触れただけで潰れてしまう簡易的なオモチャのように見えた。そのくせ自分が笑っていることに気づいたのは、頬のこけた男が鋭い眼で僕を捉えていたからだった。

ハウスを訪れた夜を最後に先輩とは連絡が取れなくなった。学校にも来なくなった。学校で顔を合わせる何人かに聞いてみたが、誰も居場所がわからないようだったし、そもそも先輩の名前を知っている人もほとんどいなかった。流星という言葉が頭をよぎった。先輩はこのことを示唆していたのかもしれないが、それでも彼を流星だとは認めたくなかった。感傷に浸るつもりはなかったが、もう一度、なんとなく上野の企画展を一人で観に行った。キリストが血の涙を流している絵の作者名を確認すると、そこには「マドカ」という女性の名前が記されていた。

ハウスで飲んだ夜から二週間ほど過ぎた頃、自分の携帯電話に、知らない人からメールが届いた。「相談したいことがあるので近いうちにハウスに顔を出してほしい」という内容の文面を見て、ハウスで仲野にメールアドレスを聞かれたことをおもいだした。「夜中でも大丈夫なら」と返信すると、「いつでも大丈夫」と返ってきたので、その日の夜、バイトが終わったあとにハウスを訪ねた。

二度目だが酒を飲んでいた前回とは建物の印象が違って見えた。和洋折衷のモダンな建物だったが、古い作りなのでドアをノックすることもためらわれた。玄関脇に銅板が埋め込まれていて『S』から始まる長い文字列が彫られていたが読めなかった。そのあとに、『huis』と彫られていた。ハウスという意味の言葉だろうか。

建物の床を軋ませる誰かの足音が近づき、ドアが開いた。顔を出した仲野が笑っていなかったので、自分も笑っていなければよかったと一瞬後悔したが、すぐに自分もまったく笑っていなかったことに気づいた。リビングには飯島さんの他に、映画を撮っている田村という小太りの男がいた。先日もカメラを回していた男だ。田村は僕に会釈だけすると、カメラを自分の太ももに置いて大切そうに触った。

飯島さんになにか飲むかと聞かれたので、ビールを貰うことにした。仲野は膝で両手を組み、なぜか得意気な表情で僕と飯島さんの顔を交互に見くらべていた。田村はカメラを回していたので、三人でグラスを合わせると、飯島さんはすぐに本題に入った。

「部屋が一つ空いちゃってね、どうせなら面白い人がいいよね、って話になって、永山くんどうかなとおもって」

「そうなんですね」

「このあいだ、女の子いたでしょ？　あの子と別れちゃって」

「ああ、付き合ってたんですね」

そう僕が言うと、なぜか飯島さんは微笑み、仲野はわざとらしく大声で笑った。

一度の訪問でここの住人とは肌が合わないとわかっていたのに、なぜ呼ばれるままに来てしまったのか、仲野の大袈裟な笑顔を見ていると理由がよくわかった。臭うとわかっているのに、なぜか靴下を嗅ぎたい衝動に駆られるあれによく似ていたのだ。


ハウスに引っ越すことに決めたのは、家賃が三万円と破格であることが大きかったが、結局は刺激がほしかったのだとおもう。東京に行けばなにか新しくて楽しい日々が待っているという考えは幻想に過ぎず、代わり映えのしない毎日は確実に自分を疲弊させた。とにかく、そんな日常に変化をもたらしたかった。

ハウス二階の四畳半の狭い部屋に荷物を運び込んだ。西側の窓を開けると、桜の木の若葉の香りが鼻をついた。中庭には洗濯物が干してあり、誰かの白いＴシャツが強烈に光を反射させていた。

軽トラック一台分の荷物を作業員と一緒に部屋に運び終えると、リビングで管理人から部屋を借りるうえでの説明を受けた。管理人は三十代の女性だった。静かだけど身体の内部に沁み込んでいくような強い声の持ち主だった。元々は管理人の父親がアトリエとして所有していた建物だったが、夫婦で海外に移り住むことになったため、一軒家を寮として使えるように改築して、東京に残る姉妹が管理することになったそうだ。

海外に移住する夫婦という響きに現実味がなかった。

管理人が出してくれたお茶は梅の香りがした。「しょっぱい？」と聞かれた。しょっぱかったけれど、美味しいと嘘を吐いた。

「お父さんはなにしてる人なんですか？」

「画家ですよ。母も」

笑みを浮かべて、当然のように答える管理人の声を聞きながら、画家という生きものが実際に存在することを不思議におもうと同時に、なぜか心の底に鈍い痛みを感じた。

「あ、そうだ。ここね、うちの親が買い取るもっと前は、東北の地主の別荘だったらしくて、そこの息子も画家志望だったんですけど、途中で狂っちゃったんですって。あの古いゴッホの複製はその人が残していったらしいです」

「そうなんですね」

遠い昔の出来事に聞こえるが、ここは似たような人を引き寄せる場所なのかもしれない。

管理人と妹は、ハウスの南側に位置する母屋に住んでいるらしい。

管理人はおもむろに立ち上がると、「お待ちくださいね」と明るい口調で言い、盆に一枚の写真を載せて運んできた。それを机に置くと、「これが両親です」と嬉しそうに説明した。写真には初老の平凡な男女が写っていた。管理人は、こちらの表情を覗き込むようにして笑ったが、さっき聞いた、海外に住む絵描きの夫婦という話に似つかわしくない現実的な男女の佇まいにとまどった。

「どうですか?」

「優しそうですね」

僕がそう答えると、管理人は写真を自分自身に正対するように向けて楽しそうに微笑んだ。そして、その写真を自分の胸の前で裏返しこちらに向けた。

「家賃は月末に母屋に持って来てください。ここにもよくいるから、そこで渡してくれてもかまいません」

管理人は写真を軽く揺らし、写真の夫婦が話しているように見せたいらしかった。

「はい」

反応に困ったが、下手に笑ったりすると怒鳴られそうな雰囲気もあった。

「あとね、本当は、深夜には入居者以外の方にはね、帰宅していただきたいんです。深夜だと終電もなくなるでしょ？　そしたら必然的にこのリビングで寝ていかれる方がいてね、昨年だったかな、朝、掃除しにリビングに入ったらね、ここのソファーに熊が寝ていたのね。結果的にそれは、熊ではなかったんですけどね。一瞬でも、それが真実、熊に見えたなら、それは熊がいたこととおなじことなんです。もう心臓が止まるかとおもいました。まぁ、それは大袈裟かもしれませんけど。でも実感としては、それに近かったんです」

早口で一気にまくし立てる管理人の言葉に相づちを打つこともできなかった。

「あとは、建物の構造的に難しいとはおもいますが、あまりここの住人と仲よくしないでください。狂いますから」

そう言って管理人は微笑んだ。その言葉が管理人特有の冗談なのかどうか、そのときはわからなかった。

「でも、今日の夜、さっそく飯島くんに呼ばれてるんでしょ？」

「はい、声掛けてもらってます」

「みんな集まるみたいですよ。私はお酒が飲めないので辞退しました。本当は飲めますが。そしたら今夜も大勢が来て朝まで帰らないですよね？」

「僕はわかりませんが、そうなんですか？」

「最初は早めに切り上げようと考えていても、飲み始めると、その判断が鈍くなってね、長くなってしまうらしいですね」

管理人の話し方を見ていると、写真の老夫婦の子供だということが、とてもしっくりくる。

「質問はありますか？」

「ないです」

聞きたいことがたくさんあったような気がしたが、管理人の口調に意識が囚われて、なにを聞きたかったのか、おもいだせなかった。

何人住んでいるかとか、「ハウス」という言葉の意味はなど、質問をおもいついたときには管理人が両親の写真を片付けたあとだった。

引っ越した初日の夜に飯島さんと仲野がひらいた会で、僕は初めてめぐみに会った。名古屋出身で絵本作家を目指しているという彼女だったが、他の住人達のように、芸術を志していることを無闇に誇る自意識がほとんど感じられなかった。ハウス全体に渦巻くぼんやりとした躁(そう)状態に引き込まれそうになっていた自分も、めぐみの存在によって足場を得たような気になった。僕の歓迎会という名目で酒を飲むために集まった人達は飯島さんの話に熱心に耳を傾けていた。

　飯島さんは、「安易に人が死ぬ作品が嫌いだ」と主張した。それは映画や文学など芸術全般のことを含んでいるらしかった。「人殺しとけばいいんでしょ、みたいなのは嫌ですよね」と仲野が共感を示した。仲野は飯島さんに心酔しているようにも見えたが、周囲から注目される人のそばにいることに自惚(うぬぼ)れているのだろう。

　飯島さんに意見を求められた田村は、「作中で誰かが死ぬことによって、安易に感動を促そうとする作者の意図があるなら嫌だけど、現実の世界では安易に人が死にまくるよね」と考えを述べた。

「だから嫌なんだよ。劣化版の現実をわざわざ見せられても意味ないだろ。それに対抗する術(すべ)を示すべきじゃない？　永山くんはどうおもう？」と話が自分に振られた。

　おおむね田村と同意見だったし、発言を審査されるようなこの状態が窮屈だった。

「作品から死を排除したとしても、人がいつか死ぬことはみんな知っていますから、死ななかったということも、死を扱わなかったということも、結局は死の影響から逃げられませんよね」

「どういうこと？」

　すかさず仲野がこちらに疑問を投げた。

「なんでわからんねん、カス」

頭のなかで自分の声が聞こえたが実際には言っていなかった。

「まぁ、作品の内部で人が死のうが死ぬまいが、面白いものは面白いし、面白くないものは面白くないから、ジャンルとか種別とか特徴だけで好き嫌いを決めてしまうって、趣味としてなら別にいいけど本質的ではないよね」

田村は仲野の疑問には直接答えずに話を引き取った。

飯島さんは、「なるほど」とつぶやき、なにかを考えているようだった。

飯島さんが次に声を出すまで、誰も話そうとしなかった。

「永山くんは嫌いな作品の特徴ってある？」

飯島さんは、ゆっくりと田村の発言を引っ繰り返すような変な質問をした。

「僕も創作は自由やとおもいますけど、安易な死なんかよりも、安易に性的な官能が描かれていることが嫌です」

「ああ、なんで？」と飯島さんが言った。

「扱ってはいけないことなんてないとおもうんですけど、裸体画とか素晴らしいものもありますし、ただそこに性的な官能が安易に入ってくると、それこそ誰かに対してのサービスのように感じられるというか、いい喩(たと)えがおもいつかないんですけど、一人称で書かれた小説って、語り手は現実での覚醒している状態の常識にのっとって行動していたはずなのに、そこだけ急に馬鹿になるというか、設定が緩くなる不自然さをほとんどの人が疑問も持たずに了承していることがよく理解できないんです。語り手の心が乱れていたり、心神喪失状態なら平然と語ることもあるかもしれないけれど、それなら最初からそういう語り手を用意してくれないと混乱してしまうんです。飲み屋で性的な自己体験を得意気に語る奴は嫌いやし、ナイーブな想い出なのに克明に語る奴も嫌いなんで。心象風景だけが描かれているとか、当事者ではない他者の視点ならまだわかるんですけど。そうじゃないなら、性的な行為そのものが道具にされているように感じるし、アンチテーゼとして語られることもおなじように嫌で。あくまでも安易に型として性的なことが描かれることが嫌なだけで、個人の抱え切れない問題を作品化することとか、ほとんど自傷行為に近い表現であるなら、鑑賞する側も覚悟を持って受け止めるべきやとはおもいますけど」

長々と話し過ぎてしまったことを後悔しながら、またキリストのあの絵をおもいだしていた。

「誰かがサービスでルールを破ったりしても、それが慣習化されてしまうと、鈍感な人はそういうものだと簡単に受け入れちゃうんだろうね」と田村が言った。

「でも、だとしたらなんで性だけ特別なの？　人に日常で語らないことってそれだけじゃないよね？」

飯島さんに言われて、頭が一瞬混乱した。

「性的なものは感動とか動揺を促しやすいから、差しだされることが多いってことでしょ」

田村が飯島さんの問いに答えた。

「永山くんは、無意識に性的なコンプレックスがあるのかもね」

飯島さんがそう続けると、仲野が大袈裟にうなずいた。

「そんなことは話さなくていい」と誰かが言ったような気がした。

時間はゆっくりと流れた。誰かがトイレに行ったり、冷蔵庫に酒を取りに行くたびに、それぞれの座る場所が少しずつ変化したが、僕だけは律儀におなじ場所に座り続けた。めぐみも自分の定位置を決めているようだったが、彼女がトイレに立ったとき、ずっと僕の隣で退屈していた誰かがその席に移動してしまったため、戻ってきためぐみは仕方なく僕の隣に腰掛けた。

「何時まで飲むんですかね？」

めぐみにそう聞かれたので、「僕が引っ越してきたばっかりにすみません」と答えると、彼女は、「ほんとですよ」と言って笑った。

　賑やかな部屋のなかで、めぐみの声だけがステレオから聞こえているように輪郭がはっきりとしていた。

「年齢おなじなので敬語やめてください」

「えっ、なんで年齢知ってるんですか？」

　めぐみが不思議そうな表情で見ている。

「会話ずっと聞いてたんで。僕の歓迎会やのに、みんなから質問されてましたよね？」

　自分でも、気味の悪い話をしているとおもったが、めぐみはそこにあまり頓着せず、自分と年齢がおなじであることに感心していた。

　次に話す言葉がなくなって黙っていると、「管理人の綾子さんと話しました？」と、めぐみの方から話を繋いでくれた。

「はい。オーナー夫婦の写真見ました？」

「見ました、あれ綾子さん新しい人が来たら必ず見せるらしいですね」

「逸話のわりに、開店前のパチンコ屋に並んでる夫婦みたいでしたよね」

「そう、綾子さんも相手が写真見て感想に困っているのが見たいんですって」

　途切れたレコードを誰も掛け直さなくなって、何人かは酔い潰れて寝ていたし、仲野は地元で誰かの原付バイクを海に投げ込んだという面白くもない話を、酔っ払って何度も繰り返していた。飯島さんだけは、静かに酒を飲み続けていて、どこを見ているのかわからなかった。もう部屋に戻っても誰にも咎められないだろうという状態になったが、僕はめぐみと話せることが嬉しかった。めぐみがグラスを片付け始めたとき、この時間がずっと続くものではなく、ましてや自分のものでもないということが急に重たくなった。

「ナカノタイチ」という名前をパソコンに打ち込もうと頭では理解していたつもりなのに、誤って「カタカナ」と打っていた。誰かの模倣で安易に名前をカタカナ表記にしてみようとする魂胆に抵抗があるのかもしれなかったし、仲野の存在そのものを身体が拒絶しているのかもしれなかった。締め切りが迫った雑誌の原稿を書かなくてはいけないのに、どうしても雑念が浮かんでしまう。

仲野が世間から評価されても、自分にとってはどうでもいいことだった。同世代の表現者が世間から支持されるとそれなりに気にはなったし、才能がある人に対しては当然のように嫉妬もした。だが、仲野に対してはそのような感覚が微塵も湧いてこなかった。

カタカナで表記された仲野の名前を雑誌の隅で眼にするようになると、懐かしさなどとはまったく別種の、それこそ臭いものを一応嗅いでおきたくなるあの面倒な習性によって、一度だけ読んだことがあった。

イラストも酷かったが、文章は読んだそばから後悔した。不憫におもえるほどの見事な才能のなさだった。致命的に思慮が浅く、論理性に欠け、主題の比較対象を誤り、比喩のモーションだけは得意気だが内容は不発で、唐突に聞き慣れない外来語が出てきたかとおもうと、それが主題と交わることはなかった。覚えたてで使ってみたかったのだろう。取ってつけたような謙虚さも読んでいて苦しかった。そもそも才気を感じさせる人物の謙遜には、周囲の緊張を和らげる効果もあるだろうけど、自慢と意地の悪さと馬鹿を撒き散らした人物の謙遜など無駄でしかない。「くだらないものですが」と言って、泥を人に渡しておきながら、当人は「なかなか、珍しい泥でしてね」と誇らしげな表情を浮かべているような。

全体を通して、反骨を装ってはいるが、権威や大衆の太鼓持ち。なにか新しい価値を発見するのではなく、よくいる偏屈者の真似事で、世界の面白くない見方を嬉々として提示していた。

仲野の印象は、あの頃となにも変わらない。こんな男が曲がりなりにも、イラストレーターとコラムニストを名乗って生活できていることに失望した。

仲野がなにを成し遂げようとどうでもよかったが、その名前に触れることで、いまだに消化し切れていない記憶と向き合うことには不安があった。


ハウスの住人やそこに出入りする人のほとんどが上京者であり、創作を通して何者かになろうとしている若者だった。期待や活力が入り乱れた環境にいると平衡感覚を失う。実家の寝室で眠る前の宇宙的な空間のなかでは、あんなにもたやすく自由な想像で遊ぶことも、なにかを見たときにそれが自分にとって特別なものかどうかを判断することもできていたのに、極端に情報が増え、他者の感覚や評価に触れてしまうと、妙な混乱を起こしてしまう。自分の感覚だけが正しいと信じていた日々さえも疑いたくなるほど、自分はなにもわかっていなかったのではないかと不安になる。その辺に転がっている石さえも誰かが称賛すると、なんとなくよいようにおもえてしまい、どんどん人前で話す声が小さくなり、かつて確かにあったはずの、唯一の拠り所だった霊感のようなものさえ失われてしまったように感じられた。

飯島さんに展示会を知らせるフライヤーを渡されたので、一人で観に行くことにした。飯島さんも制作に参加したらしい。

根津からずいぶん歩いたところに会場はあった。建物はもともと理容店だったようだが、看板は劣化し外壁の彩色も剝がれ落ちていた。今はギャラリーとして活用されているのだろう。部屋の内部の空間は壁が赤く塗られていて、古い不揃いのソファーが複数並べてあった。通りに面した壁はガラス張りになっていて、外からでも内部がよく見えた。五、六人の男女がソファーに深く座り、過剰なほど気だるそうな表情を浮かべて水煙草の煙を吐いていた。彼らは観客なのかパフォーマーなのかわからなかったが、そのなかに飯島さんもいたから、おそらくどちらも交ざっているのだろう。パフォーマンスアートと呼ばれるものらしい。外からカメラを構えて、その光景を写真に収めている若者もいた。

ギャラリーの前を通り掛かった作業着姿の日に焼けた配管工の二人組が、その光景を外から眺め、「なにしてんだこいつら」とつぶやいた。その言葉がなぜか妙に心に刺さった。羞恥に近い感情だった。一瞬、このまま帰ってしまおうかと考えたが、僕の姿を見つけた飯島さんが片手を上げたので、入らなければいけなくなった。飯島さんに対しても、あの作業着姿の二人組に対しても、どこか後ろめたい気持ちが残った。

扉を開けると、水煙草の甘い香りがした。空いている場所に腰掛けると、想像していたよりも素材が柔らかくソファーに身体が沈んだ。隣の男が無言で水煙草の吸い口をこちらに向けた。吸ったことがなかったので断ったが、それではこの空間の意味をなさないのかもしれない。部屋に設置されたスピーカーから、音が鳴っていた。メロディーがあるようなものではなく、独立した破裂音が断続的に流れていた。

初めはその音がなんなのかがわからなかったが、嫌な予感はあった。人のことを馬鹿にしているとおもった。まさかとはおもったが、それは屁の音だった。ほとんど編集されていない様々な種類の屁の音が鳴っていた。小刻みに軽快な音が続いたり、少しの余白のあと、濁った太い音が二秒ほど鳴り、すぐにオーソドックスな破裂音が鳴ったり、なにか紙が破れるような音が響いたりした。ようやく止んだかとおもうと、今度は長い沈黙のあと、敏感な人間にしか感知できない類の、空気が抜けたような屁の音が鳴った。飯島さんを見ると、水煙草を吸いながら眼を閉じて音を聴いている。向かいに座った女性は、流れる音響を尊重するかのように隣の男と小声で囁き合っていた。

「なにしてんだこいつら」

作業着姿の男達の言葉が自然と頭のなかで再生された。今、自分もその風景の一部にいる。水煙草を吸えない自分はせめてもの抵抗として、背もたれから背中を離して膝の前で両腕を組んだ。表現を舐めているとしかおもえなかった。すぐに立ち上がってここから帰ることのできない自分になにより腹が立った。自分がやりたかったことは、こういうことではない。新味や過激であることを、いたずらに否定するつもりはないし、むしろ自分は自由な発想や刺激の強い行為に惹かれる性分だと自覚しているが、これは明らかに違う。わざわざここまで屁の音を聴きに来てしまったことをおもうと恥ずかしさを通り越して吐き気さえもよおした。そうしているあいだにも、屁の音は鳴り続けていた。音量が増し、フィナーレのように破裂音が連鎖して、会話もまともならないほどになった。なにかを考えることをやめてみようとおもったが、外の人にこの音が聞こえていないか気が気でなかった。

無意識に放たれる屁と、意識的にサンプリングされて流される屁では、どちらがより罪深いのだろう。

陳腐に演出された異様な空間にとまどっていた。すると、それを見かねたのか飯島さんが隣の席に割って入ってきた。

「どう?」

言葉が出なかった。

「水煙草吸ってみたら?」

「大丈夫です」

「真空を作ろうとおもって」

「どういうことですか?」

飯島さんが水煙草を吸う。

「自分を無にするって簡単じゃないんだよね。絵を描いてたってさ、なにかを忘れられる一瞬はあっても、それは忘れてるんじゃなくて作品に向かう他のエネルギーに支配されてるだけで無ではないでしょ。本当の意味で自分自身を無にしてみたくて、思考も身体も」

「確かに、ここにはなにもないとは感じましたし、意味を探ろうとも、真理を見つけようという気も起こりませんでした」

「でしょ?」

「でも、羞恥と嫌悪が残りました」

「なんで?」

理想とか期待というものが本来はあって、それがなくなった空間というのは、「ない」ではなくて、「なくなった」という状態なのだから、真空にはなり得ない。そこに至る過程さえも自分の内部で消滅させなければならない。それを会話のなかで説明するのは難しい。

「屁というのが」

飯島さんは意味ありげに微笑んだ。

「屁を聴かされることを恥ずかしがってる自分ってなんなんだろう、屁にキレてる自分ってなんなんだろう、って考えてみればいいよ。屁に実体などなくて、ただの気配だから。屁はおばけだから」

飯島さんは立ち上がると、両腕を組んで固まったままの僕の背中を叩き、もといた席に戻った。

飯島さんが、話しているあいだも、あらゆる種類の屁の音が空間に流れ続けていた。真空の状態を作るという名目のもと飯島さんは真剣に屁と向き合っているのだろう。自分にとって気配はなにもないという範疇(はんちゅう)には含まれない。自分のことも他者のことも実体なんて簡単に摑めない。気配から想像することならできる。

自分がこの場所に、お気に入りのTシャツを着て来たことが恥ずかしかった。

めぐみは子供の頃から、月に向かって一日にあったことを報告していたのだという。そのイメージを絵本にしたいということだった。

「私達の世界で起きたこととか、日常で起きた出来事をそのまま報告しても伝わらんのだね」

めぐみは、リビングのテーブルに白い紙を広げ、鉛筆でなにかを描きながら言った。

「誰に？」と聞くと、「月ですか？」と聞き返してきた。

「俺に聞かれてもわからんよ」

「お月さまとか、月の住人とか、そういう乙女の妄想ではないの」

めぐみの声は迷いを感じさせなかった。

リビングの床に寝転んで、黙って話を聞いていた仲野が、話に入ってきた。

「めぐみちゃんが言ってることって、たんにメルヘンティックなことではなくて、月を自分の日常の鏡にして、表層の説明的な現象ではなくて、日常に内在している無自覚な感覚を物語の形式で取りだそうという試みなんじゃないかな？」

早口で話すのに変わりはないが、いつからか仲野はお調子者という雰囲気を捨てて、どこか虚ろな暗い表情を意識的に作って話すようになった。仲野の変化の理由はおおむね彼が読んでいる雑誌や小説に答えが記されていた。

一度、おなじようにリビングで仲野が政治の話を熱心にしていたことがあった。仲野がトイレに立ったときに彼が読んでいた本を見ると、案の定それは政治の本で、しおりが挟まれていたページに仲野がさっきまで語っていたことがそのまま書かれていたのでおもわず噴きだしてしまった。自分が触れたものの表面だけを直接摂取する悪癖は、中学生が修学旅行先で買ったサングラスをつけて悪ぶっているような痛々しさがあったが、中学生達の風景のように愛することができなかった。

「鏡じゃあかんとおもう。鏡を見て高揚するわけではなくて、やっぱり月じゃないとあかんとおもうねん。月との対話をメルヘンチックと馬鹿にするのは簡単やけど、その行為によって導きだされた物語はやっぱり、めぐみと月との協力によって生まれたものやから」

素材を別のものに変更したときには別の物語が必ず生まれるはずなのだ。たとえ、めぐみにとっての月が物語の手掛かりに過ぎなかったとしても、月という発射台の角度によって想像の飛び方は変わってくるはずだった。

「そうそう、飯島さんも似たようなこと言ってて、作品を作るときは自分になにかを当ててるんだって」と仲野が言った。

きさまは飯島さんじゃないだろ、と指摘したくなったが、めぐみは「なるほど」と感心した声を上げた。

「最近はなにか描いたの？」

仲野が聞くと、彼女は創作ノートをひらいた。

「えー、一人の女の子が、夢んなかで出会った男の子のことを好きになんの。でも、女の子はどうすりゃ男の子と会えるかわからんで、考えた末に赤い風船に手紙を付けて飛ばすの。『体調はどうですか？　好きです。連絡ください』って書いて。で、女の子は死んじゃうの。戦争が始まって、女の子の国の人間は全員死んじゃって。一人残らず。一人も。で、赤い風船だけが、その国を出て遠くの国まで飛んでいくの。その風船が遠い国に着いた日は戦争が終わった朝だったからぁ、その赤い風船と手紙は終戦の象徴として大事に保管されるの。で、三千年時間が流れます。その時代の王子は身体が弱くて外では遊べんの。だで、宮殿のなかを探検すんの。ほんで、赤い風船を見つけんだけど、三千年前に女の子が見た夢んなかの男の子と王子はそっくりで。んで、王子は手紙を読むの。『体調はどうですか？　好きです。連絡ください』っていう。そっから、数年後に王子は国王になって、昔、女の子の国があった土地に新しくできた国家に爆弾を落として戦争が始まって、世界が終わっちゃう、というメモ」

そう言って、めぐみは僕と仲野の顔を見た。

「めぐみちゃん、意外と友達少なかったんじゃない」と仲野が言うと、めぐみは「なんで意外なん？」と答えたが、その言葉に含まれていた怒気に仲野は気づかない。

「王子は、なんで好きな人のおった土地に爆弾を落としたんだろうね」とめぐみが言うと、仲野は「自分でもわかんないんだ」と言って一人でおかしそうに笑った。

「女の子に会われへんから、それしか思いつかんかったんやろな」

　僕がそう言うと、二人とも黙ってしまった。

　ハウスの住人達は、部屋にこもって作業するときの他はほとんどリビングにいて、創作や日々のことについて議論を交わすことが多かった。特に飯島さんは単に議論が好きということではなくて、わざとそうなるよう仕向けている節があった。

　自分と仲野は基本的に反りが合わず、衝突することが多かったが、年齢がおなじであるというどうでもいいことだけで、周囲からは友人と見えているようだった。僕は仲野の作る物や考え方に惹かれることはなかったし、仲野の方も議論で僕を屈服させることに喜びを感じているようだった。

　会話の中心になるのは圧倒的に飯島さんが多かった。僕達は、そのときに飯島さんが抱えている疑問や悩み、取り組んでいる課題を熟成させ進化させるための相手を担わされているように感じられた。

　飯島さんは自分の発言に一同が納得することだけを望んでいるようには見えなかったし、飯島さんに共感されたいという一心で発言している仲野の言葉を聞いているときは退屈そうにさえ見えた。それでも、誰かがなにか意見を言うたびに丁寧に補足して、彼らの気持ちを代弁してみたり、次の会話へと有効に繋げて他者を満足させることを忘れなかった。そういう度量が、彼自身の才能を超えて人を惹きつけるのだろうけれど、利他的な行動を取るときの飯島さんの表情はどこか虚ろだった。一方で、議論が白熱すると、もともと彫りが深い顔の陰影が際立ち、大きな眼を光らせて、炎に薪をくべるかのようにさらなる問いを場に投げた。そんなとき、この家全体が飯島さんの脳の役割を果たし、僕達はそのなかの一つの部分に過ぎなかった。

「この罪の意識ってなんだろうね」

飯島さんがそう言ったとき、誰もすぐには反応できなかった。

かろうじて仲野が、「こういう生活をしていることに対してですか?」と聞き返した。

「うん。なにか悪いことをやっているわけじゃないのにね」

飯島さんの言葉が宙に浮いた。

それから、罪という言葉が頭から離れなくなった。自分は絵を描くことが好きという他に、明確な目標があるわけではない。漫画家になりたいのか、イラストを描きたいのか自分でもわからなかった。絵を描いて認められたいという欲求がただ漠然とあるだけだった。

このモラトリアムに不安を感じていることは確かだったが、それを罪の意識と言われると妙に納得してしまうものがあった。仮にこの不安が罪から来るものだとしたなら、罪状はなんだろう。社会の規範からずれていることだろうか。誰かがデザインした社会人としての生き方から逸れていることだろうか。同世代で活躍しているスポーツ選手やミュージシャンに対する憧れや嫉妬も関係しているのだろうか。彼らのように成果を上げることができていない現状に対する不満という単純な原因だろうか。だとしたら、僕達の罪の意識は自分が凡人であることによるのではないかとおもったが、その言葉を口にする気持ちにはなれなかった。

ハウスの住人を中心に作品展をやろうと言いだしたのは飯島さんだった。仲野はすぐに上野周辺のギャラリーのなかから破格の安さで借りられる場所を見つけてきた。こんなことと、コンビニですぐにカゴを持つことだけが、仲野の美点だとおもう。全体の構成は飯島さんがやることになった。過去にもハウスの住人とその仲間によって作品展を開催したことがあったらしい。

それが決まってからは、一人で部屋にこもる時間が長くなりハウス全体に緊迫した空気が流れた。飯島さんは「原罪」という題でりんごやバナナの箱を繋ぎ合わせたものに古典的な手法で巨大な油絵を描いた。田村はハウスで撮影した映像をギャラリーの白い壁に投影し、その映像を撮ったときの時刻を秒単位まで細かく流した。何気ない日常の風景が映っているだけだったが、「蛇足」と題されたその映像は不穏な気配を感じさせた。めぐみの作品は、少女がその日にあったことを沈黙する月に報告するという絵本だった。少女の独白が後半に進むと世界が終わったことを示唆する内容になっていて、最後のページでは月すらない空に向かい少女が、「聞いてる？」という一言を放ち終わる。僕は、「凡人Aの罪状は、自分の才能を信じていること」というタイトルで連作の絵を重量のあるパネルに貼り、それを重ねて吊るした。一枚ずつめくりながらではないと鑑賞できないようにしたのには、それぞれの絵に負荷を感じてもらいたいという思惑があった。仲野は複数の有名なキャラクターをトレースして切り取り、それを一枚の紙にパッチワークのように貼って、陰茎の形にしてはしゃいでいた。

それぞれが独立した作品ではあったが、全体が飯島さんの作品の「原罪」というタイトルや、「罪」という意識に影響を受けていることは明らかだった。自分が考案した「凡人A」という言葉は飯島さんとの会話から派生して浮かんだものだったし、めぐみの月への独白はそのまま懺悔になっていたし、田村の時間と映像の作品は「現在」から「原罪」を浮かび上がらせようという試みだったのかもしれない。仲野はこのときも一人だけ血迷っていた。その行為そのものが罪深くはあったが、それが罪の意識を探り当てるヒントに繋がるとも到底おもえなかった。

作品展には、それなりに人が集まった。ほとんどが、誰かの知り合いだったとはいえ、どの作品に強く反応するのか気になった。飯島さんも仲野も、ギャラリーが開いている時間はずっと、そこにいた。自分も学校の授業をさぼってギャラリーに足を運んだ。初日にレセプションパーティーをひらいたが、いつもハウスにいる顔ぶれが場所を変えて酒を飲んでいるだけだった。

ギャラリーの入口に芳名録代わりに置いてあった大学ノートを田村がひらいた。

「すごい、わざわざ筆ペンで書いてる。しかも達筆」

「読んで」と飯島さんが言った。

「もっと柔軟な感性を養うように」

田村が読み上げると、みんな笑った。

「おめぇだよ、じじい」と飯島さんが言うと、またみんなが笑った。

田村が読んでいたノートをめぐみが横から覗き込み、「でも、この人、千代田区に住んどるよ」と驚いたように言った。

「関係ないじゃん」と仲野に言われると、めぐみは、「千代田区に住んでるってことは偉い人でしょ？」と言った。

田村はノートを順番に読み上げていった。

「絵本面白かったです。続き描いてください」

仲野が「おー」と言って、めぐみを見た。

「飯島くん久し振りです。髪切りました？」

「こういう人多いよね」

そう言って、飯島さんは自嘲気味に笑った。

続けていくつか田村はノートの感想を読み上げたが、僕に宛てられたものはなかった。

「あっ、永山くんへの感想あったよ。えーと、『凡人A』いろんな意味で重いです」

一斉にみんなが笑った。とても嬉しそうに。

上野公園の池の柵に腰掛けて、ウォークマンのイヤホンを耳にさしたまま水面を眺めていた。後方のベンチから聞こえる、飯島さんと仲野の声に、めぐみの笑い声が交ざる。

三人はビールを飲みながら自由について話し込んでいる。曲の合間に聞こえる会話が気になり、彼らに背を向けたまま音量を可能な限り下げた。鼻に掛かる仲野の声が鬱陶しい。めぐみの笑い声も煩わしく響く。

「氷山、まだビールあるよ」と飯島さんが言った。

なぜか僕は聞こえないふりをしてしまっている。自分がどういう状態にいるのかわからない。弾むような不規則な足音が聞こえる。足音さえも聞こえているのに、なにも聞こえていないふりをしていることが馬鹿らしくおもえてくる。

肩を叩かれて、振り返るとめぐみがいた。飯島さんが言ったことを伝えに来たのだろう。

「ねぇ」

呼び掛けられたので、少しだけ待ち、自然な間合いで右のイヤホンを外した。めぐみは、なぜか緑色のカラーボールを持っている。

「これさ、アリにぶつけたらどうなるかな?」

池の水面が街の灯りで光っている。

「死ぬんちゃう?」

「アリおるかな?」

そうつぶやき、外灯でかすかに照らされた地面に顔を近づけている。なぜか僕は安堵している。

左のイヤホンも外した。車の走行音が聞こえる。葉が揺れる音も。飯島さんと仲野は会話を続けている。

「おった」

めぐみが言った。「見て」とも言った。

身体を反らすと、めぐみが地面に向かって垂直にボールを放した。ボールはアリには当たらず小さく跳ねた。めぐみはボールを拾って、もう一度胸の高さから放した。ボンと音がして、バウンドしたボールをめぐみが摑む。

胸のつかえが下りた。

「あっ、動き鈍なったけど動いとるよ」

地面に眼を凝らすと、片足を潰されたアリが、ゆっくりと前に進もうとしているのが見えた。めぐみは、しゃがみ込み、じっとアリを観察している。

「かわいそうやん」

「かわいそうだね」

そうつぶやき、めぐみはじっとアリを見ていた。

めぐみと仲野と三人でラーメンを食べに行った。めぐみが僕に「チャーシューちょうだい?」と言うので、「あかんよ」と答えて笑ったけれど、それは自分の人生においてとても重要な瞬間だった。

子供の頃から誰かと比較され、無残な敗北を繰り返してきた。小学校の中庭のブランコで友達と二人で遊んでいたときのこと。その友達は勉強も運動もできて爽やかで女子や教師からも人気があり、下の名前で「だい」と呼ばれていた。僕は誰からも必ず名字で呼ばれた。名字で呼ばれるたびに、それを意識していた。

いつも僕は中庭で一人の女の子をずっと見ていた。猫のような眼をした一学年上の女の子だった。その女の子を見るためによくブランコをこいでいた。小学校に上がる前、もっと自分達が小さな頃に近所の児童公園でその女の子と一度だけ話したことがあった。その女の子は「ここ、おじいちゃんの公園やから、入らんといて」と僕に言った。距離が近かった。ベンチに座っている老人は無言で笑いもせずに僕達のやりとりを見ていた。女の子の眼が印象に残った。その日のことを女の子は覚えていない。僕が覚えているのは頻繁にその日のことをおもいだしていたからだ。ブランコをこぐ。風の音が聞こえる。女の子がブランコの方に寄ってきた。僕はこぐのをやめて速度を落とした。女の子が僕達を見ている。片足を地面にすってブランコを止めた。

「あそぼ」と女の子が言った。あのときの女の子に話し掛けられたことに興奮していた。

「なにして?」と、だいくんが言った。

「お姫さまごっこ」と女の子が言った。

「どうやって?」と僕が聞くと、その女の子は、「だーいくん王様、なーがやま乞食、だーいくん王様、なーがやま乞食」と節をつけて唄いだした。

からっぽになった内臓に涼しい風が吹き抜けた。泣きたいのとは違って、なにかに気づいた感覚だけがあった。たとえば、世界がまったく平等ではないこと。自分が望む役割が与えられるとは限らないこと。そのときの自分はどんな表情をしていたのだろう。

僕は怒りだすことも、すねることもできず、それからずっと「めぐんでくだせぇ」と物乞いを演じ切った。空しさは感じていたけれど、女の子が笑っていることだけが救いだった。その女の子の名前も、めぐみだった。

攻防の末に、めぐみは僕からチャーシューを奪った。そんな彼女に苦情を言う僕の顔は笑っていたとおもう。

登録制のアルバイトで横浜の現場に行った。プレハブを解体する短時間での作業だった。休憩中、現場を仕切っていた身体の大きい男が、ネジやボルトがパンパンに詰められた一斗缶を指さし、「これ持ち上げられたら千円やる」と言った。絶対に無理だとわかっていたので面倒だったが、挑戦しているふりだけでも見せようとおもった。僕が中腰になり一斗缶を両手で摑むと、男が「おい、力んで屁こくなよ」と言ったので力が抜けた。その言葉を言いたいがために一斗缶を持たせたのかもしれなかったが、男は眉間にしわを寄せて真剣な表情を崩さなかったから、本当に自分が醜態を曝さないように心配してくれていたのかもしれない。一瞬だけ飯島さんの作品が頭をよぎった。

作業が終了したあと、作業員の車で新宿まで送ってもらう予定だったが、まだ日が暮れる前だったので、赤レンガ倉庫まで一人で歩いた。小さな区画に個人で経営している雑貨屋があり、その棚に手製のスノードームがいくつか並んでいるのを見て、めぐみの部屋にも、スノードームがたくさん並んでいることをおもいだした。買って帰ると喜ぶだろうか。

木製の土台には小さな文字で「Ｏｕｒ　Ｔｏｗｎ」と彫られていて、その上の半球型の空間には、精巧とは言い難いが、極めて繊細に街が作られていた。建物の灯りに温もりが宿っていた。両手で持ち上げると、街の底に積もった雪が揺れて光った。壊してはならないとおもわせる愛らしさが同時に不安を掻き立てた。

めぐみにスノードームを渡すと想像以上に喜んでくれた。めぐみは透明の半球を覗き込み、「かわいい」と嬉しそうにつぶやいた。彼女がいろいろな角度にそれを傾けるたびに、銀色の雪が舞い小さな世界は変化した。

「スノードームはね、窓際に置くと時間で光の当たり方が変わるから面白いんよ」

「陽に当てても液体は変色せえへんのかな」

僕の言葉に、「うん」と曖昧な返事をして、めぐみはスノードームに視線を戻した。

年末にめぐみがスノードームのお礼がしたいと食事に誘ってくれた。それまで二人きりで食事をする機会がなかったので、待ち合わせた店に入るまでは落ち着かなかった。めぐみが予約したのは、賑やかな酒場だった。彼女は席に座る僕を見つけると笑顔で手を振った。

「早かったね」と言われたので、ここに来る前に間違えて隣の店に入ってしまい、予約の名前を伝えたのに、なぜか席に案内され水まで出されたことを話すと、めぐみは「永山くん、声が小さいで八割くらいなに言っとるか聞こえんかったよ」と笑い、濃紺のコートを脱いで椅子に掛けた。コートの下には紫色のベロアのワンピースを着ていて、いつもより大人っぽく見えた。

　お酒を注文して乾杯したあと、めぐみが料理を注文した。

「さっき、ドリアのこと気にしとったよね。あとで頼む？」

「大丈夫。ドリアは好きやけどサイズがわからんから」

「サイズなんて全部わからんがん」とめぐみは笑った。

「ドリアは量がすごそうやろ」

「なんで、ドリアのことだけそんなに警戒しとんのかわからんのだけど」

　大きなものを注文すると、すぐに腹が満たされてしまうのが惜しかった。

「でも、なんかドリアって、スノードームと似てるよな？」

「全然、似とらんよ」

　めぐみがスノードームを好きになったのは祖母にお土産でもらったことがきっかけらしい。めぐみを介すとスノードームが特別なもののように感じられた。

　店を出たあと、上野の街を一緒に歩いた。

「なんで絵本を描こうとおもったん？」

「取材ですか？」

「聞き方、変やった？」

「変だで大丈夫だに。なんか、私、永山くんみたいになんかがしたいっていうのないんかもしれん。小さい頃、絵本を読んどって、納得のいかん結末があって、こうすりゃあよかったのに、って言ったら、お母さんとおばあちゃんに笑いながら、あんた将来絵本作家だね、って言われて、なんかそういう仕事あるならやりたいってくらいの感覚で」

そういうことを正直に話せることが誠実だとおもった。

自分もめぐみと似たようなものだった。なにか絶対的なものから天啓を受けて漫画家を目指しているわけではない。絵を描くということの他に自分を突き動かすことがなく、いつからか漫然と漫画を描いてみたいとおもうようになった。何者かでありたいと願う感情よりも、常になにかを表現したいという欲求が先立っていることだけは疑ったことがない。

「ちょっと待って」と言って、めぐみは自動販売機でお茶を買い、僕になにか飲むかと聞いた。

「コーヒー」と答えて彼女に小銭を渡した。

「このあいだの作品面白かったよ」

めぐみは両手でお茶を挟みながら言った。

「ああ」

自分の作品のことを言われると居心地が悪かった。モッズコートのポケットに両手を突っ込むと、糸屑（いとくず）や埃が溜まっていた。

「あれ、面白いタイトルだったよね？」

「ああ、凡人Aの罪状は、自分の才能を信じていること……」とわざとたどたどしく声に出してみた。

「それって、飯島さんに言っとんの？」とめぐみは笑った。

「えっ、なんで？」

「もしかして、私？」

私、と言ったときにはもう笑っていなかった。

「いや、飯島さんとの会話のなかで浮かんだ感覚ではあるけど、自分に向けての言葉のつもりやったよ」

「そっか。永山くんでも自分の才能を疑ったりするんだね。安心した」

「なにそれ、俺のこと変な奴に見えてんの？」

「ハウスのなかで、唯一、芸術家って感じだに」

「なんか恥ずかしいな」

「よっ、芸術家！」

「本物の芸術家の周りには、そうやって囃したてる人おらんやろ」

「永山くんの他は、スタイルばっかりだー」

めぐみは残念そうに言った。

「私も」

語尾は弾んだが、やはり笑っていなかった。でも、その感覚が妙に近くに感じられた。

「そんなことないやん」

その後、言葉を続けようとして続かなかった。彼女を軽んじたことはないけれど、いつでも才能の話はしんどい。

「月がええな」

なにか言わなければと言葉を探して、取りだせたのはそんな言葉だった。

「曇っとるがん。月ないよ。そういうとこだに。永山くんは発言も作品も不便なんだって」

月は見えなかったが、雲に覆われた空の一点だけが明るかった。

「下手くそなだけやん」

「あのパネル重かったで観終わったとき肩と腕が痛くなったんだけど」

「あかんやん」

「でも、ギャラリーから出る人達みんなその悪口言っとった」

「だから、あかんやん」

他者からの評価を聞くと不安になるけれど、すぐにそれをはね返したくなる。

面倒なら観なくていい。力がなくて観ることのできない子供は力をつけてから鑑賞するか誰かの力を借りればいい。鑑賞する側が一切ストレスを感じず誰にでも平等に作品がひらかれているという状態は嘘なのだ。鑑賞する側の意見が区別なく平等に扱われてしまうことを拒絶できないならば、作品に辿り着くまでの過程で自分の肉体の強度や思考を可視化させなければならない。人は作品を鑑賞するということが自分と作品との関係であるということをすぐに忘れてしまうから。

「永山くんは、作品展どれが面白かった？」

「田村かな」

そう答えたあとに、なぜめぐみの作品の感想から伝えなかったのだろうと後悔した。

「なんで？」

「田村の映像には明確な回答が用意されてなかったけど、時間を秒単位で流してたやん。あれが不穏に感じた。なんかが起こりそうで。もう全員が死んでしまったあとみたいで」

「あー、わかる気ぃするわ。あの人と永山くんが一番不気味なのよ。人も作品も。そういった、はみだした感覚の人じゃないと創作するのって難しいよ」

「常識がないってこと？」

「そう」

「いや、あかんやん」

「常識があって、さらに面白い人なんて、ただのすごい人でしょ。永山くんは、自分をそう見せようとする潔癖さはあるけど、できとらんのよ」

「だから、あかんやん」

「飯島さんは、それができとんだよね」

「ええやん」

「だから、駄目なんだに」

少しだけむきになって、そう言った彼女が頼もしくおもえた。

「どういうこと？」

「わからん」

「自分が言いだしたんやん」

ポケットに溜まったごみを指先で丸めて空中で放した。それは風に飛ばされることなく、そのまま地面に落ちた。

「それポケットに溜まるよね」

めぐみはお茶を一口だけ飲み、また歩き始めた。

「飯島さんは私が今言ったような理屈を全部わかっとるで、自分をその枠にはめようとしとる器用な人って感じかな。だで、発言もわかりやすいし作品も鑑賞しやすいんだよ。永山くんは、私が知っとる人のなかで一番不器用なんだよね」

「あかんやん」と僕が囁くと、「ええですやん」と彼女が言った。

道端でまったく動かない全身タイツのパントマイマーとは眼が合わなかった。僕達は彼の前を通り過ぎるまで、お互いに一言も話さなかった。

「もうちょっと飲める？　あかんかったら、一人で行ってくる」

そう僕が言うと、「さみしいこと言うなよ」と彼女はふざけて言った。

二軒目は自分がおごると伝えて、上野の駅前から少し歩いた雑居ビルの二階にあるバーに入った。何組か先客がいたがカウンター席に案内された。レコードが流れていたので、ポール・マッカートニーですか？と聞いたら、マスターらしき人が「はい」と答えた。さっきまでの会話が脳のなかで繰り返し流れている。席に着くと、それまでの時間も存在もすべてがすっぽりと収まったように感じた。

僕がビールを注文すると、彼女は「私も」と言った。それからはビールばかりを飲んだ。有名なクリスマスソングが順番に流れていた。

時間の流れがどんどん速くなった。三杯目を飲んでいる途中で、そろそろ帰ろうと自分が言いだすべきなのだろうとおもったけれど、この時間が惜しくて言えずにいたら、めぐみが、「ジョン・レノンのあの曲が流れたら帰ろう」と言った。流れなかったらどうするのか聞いたら、めぐみは「ずっと飲もう」と答えた。

誰かを近くに感じると、自分と他者とのあいだには必ず距離があるという当然のことに気づかされる。もっと彼女に近づきたいというよりも、自分がこの人になりたいと変なことをおもった。

ハウス二階の一番奥の部屋に住む痩せた男とは二人でよく話すようになった。初めてハウスを訪れたときに僕を見ていた男だ。あとから同年齢であることはわかったが、正しい名前は知らなかった。部屋のドアに「奥」と書かれた紙が貼ってあったので、おそらく「奥」なのだろう。名前も知らない人間と話していることが不思議だったが、他の住人や出入りしている人の名前も半分程度しかわからなかったし、今さら聞くこともできなかった。廊下で奥に会うたび、なんとなく部屋に招き入れた。めぐみとのことも、奥にだけは話す癖があった。

「スノードームをさ、引っ繰り返して元に戻すと雪景色になるでしょ」と奥が言った。開けた窓から風が吹いて丈が少し短いカーテンが揺れていた。

「うん」

「そうじゃなくて、スノードームをぐるぐる回転させてみたことある？」

奥は生やしっぱなしにした無精髭を触りながら話した。

「ない」

「雪が降っているようには見えないんだよね」

「へぇ、どうなんの？」

「なんか渦ができて」

「でも隙間なく液体詰まってなかったっけ？」

「ものにもよるのかもね」

奥は少し考える顔をして話を続けた。

「この世の終わり、とか言っちゃうと陳腐に聞こえてしまうけど、見てて不安になる風景なんだよ」

「自分が、ぐるぐるせんかったらええだけやん」

僕が笑うと、奥は唇を閉じて僕の顔を見た。

「おまえは絶対にやっちゃうよ。俺にその話を聞いてしまったから」

奥の顔が青ざめて見えた。

「やるかもな」

そう言うと今度は奥が笑った。

「おまえは絶対にやるよ。そんな不気味な世界を望んでいるわけではなく、そうならないことを確認したくてやってしまうとおもう」

「なんとなく、わかる気がする」

「おまえは、その物騒な光景を後悔しながら眺めるとおもう。自分でそうしていることに気づいていても、逃れられない」

そう言うと彼は、伸ばした足の踵(かかと)で床を、トンと鳴らした。

「なんか大袈裟やな。悪魔のものまねでもしてんの？」

「悪魔はおまえだよ」

「意味ありげに言わんといて」

僕が言うと、奥は静かに笑った。

事前に田村から聞かされていたとおり、居酒屋の個室席には田村と出版社の編集者が並んでいた。田村がテーブルに置いたカメラには赤いランプが灯っていたので撮影していたのだとおもう。いつからか、田村がカメラを回すことも日常になっていた。

三人ともビールを注文すると、編集者に、「永山くんの作品を書籍化したい」と単刀直入に言われた。その編集者はハウスのみんなで開催した作品展に来ていたらしい。

「描かれている人物の悲惨な宿命を通して、制作者自身の生活の影のようなものが見え隠れして楽しめました」

その編集者はひらいた手帳に視線を落としながらそう話した。

書籍化するにあたって、具体的には一枚で完結している絵に言葉を添えて、それを連作としてまとまった分量を本にしたいということだった。自分がおもい描いていた漫画とは違ったけれど、画集を出版できるなんておもっていなかったのでやってみたかった。

「永山くんみたいな人は、人に自分の作品をいじられたりするの好きじゃないとおもうんだけど、いくつか提案があって」と編集者は言った。

田村はカメラをいじったまま黙っている。

なぜか自分は、人から気難しいとおもわれることが多かった。子供の頃はもっと上手く馬鹿にされることができた。いつから周りを警戒させてしまうようになったのだろう。

「はい」と遅れて返事をすると田村が口もとだけで笑った。

編集者は自分の手帳をひらきながら、「凡人Aの罪状は、自分の才能を信じていること」とつぶやいた。

「言い方は悪いけど、この青臭さと屈折具合がまったく現代的じゃなくて、なんというか伝統的ということでもなくて、簡単に言うと古臭いというか、怒らないでね」

「はい」

「これは笑えるなと、おもって」と編集者はこちらを誘うように笑った。

どういう意味かわからなかったので、とりあえず僕も笑った。

「昭和の苦学生みたいだよね。言われたことない？」

「ああ、一時期そう呼ばれてました。でも、すぐみんな飽きてました」

「いつも、この作品の主人公みたいなことばっかり考えてるの？」

「そうですね」

特に意識して考えているわけではなかった。自然とそういう思考に陥るだけだ。

編集者は話し続けた。

「永山くんが感じている、その鬱屈した塊を見せられたときに俺は笑ったのね。なにが面白いのかをずっと考えていたんだけど、こういった内省的な感覚を持つ主人公に出口が用意されていないという悲劇こそが笑えるんじゃないかなとおもって。あの絵を、わざと重たいパネルに貼って額装してたでしょ？　あの演出が作品の重さとして加味されるのではなくて、反対にここではない違う世界の話というか、この重たい額の世界に閉じ込められている人の話として感じられたんだよね。永山くんの意図に反して作品と現実は隔絶されてしまっていて、じゃあ、あの重さは負荷としてどこに掛かるかというと、作品でも鑑賞する側でもなくて、わざわざそんなことをやってしまう作者に掛かってるんだよ。そこで、初めて作品のなかの人物と作者が繫がっているように感じられて、それで、実際に会って話してみたいなとおもって田村くんにお願いしたんですよ」

編集者は、前のめりで一気に話した。自分の作品というよりは、それを含んだ自分の状況すべてが笑われているのかもしれない。

「つまり、提案っていうのは、『凡人A』みたいなキャッチーだけどどうしようもない言葉を絵に添えて、作品全体を戯画的に見せられたら、面白さが伝わるんじゃないかなってことなんだよ。どうかな？　嫌だったら全然言ってね」

なにを言いたいのかは理解できた。演じればいいのだろう。自分自身が笑われればいいということだ。

「それって、物語にしてもいいんですか？」

あまり深い考えがあったわけではないが、提案を受け入れ過ぎることに抵抗があったのかもしれない。

「ああ、一枚ずつの連作ということじゃなくて？」

「はい」

編集者は黙っていたが、もう次になにを言うかは決まっているように見えた。

「一気に難易度は上がるとおもうけどね」

「そうですよね」

編集者は眉間にしわを寄せてグラスを見つめていた。他にも言いたいことがありそうな顔だった。

「でも、やってみたら。こっちは、面白ければなんでもいいわけだし。自分を客観視できて戯画として成立さえすれば」

「やってみます」

そう答えた僕の表情を田村はカメラを持ち上げ撮影していた。

誕生日の予定はなにもなかったので、早い時間から近所の焼鳥屋のカウンターでビールを飲み始めた。家族がいない中年なんてこんなものだろうという顔をしているが、毎年律儀に自分の生まれた日を意識してしまうことが情けなかった。子供の頃、家族に誕生日を祝ってもらったことがある。しりとりをすることになり、必ず「る」で終わる言葉を探して、自分の隣に座る父に繋げていたら、「おまえのためにやったってんねんぞ！」と怒鳴られたことがあった。あの頃の父の年齢を自分はもう越えてしまっている。

スマートフォンを確認すると、いくつか知り合いからＬＩＮＥが届いていた。

「大王様お誕生日おめでとうございます！」

たまに二人で会う人からだった。連絡してみようかとも考えたが、誕生日だと相手に気を遣わせてしまいそうだし、なにか特別な意図があると勘違いされるのも面倒だったのでやめた。ビールを喉の奥に流すと、ハウスでの古い記憶がちらついた。一人で想い出に耽（ふけ）ってみるのもいいかもしれない。

頭がくるくる回る。酒なんか飲んでいていいのだろうかとまたおもっている。机の前に座ってみても、なにもおもい浮かばない。近所を歩いてみたり、音楽を聴いてみたり、適当に雑誌をめくったりして、胸のうちに生まれた些細な創作の芽のような感覚を離さないように、なくさないように、大切に育てようとするのだけれど、その意欲が持続しない。こんなことは誰でもおもいつくのではないかという疑念がぬぐえず不安になる。

編集者と会った夜、編集者からの話や提案をめぐみに聞かせると、自分のことのように喜んだ。あれからもう何日も過ぎた。なにを作るのだったか。なぜ作るのだったか。それすら、わからなくなった。

絵は何枚か描いてみたが、そこに言葉を置くことができなかった。ましてや台詞など軽薄なものしかおもい浮かばなかった。言葉を置くことを念頭に置いて描こうとすると今度は絵が描けなくなった。言葉と絵が互いに補完しない。物語など作れるはずがない。自分のなかのどこにも物語がなかった。あるのは形を変化させていく感情だけで、それはいつまでも像を結ばず、結局はもっと大きな不安に飲み込まれ、なにも残らなかった。

めぐみと知り合ってから喧嘩をしたのも初めてだった。作業経過を聞かれただけなのに狂ったように大きな声を出した。なにもないくせに、いっぱしの芸術家の苦悩を気どっているようであとから情けなくなった。ノートの隅に描いた極端に影の濃い線描を翌日に見返して吐きそうになった。それにならいて、「仮病」とすぐに言葉を添えられた。

　めぐみはただ楽しみにしてくれているだけなのに、それが重たくなった。その重みをはね返そうとするときに生じる感情は憎しみに似てさえいた。最初から笑ってくれていればよかったのに、もうめぐみに笑われるわけにはいかなくなった。

　自分で勝手にやり始めたことを自分で勝手にやめられないなんてただのおもい込みでしかないのだと信じたいが、机の上にある紙の真白さに、これが現実なのだと強引に突き付けられた。頭が回る。酒を飲んでいていいのだろうか、とまたおもっている。

　自分の部屋の布団に寝転び、電気のヒモが窓から吹く風に揺られているのを見ていた。奥は椅子に腰掛け僕の部屋にあった漫画本を読んでいる。

「もしかしたら、才能ある奴なんて一人もいないのかもな」

「どういうこと?」

　奥は読み掛けの漫画から視線を上げずに言った。

「自分はなにかしらの存在であると自分自身を騙した人と、それ以外かもしれへんやん。正直、その可能性に賭けてるとこあんねん」

「そこには、気づいていていいの?」

奥は踵で床を鳴らす。

「俺、徹夜して絵描くとか言うて、ストイックぶってるけど、途中で『幽遊白書』一巻から全巻読んで結局朝を迎えたりな、なんかムラムラしてきて一人でやってもうて、そのまま寝てもうたりさ、朝まで起きてただけで達成感を得てたり」

「中学時代のテスト勉強してたときみたいな感覚でしょ」

「そうそう、あれからほとんど変わってなくて、意気込みと行動がまったく合っていないというか、そんな過ごし方をしてテストで劇的な成績を収められたことなんてなかったから、このあとどうなるかわかってしまうというか」

「みんな、そんな感じなんじゃないの？」

「いや、才能ある人は寝ないし、才能ある人はちゃんと仕事するでしょう」

「でも、アインシュタインは一日に十時間くらい寝てたらしいよ」

「それ、ほんまやったら救われるな。じゃあ、俺もまだ可能性あるかもな。でも、少なくともジョン・レノンとかこんなことで悩まなかったでしょ？」

「悩みそうだけどね」

「個人的な悩みじゃなくて、世界のことやろ」

「えっ、個人のことは世界のことでしょ」

「神様はなんで才能に見合った夢しか持てへんように設定してくれんかったんやろ。それかごみみたいな扱い受けても傷つかん精神力をくれたらよかったのに。そうおもわん？」

「うん」奥の声がかすんだ。

「もうすぐ朝だね」

奥がつぶやいた。

窓の外はまだ暗かったけれど、先ほどよりも空が少し青に近づいてきている。

「朝なんて来んでええよ。もう、このまま目覚めへんとか無理かな。この感じがありきたりか」

「ありきたりじゃないって、どういう状態なの？」

「完全な個性」

「なにそれ？　そんなものを追い求めることこそありきたりなんじゃないの」

「ありきたりっていうのは、失敗は経験という名の成功、とかほざいてる人のこと言うねん。その失敗で再起不能になる人もいるんですわ。そうやろ？」

「そうかもね」

奥はページをめくって、たまに小さな声で笑っていた。

古本屋の棚の前で、漫画家になるための入門書をめくっていた。プロのアシスタントになれ、と書いてあったものを棚に戻し、次の本を手に取った。天啓を得られないかとひらいたページで必死に文字を探したが、それは漫画で描かれた会計士になるためのハウトゥー本だと途中でわかり、「ちゃうわ」と一人でつぶやいた。自分の身体からアルコールの臭いがしていた。持ち金が少ないのは今朝、ラーメンを食べたからだと、そのときにおもいだした。自分の背後を通ったスーツ姿の会社員に舌打ちされた。それに反応して自分もなにか声を発したが、おもったよりも大きな声が出てしまった。店の奥から店主がこちらを見ていた。別の本を手に取った。そうか、ストーリーだよな、と自分がなにかを話していた。店主を安心させるための言葉だった。店を出ると太陽がまぶしかった。昨日から眠っていない。編集者に指定された締め切りはとっくに過ぎていた。

昨夜、めぐみと口論になった。「なにから逃げてんの」という真っ直ぐな言葉が鬱陶しかった。作るなどという行為自体が嘘で、すでにあるものを証明するのが自分のやり方だと、破綻した芸術論でめぐみの問いからも逃亡した。「なんで酔っとんの」という問いには、笑ってやり過ごそうとしたが、何度か繰り返されたので怒鳴った。

部屋を出る間際に泣きながら言われた、「ねぇ、創作で苦しめる機会がさ、せっかくここにあるんだよ」という言葉が最も心に刺さった。なぜ、めぐみは泣いていたのだったか。とにかく眠りたかった。

眼が覚めたとき、ひどく頭が重かった。窓のそばに置かれたスノードームを眺めながら、どうやってめぐみの部屋まで来て眠ったのかをおもいだそうとしていた。布団のなかで少し動くと、めぐみがベッドに音を立てて倒れ込み、「起きた?」と僕の顔を覗き込んだ。

僕がうなずくと、彼女は部屋の小さな冷蔵庫からショートケーキを二つ出して机に並べ、僕のグラスにコーラを、自分のグラスにはジャスミン茶をついだ。めぐみの機嫌が妙によいことが気になった。

「なにこれ?」自分の声がこもる。

「ネームが完成したお祝い」と言って、めぐみは笑った。めぐみの笑顔を見るのが久し振りのことのように感じられた。

「なにそれ?」

「覚えとらんの?」

なんのことを言っているのかもわからなかった。めぐみの弾むような声を煩わしく感じたが、このままの調子でいてほしいと辻褄が合わないことをおもっていた。

「きのう、永山くん酔っとったけど物語おもいついたって急に言いだしたで、慌てて私がメモしたんだに」

そんなことがあるだろうか。

「どれ?」と聞くと、めぐみは立ち上がり作業机の引き出しからノートを取り、ページをひらいて僕の前に差しだした。

丁寧な文字であらすじと、台詞も書かれている。自分ではなにも覚えていない。だが、ノートを読んでいくうちに自分が考えたものだと確信した。そこには、それまで漠然と頭におもい浮かんではいたものの、はっきりとした像にならなかった複数の点が整理され美しく結ばれていた。それでいて作り物に見えないのは、人物の台詞が一部破綻しているからだ。その破綻も丁寧に主人公の性質で回収していた。それが自分の手によるものだとわかると、自然と顔がほころんだ。

急いでケーキを食べて、部屋に戻り、二日間掛けて寝ずに残りの絵を仕上げた。一切疲れを感じることはなかった。物語と絵が響き合い、またあらたな台詞が生まれたりもした。

作品のサンプルが遅れていたことを謝罪し、それが完成したことを報告するメールを編集者に送ったあとも、興奮してなかなか眠れなかった。めぐみがまだ起きていたので、声を掛けて散歩に出掛けた。

ハウスの廊下で喜びに充ちた声を抑えるめぐみの表情も玄関の灯りをつけないまま履いた靴の感触も忘れることはない。動物園通りを二人で腕を組んで歩き、上野公園を笑いながら走った。夜の動物たちの鳴き声が自分を祝福しているように響いていた。

『凡人A』は刊行されると、雑誌などで紹介されて、にわかに話題となりささやかながら増刷もされた。過剰な自己嫌悪に加えて、露骨に自分本位な世界の捉え方をした作風は、一部の限られた誰かには支持されたが、聞こえてくる反応には青臭いと一語で揶揄(やゆ)するものが多かった。その青臭さが笑えるという評価は編集者の想定どおりだったかもしれないが、自分を満足させるものではなかった。

自分の作品を世の中に発表さえできれば、漠然と抱えていた不安など霧散するだろうとおもっていたが、そんなことはなかった。作品もまた、自分自身とおなじように他者との交わりによって審査され価値を確定される。

出版が決まったことを奥に報告すると、奥は珍しく喜んでくれたけど、これから起ころであろうことを忠告もしてくれた。

「嫉妬されたりするけど気にしなくていいよ。あいつら自分以外の誰かが評価されることから眼を背けたいだけだから同情もしなくていい。俺だって永山に嫉妬はするよ。自分にもなにかできたんじゃないかって。でも実際にはやらなかったんだよ。それがすべて。だから、あとからなにを言っても無駄なの」

「でも、運もあるでしょ」

僕が言うと奥は溜息を吐いた。

「そんな謙遜いらねぇよ。運を言い訳にして、今まで何万人の自称創作者が腐っていったとおもう？　自分以外のなにかの責任にするのは簡単だよ。社会的な評価がすべてだなんて俺もおもってない。誰かが自分の感覚だけで誰かを褒めたいならそうすればいいけど、自分の人生とか痛みに対して自分で責任取れない甘えた奴の作ったもんに金払えるか？」

奥は落ち着いた調子で淡々と語る。

「永山に嫉妬するとき、俺は自分の時間を振り返ってみるんだよ。馬鹿みたいに飯食って、寝てたなとか。恥ずかしくて狂いそうだよ。俺のこと豚って呼んでいいよ」

そう言って奥は笑った。

「あとさ、あいつら視野狭いよな？　永山に嫉妬するくらいなら、競争免除されてる金持ちとか殺しに行けばいいのにね。なんで自分達と似たとこから這い上がった奴にだけ過剰に反応すんのかね。みっともない」

こんな情けない自分に嫉妬する人がいるとは信じられず、冗談だとおもったが、実際にそういう輩も湧いて出た。彼らの批判によって自分のなにかが損なわれることはなかったが、そうなる人達が存在するということと彼らのやり場のない苦しみには少なからず影響を受けて、また奥の言葉をおもいだした。

めぐみと過ごす時間だけは穏やかに流れた。

風邪をひいて熱が出たとき、めぐみが野菜炒めを作ってくれた。味噌の味つけが美味しかったと伝えると、めぐみは「つけてみーそ、かけてみそー」と節をつけて唄った。なんのメロディーなのか僕にはわからなかった。一晩眠ったが、熱は下がらなかった。どうせ治らないなら散歩でもしようとおもい、めぐみに声を掛けた。隅田川沿いの道で人懐っこい猫が足もとに近寄ってくると、めぐみは僕のことなど忘れて猫とおなじ速度で川沿いを歩き続けた。猫が止まって草の匂いを嗅ぎ始めると、次に猫が歩きだすまでいつまでも待った。僕は少し離れて、たまにマスクを外して咳き込んでいたけれど、彼女はそれに気づきもせず、日が暮れるまで猫を追って歩き続けた。本人に自覚があったかはわからないけれど、めぐみは生きものに対しての興味が異常に強かった。それは愛とは違う興味のようにも見えた。

上野駅前の定食屋で食事を済ませて、店を出ると強い雨が降っていたことがあった。喫茶店でコーヒーでも飲もうということになり、「行ったことのない店に行きたい」と僕が提案すると、めぐみは「あるよ」と言って歩きだした。お互いに傘をさしていたが、横殴りの雨は容赦なく身体を濡らした。彼女は両手で低めに傘を持ち、少しでも濡れる面積を小さくしようとしていた。根津の方に向かっているようだったが、いつまで歩いても店には辿り着かなかった。あまりにも歩くので靴のなかまでも濡れてしまって途中から笑えてきた。

「どこまで行くねん」と僕が言うと、めぐみは傘から顔を上げて小さな声で、「え?」と言った。その表情や声が妙に幼くて息を呑んだ。

こんなに歩くなら帰ってもよかったとおもったが言えなかった。住宅街で突然めぐみは足を止めて、古い家の前に置いてある洗濯機を指さした。

「あの洗濯機の上でね、猫が寝てたんだけどね、皮膚が桃色になっててかわいそうだった。今日はいないかな?」

狭い道だったが、背後から車が来たので、めぐみの後ろに回った。雨が跳ねる道の上で、めぐみは首を振って猫を探しているようだった。

僕が行こうと促すと、めぐみは再び歩きだした。水溜まりを踏む彼女の靴の踵を見ていたらなぜか泣きそうになった。

「ここだ」と言って彼女が店に入っていった。確かに来たことのない喫茶店だった。

ズボンの裾が濡れて足が冷たかった。

「寒くない？」

「うん。大丈夫」

僕はコーヒーを、めぐみは紅茶を注文した。美術館で買った図録をリュックから取りだし彼女の前に置くと、彼女はそれをめくりながら、なにかつぶやいた。

「なんて？」

「え？　なんも言っとらんよ」

「なんか言うてたで」

「本当に言っとらんよ」

「じゅじゅ、みたいなん」

「あっ、充実しとるな」

「それ」

「それは言ったよ」

「そのあとも」

「そのあとは、なにも言っとらんよ」

めぐみは、また図録に視線を落とした。

めぐみをたまに遠く感じることがあった。それが彼女自身の変化なのか、自分の問題なのかはわからなかったが、彼女はたまに近くなったり遠くなったりした。

めぐみが、顔を上げた。テーブルの上を移動する小虫が気になったようだ。ひらいていた図録を閉じて、顔はほとんど動かさずに視線だけを泳がせている。彼女は片手でゆっくりと白いおしぼりを掴み、小虫に重なるようテーブルに放した。おしぼりが広がって落ちると、それを指で摘まみ持ち上げて、「あっ、ちょっとだけ死んじゃった」とつぶやいた。

テーブルの上で、小虫の足が震えていた。

「子供の頃な、沖縄のおばあちゃんの家に夏休みのあいだずっとおってん」

「永山くん、大阪でしょ？」

「おとんが沖縄やねん」

「初めて知った」

「蚊やったか蠅やったか忘れたけど、俺が虫を殺そうとしたらな、おばあちゃんが殺すなって言うねん」

「なんで？」

「おじいちゃんが、あんたに会いに来てるんだよ、って」

「おじいちゃん虫なん？」

「おじいちゃん、俺が一歳のときに亡くなってるから、その魂が虫におんねんて」

「へー」

「次の日、家に虫が二匹出てな、おじいちゃんの魂がどう分配されてんのか疑問やった」

「さっきの虫は、誰の魂やったんやろ」とめぐみが言った。

　奥は僕の本が出版されたことを喜んでくれた数少ない人物だったが、僕の作品の受け取られ方には疑問があるようだった。

「サブカルチャーとかアンダーグラウンドというくくりで紹介されていることが多いよね？　それは悪いことではないとおもうけど、あいつらはなぜそれこそが真実みたいに語りたがるんだろうね？」

奥は僕の部屋のベッドにもたれて言った。

「でも、俺もそうやけど自分の作品をサブカルチャーと呼ばれたい人なんていないでしょ？　たとえば、カウンターカルチャーという言葉と作品の意義が自然と重なってしまうことはあるやろうけど、そこに自分からくくられにいくということはないんじゃないの？　本人は好きなことやってるだけやのに、誰かに勝手にくくられるんやろ？」

「そんなことないよ。そこにあえて落とし込んでいく奴もいるよ。サブカルってさ、硬派とか自称して似た者同士で集まって自衛してる不良に似てない？　ある種、負けのない戦いでしょ？」

反射的に笑ってしまったけれど、個人的には了承しにくい話でもあった。

「ちゃんと、負けてる人もおるし、しんどいとおもうで」

なぜか奥は創作者の態度に敏感だった。

「そういう人って、サブカルの大義名分を持たずに戦える人でしょ？」

「でも自称しているわけではなくて、誰かから勝手にそう呼ばれているだけやのに、その呼称に関しての批判はなぜか当人に行くやん。勝手に言ってる誰かじゃなくて。そういうの阿呆らしない？」

自然に言葉がとがった。

「どうせなら、もっと理解不能なこととか畏怖させるくらいのことやればいいのに」

「それって、シンナー吸ってラリって、痛み感じひん無敵状態のゾンビやろ？　それもせこくない？」

「そっか。逃げ道なしだね。自分でなにか作るときに楽しようとおもうことがすでに変なんだね。言葉を拠り所にしている表現者にとって、サブカルチャーというフィールドは居心地のいいホームなわけだから、そこから脱して、メインカルチャーに殴り込みに行って価値観を一変させることこそが、彼らにとっての正義であるという永遠のジレンマがあるしね。それに気づいてない人がいるともおもえないから、知らんふりしてる奴が見てられないんだよ。サブとかメインとか結局言い訳に使ってるだけだろ」と奥は言った。

　自分自身はどうだろう。どちらでもないのではないか。こんな議論にはなんの意味もないのではないか。少なくとも、作品に向かっているときは、そういった理屈を置きざりにできる瞬間があって、その時間のなかにどれだけ長くいられるか追求した方が本質に近いのではないか。奥の言うとおり立場なんてものは自分の調子が悪いときにだけ必要になる浮き輪のようなものなのかもしれない。

「自分の作品展をメインカルチャーにしか興味がないという鑑賞者だけで埋め尽くし

たら、それはサブカルチャーになり得るかもしれないけれど、『これはみなさんが嫌いなものではないですよ』と呼び掛けて最初から理解者を集めてるんでしょ？　それって、最もぬるい環境なんじゃないの？　鑑賞者の総数が大きくなれば批判も大きくなるのは当然で、すべての人達に支持される作品やシステムを人間が作ることは不可能だって歴史上証明されているんだよね？　宗教とか言いだしたら大袈裟かもしれないけれど。全員が絶賛って単純に家族とか仲間内での話と一緒じゃん。究極の身内うけだから、それって考えようによっては、まだ世になにも問うてないんだよ。それで満足しているなら、恥ずかしがった方がいいとおもう」と奥は続けた。

そこまで聞いて初めて、奥は自分自身のことを言っているのかもしれないなとおもった。

「誰かにとっての最高だったら恥ずかしがる必要はないんちゃう？」

「そう？」

「そうやろ。万人に受け入れられる術はないなんてことで絶望すんの阿呆らしいやろ」

「そうかもね」

ようやく奥は同意を示した。

自分の本を出版してからの半年間は早かった。雑誌での取材を受けたり、自分の本を読んでくれたタレントとの対談も経験した。その人のことは昔から嫌いじゃなかったけれど、その人にはメイクや衣装を用意する人が付いていて、準備に長い時間が掛かり、ずいぶん待たされた。その待ち時間よりも、少し短いくらいの会話を交わして終わりとなったことにとまどいながら帰ったけれど、仕上がった誌面を見たら、まぁ、こんなものなのだろうというものになっていた。

単発のイラストや漫画の依頼だけではなく、エッセイなど文章だけの原稿依頼も緩やかに増えてきた。周囲からすれば、僕の姿は充実しているように見えたかもしれない。

『凡人A』の担当編集者に呼びだされ、次回作の打ち合わせも兼ねて、渋谷で酒を飲んだ。なんでもない話が続き、テーブルに置いたグラスと自分との距離をうまく測れない程度に酔いが回ってきたときに、編集者から「『凡人A』ってさ、永山くんが考えたんだよね？」と聞かれた。

「そうですよ」と軽く答えはしたが、なぜかその編集者の言葉だけが切り取られて宙に浮いているような感覚になった。

「なんでですか？」

「いや、一応確認」

そう言って編集者は自身のグラスに瓶ビールをついで飲んだ。

翌朝、眼が覚めても編集者に言われたあの妙な問いだけが頭に残っていた。

どういう文脈で編集者が言ったのか正確にはおもいだせなかったけれど、おそらく急に出てきた言葉だったとおもう。次回作への具体的な話をしていたわけでもなかったから、あるいはそれを確認したくて、呼びだされたのかもしれなかった。どういう意図があったのか？

最近の細かい自分の作品や発言を見ていて、なにか『凡人A』との乖離（かいり）のようなものを感じたのだろうか。だとしたら、自分の作品の質や傾向が編集者の望むものとはずれてきているということだろうか。そもそも、なぜ編集者の意向を気にしなくてはいけないのか。とはいえ、自分の能力を利害なしで観測した人の視点を個人的な都合によって有効にしたり無効にしたりする方がおかしいのかもしれない。ただの場繋ぎの言葉だったかもしれない。なにより重要なのは、それがどうしたとおもえない弱さが自分にあることだ。

仲野は時期によって、主張も存在もカメレオンのように変化した。いい音楽家が変化を恐れず挑戦し続けるという生産的な意味合いではなく、表現者があらゆるものに影響を受けながら、それに対する反応で創作していくというようなことでもなく、たとえば選挙に有利であるためだけに政策を目まぐるしく変えて自分は最初からそうであったという顔を平然と作り羞恥を感じないという意味での、実利主義の権化であるかのようなカメレオンだった。見方によっては、仲野の根幹にはなんの変化もなかったのかもしれない。

それまで自分に対して仲野が発していた、攻撃的な緊張が変化したのもこの時期だった。作品を発表してからは、語気にわかりやすくこちらに対しての敵意が含まれていたのだけれど、それが出会った頃の余裕ある蔑み(さげすみ)に戻ったように感じられた。

仲野の妙な余裕が気になりだすと、繋がっていないはずの編集者の言葉と仲野の態度になにか関連があるのではないかと疑いたくなった。仲野がなにか変なことを周囲に吹聴しているのかもしれない。

ハウスのリビングまで布団を叩く音が響いていた。管理人の綾子さんは日課のように布団を干す。他の住人がどうかは知らないが、自分はハウスに来て、まだ一度も布団を干したことがなかったので、この音が聞こえるたびに不安になった。その不安に編集者の言葉と仲野の態度が重なる。それを無理やり払いのけようとすると、今度は締め切りが近づいた原稿のことをおもいだす。なにから考えればいいのかわからなくなる。バン、バン、バンと布団を叩く音を聞いていると、なにも考えたくなくなり眠気に襲われた。このまま眠ってしまいそうな意識と部屋に戻った方がいいと呼び掛ける意識がぶつかるなかで、人の気配を感じて薄目を開けると、制服を着た女子高生がリビングを通ってどこかに行った。あれは誰だったっけ?と考えているうちに、どこかの部屋のドアが閉まる音が聞こえて、自分は眠ってしまった。


「永山さん?」

眼を開けると、管理人の綾子さんがいた。

「こんなところで寝てたら風邪ひきますよ」

「あ、すみません」

そう言って半身を起こしたが、まだ頭がぼんやりとしていた。

「やっぱり永山さんでしたね」

「なにがですか?」

「妹がね、汚い猿がリビングで寝てた、って言うもんですからね、そんなはずはない、それはたぶん永山さんだ、って言ったんですけれど」

さっきの女子高生は管理人の妹だったか。家賃を持って行ったときに一度だけ顔を合わせたことがあったが、もう少し大人だとおもっていた。

「本当に猿だったらどうしようとおもって、外国の殺虫剤を持って来たんですよ。最近の虫って国産の殺虫剤で死なないらしいですね」

「そんなことないとおもいますよ」

「そうなんですって。この殺虫剤はどこの国？　やっぱりアメリカかな？」

綾子さんは殺虫剤のラベルを僕の方に向けた。ラベルには英語で文字が書かれていた。

「そんなことより、妹がここに来ていることが問題なんですよ。行くなって言ってるんですけどね。見掛けたら遠慮なく注意してください。永山さんにも言いましたよね。他の住人と仲よくしたら狂うって」

そのときの綾子さんは笑ってはいなかった。


まだ店の外は明るいが、電灯を厨房しかつけていない店内は暗く、開け放した入口から往来を行く自転車や買い物客がよく見えた。外から見ると開店していることさえわからないかもしれない。ドアから射す光が床を四角く切り取っていた。その光から顔を店奥に戻すと視界が真っ暗になって頭が揺れた。瞬きをして、眼が店内の暗さに慣れるまで視界に赤が混ざった。店の外から、布団を叩く音が聞こえた。天気がよい、と普通のことが頭をよぎると、もはや仲野のことなんてどうでもいいような気がしてきた。酒を飲んだからそうおもえるだけだろうか。いまだに、あんな記憶に囚われているることが腹立たしい。自分の陳腐な苦しみなど世間にとってはなんでもない。数年前、あの時代のことを誰かに聞いてほしくなり、自分でも恥ずかしくなるくらい深刻に話してみたことがあった。真剣に話を聞いていた金髪の女性は途中から堪え切れなくなったように大声で笑い始めた。

どうしたのか聞くと、「うける。ごめん、つぼった」と、金髪の女性は笑い続けた。その反応には驚かされたし、僕は「変わった感性だね」などと上ずった声で言い、金髪が落ち着くのを待ったが、いつまでも笑い続けていたので、なぜこんな奴の感性に自分が付き合わなければならないのかと腹が立ってきて、なんとか金髪を自分とおなじくらいの状態まで怒らせたくなり、「陰毛も根本だけ黒い金髪なん？」と聞いてみたら、「ああ?」と予想以上に不機嫌になり、「てめぇの、つまんねぇ話聞かされて退屈だから笑ってやってんだろが！　こっちは時間だけ過ぎればいいんだよ！」と怒鳴られた。

タイミングよく、その人がセットしていたアラームが鳴って、そのまま金髪は自分の荷物を持って出ていった。

あれが世間の感覚なのかもしれないとおもうと、人前で過去の話をするのが怖くなった。

気楽にふざけたことを言い、適当に暮らしている方が自分の性に合っているのではないかとおもう。芸術を志した途端、哲学者になったかのように物憂げな表情を作り始めたのは自然なことだっただろうか。全部夢でしたと言って、布団のなかで、よかった、よかった、と安堵する瞬間が来ないだろうか。その安堵する、帰るべき場所というのはどこだろう。こんな若者みたいなことを考えてしまうのは、誕生日だからだろうか、それとも外から布団を叩く音がずっと聞こえていたからだろうか。あの金髪だったらこの自問さえも笑い飛ばすのだろう。

作業が手につかなくなり、気持ちが重たくなった。めぐみと一緒にいたかったが、彼女は部屋を空けがちになっていた。携帯電話にメールを送っても返信がないのに、ハウスの玄関には彼女の靴があった。苛々して、彼女の部屋をノックしたが返事はなかった。めぐみはその夜どこにいたのだろうか。

翌朝も彼女に対するわだかまりは消えずに、はっきりと意識に残っていた。田村とはハウスで話した。底冷えのするリビングは足音や衣擦（きぬず）れの音がよく響いた。

田村がストーブをつけると灯油の匂いが部屋中に広がったので爆発しないか不安になった。

「なんか俺の噂聞いてる?」

よいことでも悪いことでも、さっさと確定してしまいたかった。

「ああ、本当かわからないけど、なんとなく噂は聞いた」

田村はなにを聞かれるのか大体わかっていたようだった。

「なに?」

「永山くんの、『凡人A』の核になる部分は飯島が考えたっていう」

田村はソファーに腰を下ろし机の上で両手を組んだ。

「は? なにそれ」

「いや、飯島から直接聞いたわけじゃないから、どこまで話していいのかわからないんだけど、仲野がいろんなとこで話しているみたいだよ」

仲野の目的はなんなのだろう。幸福の総数が決まっていて、そこに自分が入るためには誰かを蹴落とさなくてはと本気で信じているのだろうか。それとも、もっと単純に、ただの憎しみなのだろうか。

「永山くんが自分で考えたと主張できるなら気にすることないんじゃない?」

「でも、腹立つな」

「作品展の準備をしてた時期に飯島がここで話してたことが、なんとなくみんなの作品のモチーフに流れていって、俺もそうだったんだけど、でもそれは、あの作品展の全体のテーマとして全員が了解してたことだったし、そのモチーフが必ずしも飯島の抱えていたテーマである必要があったかというと、そんなことはないわけだし」

　田村はゆっくりと言葉を続けた。

「それ以外におもい当たる節はないんでしょ？」

「ない」

　仲野が暴走しているだけなら気にすることではないはずなのに、不安は解消されなかった。

　仲野に直接問いただすと言ったとき、奥は「一緒についていこうか」と言った。事情を話しながら、声が震えてしまうのが情けなかった。奥は深刻な雰囲気を和らげようとしているのか、サッカー中継が流れる小さなテレビ画面に視線を向けたままでいる。

「暴力的な言い争いになっても無駄だから」

　どちらかのチームが得点して、観客の大声援がスピーカーから漏れている。甲高い声で叫ぶ実況はひどく興奮しているようだった。

「論理的というか冷静に話そうとはおもう」

「永山にストレスが溜まっているこの状況は相手からすればおもうつぼなんだから」

「腹立ってること自体が癪やしな」

「そうだよ、んっ？」

奥は腰を曲げて、得点シーンが繰り返し流されている画面に顔を近づけた。

「なぁ、おまえはなんも知らんの？」

僕がそう聞くと、奥は質問には答えず、スローモーションで流れるゴールシーンを真剣に見つめ、「これ、オフだろ」とつぶやいた。

「サッカーって誰が考えたんだろうな」

奥の言葉がさっきの自分の質問と関係しているのかどうかわからなかった。

「子供の頃、誰かと遊んでてもさ、自分が考えた遊びじゃないと気分が乗らないんだよ。どうせ自分のものじゃない。この遊びで活躍したって、それはこの遊びを考えた奴のもので、勝っても負けてもどっちでもいいって」

奥の顔は画面に向けられたままだった。

「その点、サッカーはいいよ。起源にいろんな説があるだろ。村同士の争いから発展したとか、大昔は頭蓋骨蹴ってたとかさ。誰か一人の天才が考案した遊びではなさそうなんだよ。ルールは必要に迫られてあとから誰かが付け足したものかもしれないけどさ、それは発明というほどのものではない。サッカー選手の表現は個人のものだよ。組マラドーナなんて奇跡の存在に見えるし、クライフの個人技も尋常じゃないよな。組織的なサッカーの潮流を生みだした人物として紹介されることもある。でもさ、クライフが成立させた戦術だったことは疑いようがないんだけどさ、それを考えた監督は他にいて、それをフィールドで体現したのがクライフなんだよね。そんなことを考えてると、自分がやりたいことって、本当に自分のものなのかなって空しくなることがある。誰かが考案した仕組みのなかで動いてるだけで必要とさえされてない。この衝動さえも誰かの誘導なんじゃないかって」

「奥がやりたいことってなんなの？」

「芸人」

奥は静かにそう答えた。

奥がなにをやろうとしていたのか、どんな生活を送ってきたのか、詳しく聞いたことはなかったが、芸人をやりたいと言われても不思議にはおもわなかった。この建物のなかには自分の想定を超えた様々な種類の人間達も住んでいたということだ。

「芸人って言っても、いろいろあるやろ。どういう芸人？」

「漫才師になろうとおもって中学の同級生と東京に出てきたんだよ」

そんな話は一度もしたことがなかった。

「そうなんや、奥って出身どこなん？」

「大阪。言ってなかったよね」

「うん」

「だから、永山の言葉聞いてたら関西弁に引っ張られそうになる」

「大阪出身で、標準語って珍しいな」

「わざとそうしてる。関西出身者で芸人を目指している若者の定型にはまらないように」

「それは、さっきの話と関係あんの？」

「うん。誰かの真似してるみたいで恥ずかしいから。子供の頃に芸人になりたいとおもったのは、自分を覆う膜のようなものを破いてくれたのが芸人だったから。破く方法がそれしかわからないんだよね。ほっとくと膜はどんどん厚くなっていって呼吸がしづらくなるでしょ。笑いでなら、なかから自分で破くことも可能だってことに気づいた。柳田國男の本でさ、『笑う』の語源が『割る』ではないかみたいなことが書いてあって嬉しかったよ。自分の感覚を説明してもらえたような気がして。膜を破くためにも笑いが必要なんだけど、そんなことばかりやってると、破き方の鮮やかさ、強さが重要になってくるんだよ。あっ、こいつ頭おかしいっておもってる?」

そう言った瞬間の奥の眼が忘れられない。

「頭はずっとおかしいでしょ?」

僕がそう言うと奥は微笑みうつむいた。

「自分で破らなきゃとおもったんだよ。黙って動かずにいると、自然と膜が重なって、辺りは見えにくくなるし、周りの声も小さくなって不安になる。でもそれを自分の力で引き裂いた瞬間の快楽はなにものにも代えがたいんだよ。だから高校生の頃にテレビでお笑いを観ることをやめた。一番好きなものを自分から取り上げるって苦しいね。だけど、そのおかげで、膜ができる速度は格段に上がった。いかに自分が芸人と呼ばれる種族に助けられていたかだよね。これからは自分で膜を破ることにした。でもさ、その破り方さえも、気づかないうちに誰かの摸倣だったとしたら、そんな残酷なことはないよね」

上野公園のベンチに座って、仲野が来るのを待った。奥と約束したように落ち着いて話そうとおもっていたが、ジャンパーのフードをかぶって歩く馬鹿面が見えた瞬間、最初に言おうとしていた言葉がなんだったかも忘れてしまって、気がつくと「殺すぞ」と自分ではないような声で言っていた。

「は？」

こんな奴と冷静に話す必要はない。

「ありもせんこと言いふらしてるやろ」

「おまえヤンキーじゃん。体育館裏じゃないんだからさ」

膨らんで破裂する数秒前の蛙みたいな顔面をした仲野がこっちを見ている。

「おまえの喩えはいつもしょうもないねん。こっちがすでに理解してる状況をわざわざ自己満足で喩えてくんな。時間の無駄やからさっさと質問に答えろ」

仲野が蛙とかタコとか、自分とは意思の疎通が不可能な生きものに見えていた。

「なんで呼びだされたうえに一方的に命令されなきゃなんないの？」

「あっ？」

「あっ、じゃねーよ。なんで急にバカになっちゃうんだよ」

「意味わからんこと言うてるからや」

自然と奥歯を噛んだような話し方になる。

「なんだよそれ？　ちゃんと話せよ」

「嫉妬するのは勝手やけど、周りに嘘吐いてこっちを巻き込んでくんな」

「ああ、それ！」

　そう言って仲野はこちらを指さした。

「指さすな、こら」

「最初から、具体的になにが気になってんのか言えよ。回りくどい奴だな。おまえでも理解できるように教えてやるから」

「俺が書いたもん、飯島さんが考えたとかほざいてるやろ。どういう理屈やねん」

「『凡人A』のことだろ？　あれ、完全に飯島さんのアイデアだから」

「は？」

「おまえ本当になにも知らないの？　じゃあ教えてやるよ。おまえが本作ってて出版できるかどうかみたいな時期あっただろ？　一人で芸術家みたいなマインドに入っちゃって、みんな迷惑してた時期だよ。おまえさ、自分に才能ないことを棚に上げてストレス抱えて感傷に浸って苛々してさ、周りに迷惑掛けてんじゃねーよ。みんな言ってたぞ、あいつ鬱陶しいって」

「だからなんやねん」僕がそう言うと、仲野はベンチに座って溜息を吐いた。

少し間隔を空けて、僕も仲野が座るベンチに腰を下ろした。

「そのときさ、おまえ結局なんにも書けなかったんだろ？」

仲野は煙草に火をつけて、ゆっくりと話した。最も相手が痛がる角度を探しているかのように。

「それで酒飲んで、逃げて、諦めたんだろ？　めぐみに甘えて迷惑ばっかり掛けてさ。だせぇよ、おまえ」

「は？」

仲野のくせに、めぐみを呼び捨てにしているのが気になった。

「おまえさ、さっきから、『あ？』とか、『は？』とかしか言えてないよ。自分の知らない情報を与えてくれる人に対して、なんでそんな偉そうにできるんだよ。まぁ、おまえはそういう奴だから言っても仕方ないんだろうけどさ」

「だから、質問に答えろや」

仲野のペースで話が進んでいくことが耐え難かった。

「何回おんなじこと言うんだよ。おまえの番じゃないから言葉がねぇんだよ。いいか？なんで、諦めて逃げたおまえが作品を完成できるの？　おかしいだろ？　自分でなにも気づかないの？　その後、本が出たら浮かれて調子に乗ってたみたいだけど、見てるこっちはずっと恥ずかしかったぞ」

「は？」

おもわず変な声が出た。僕の表情を見て、仲野が笑っていた。

「泣くのだけは勘弁してくれよ。俺、ハンカチ持ってねぇからさ。ほら自分で考えてみ。情けないよな。おまえさ、ずっと俺とか飯島さんのこと舐めてたよな。自分は気高き孤高の存在で、全身に無数の傷を負っているので、のんびりと暮らしているおまえらとは違います、みたいな顔してさ。おまえみたいに美味しいとこ取りする奴を見てると吐きそうになるんだよ。おまえより厳しい状況でもさ、周りに迷惑掛けずに、ちゃんと協調性を持って社会生活を営んでいる人達がたくさんいるんだよ。甘えてんじゃねぇよ。それで抜きんでた才能があったら理解もできるけど、雰囲気だけじゃん。自分の調子悪いときは、その上手くいかない状況さえも武器にして同情を誘ってさ、おまえあれだよ、お腹痛いって言って学校ずる休みする奴と一緒。おまけに、自分がバカにしてた人の才能のおかげで世間に評価されてるんでしょう？　そういうの一番嫌いそうなのにね。やっぱり嬉しかったの？」

なんと言っていいのかわからなかった。

仲野は作り物のような微笑みを浮かべながら、こちらが痛がる様子を眺めていた。

「今までの、おまえの俺らに対するスタンス謝罪してくれよ」

これ以上こいつを調子に乗らせてはいけないとおもった。

「なんで、俺がおまえに謝らなあかんねん。確定してないことを言い触らすなって言うてんねん」

僕がそう言うと仲野が大袈裟に笑った。

「おまえはなんなんだよ。話聞いてたか？　こっちは確定してるから言ってんの。全部教えてやりたいんだけど、当事者じゃない俺が言う話でもないだろ。詳細は俺だって知らないし。ただ、飯島さんが『凡人A』のストーリーを考えたということは客観的な事実だから、創作者のあり方を問うという意味でも今後も積極的に議論の題材にしていこうとはおもうけどね。それは問題ないよな？　いずれ、おまえの耳にも入ってくるだろうからさ、言っちゃってもいいんだろうけどさ。とりあえず、めぐみとちゃんと話した方がいいよ」

もう返事をすることもできない自分の弱さが情けなかった。

「たまにさ、めぐみたいに無意識のうちに自分を過酷な状況に追い込んでしまう人っているんだよね。だからって、それに寄生してる男はどうかとおもうよ」

仲野は気持ちよさそうに話し続けていた。

「それにしても、さっきのおまえ怖かったよ。ヤンキーみたいでさー、気合い入ってたよね。出会いがしらの、殺すぞ、はさすがにやばいでしょ。じゃ、俺行くね」

そう言って、仲野は立ち上がり、ポケットに両手を突っ込んで歩いていった。

不忍池（しのばずのいけ）の水面に映る光が揺れていた。おなじような風景をいつか見たことがあるような気がした。めぐみと来たときだった。落ち着くために、なにか他のことを考えようとしたが、必ずおなじ話に戻ってしまう。自分が生活している場所はとても限定されていて、そのすべてが、今直面している問題に関わっていた。

談笑しながら走る男女が目の前を通り過ぎていった。隣のベンチには缶チューハイを飲みながら池を睨（にら）んでいる男がいた。

誰に聞くのがいいのだろう。自分以外はもうみんな知っているのかもしれない。めぐみから直接聞く他に選択肢はないはずなのに、それが苦しくて少しでも先延ばしにしたいとおもった。

東京に大雪が降るとラジオの気象情報で流れていた。自分の部屋の窓から雪が降り始めたことを確認できたのは午後五時を過ぎた辺りで、その頃にようやくめぐみと連絡がついた。どこにいるのかはっきりとはわからなかったが、遅くにハウスに戻ると言うので、そこで話すことになった。メールで短い文面を交わしただけだったが、味気ない文字面がすでに二人の関係が崩れてしまい修復は不可能であることを告げていた。

大雪に備えて、ほとんどの住人がハウスに戻っているようだった。ハウスに人が少ないときは建物全体が軽く感じられた。風の通りはよかったが、どこか頼りなく、この古い建物もろとも日々の生活さえも簡単に吹き飛ばされてしまいそうな危うさがあった。人がたくさんいるときは建物全体に熱がこもり密度を感じることができた。その重さもまた自分を不安にさせた。

部屋にいると息苦しくて、意味もなく何度も便所やリビングに行った。住人達は、それぞれの部屋で過ごしているようだった。どこにいても落ち着かず、結局は部屋に戻り布団に倒れ込んだ。飯島さんの部屋の前を通ったとき、男女が交わるような声が聞こえて、おもわず立ち止まりそうになったが、すぐにただの会話だとおもい直した。だが、やはり女性が泣いているような響きもあり、はっきりとは聞き取れなかった。テレビから流れる声が部屋の外に漏れているだけかもしれない。飯島さんの部屋から女性の声が聞こえることは何度もあったから、自分で意識的にそう聞こうとしているのかもしれない。

仲野が話していたことを、なぜ飯島さんに直接聞けないのだろう。めぐみと話せる機会がなくなることを恐れているのか。この期に及んでめぐみと会えることを嬉しくおもっているなら、つくづく間抜けな話だ。他の部屋からは、すぐにテレビとわかる音や音楽が聞こえていた。やはり、みんな戻ってきているのだろう。それにしてもめぐみは、どこにいるのだろう。

めぐみから夜中にメールが届いた。布団から上半身を起こし、窓の外を見ると雪が激しく降っていて、木や屋根にも白く降り積もっていた。布団から出ると寒さを感じたので、椅子に掛けていたカーディガンをはおったが、これはめぐみと一緒に古着屋で買ったものだと気づいて脱いだ。

めぐみの部屋をノックすると、めぐみが「はい」と言ってドアを開けた。

「遅くなってごめんね」

そう言っためぐみの声は少しかすれていた。

「雪すごいな、大丈夫やった？」

「うん」

めぐみは窓の外を見ながら頼りない返事をした。いつもは間接照明で薄暗くしていたが、天井の中央に吊るされた電灯が明るい光を落としているだけで知らない部屋になった。いつからか壁に掛けられていた、ヴェルヴェット・アンダーグラウンドのバナナのTシャツが際立った。客席の電灯がついた終演後の劇場に座ったままでいるような居心地の悪さ。なにもなかったように電気を消してしまいたかった。

僕がいつもとは違う場所に座ると、彼女は小さな机を挟んで向かいに座った。それまでの二人とは違う距離だった。めぐみの顔はいつもより白く、唇はいつもより赤く見えた。慌てて支度をしたのかもしれない。

「いろいろ聞きたいことがあんねんけど」

「ごめんなさい」

めぐみはうつむき、そう言った。

「なにがあったか教えてほしいねん」

建物全体が風で揺れる音がしていた。

「ごめん」

「うん、ゆっくりでいいから」

「ごめんなさい」

「うん。ごめんじゃ、わからへんから」

「うん」

「もうええから言うて」

「怖い」

「怖いってなんやねん」

話せるような状態ではないとわかっていたけど、気持ちが収まらなかった。

「あの、『凡人A』の件やねんけど、知ってるよな？　なんか、あれ考えたの俺じゃないってみんなが言うねんな。そんなことないよな？　あれ考えたの俺やんな？」

なぜ、なにも話してくれないのだろう。

「めぐみがみんなに言うてくれへんと誤解されてまうから、今から全員リビングに集めるから、みんなに言うてや」

めぐみは顔を下げたまま洟を啜り始めた。嘘泣きじゃないかとおもった。

「なぁ、あれ考えたのって俺やんな？」

返答を待てず、わざと音を立てて息を吐く。

ここは苦しい。

「ちがう、かもしれん」

めぐみの声がした。

「どういうこと？　なにがちがうの？」

「ごめんなさい」

「ごめんじゃ、わからん言うてるやろ！」

建物が風で揺れる音と、啜り泣く音が交ざっていた。飯島さんだったら、「なんかいい」などと軽薄なことを言うかもしれないと場に相応しくないことが頭をよぎった。

「あのとき、私もどうしたらいいんかわからんくて」

「いつやねん？」

こうなる前から、ずっと胸騒ぎがしていたような気がする。

「締め切りが過ぎてて」

自分が混乱していたあのとき。

「それで、永山くんがお酒飲んでて」

なにをしたのだろう。

「せっかく作品が本になるって喜んどったのに、永山くんに諦めてほしくなくて」

めぐみが一際大きく泣き声を上げた。他の部屋にもこの声は漏れているだろうとおもった。窓の外は大雪で、いつもと全然違う景色が広がっていた。この建物だけが独立して切り取られているようだ。

「ほんで、なにしてん？」

「どうしていいかわからんくて、永山くんいびきかいて寝ちゃっとったから、リビングに移動して自分で考えようとおもったら、飯島さんがおって」

「おう、ほんで」

「それで」

そこまで言って、めぐみは息を詰まらせた。

「おまえ、取り返しつかへんことしてくれたんちゃうやろな」

自分でも情けない声が出た。

「なぁ、なんでそんなことなってまうねん。なぁ、ちゃんと説明してくれよ」

めぐみは、両腕を机の上で組み、その上に額を載せて大きな声を上げて泣いた。

これ以上の会話は無理だとおもった。

「飯島さんに直接聞くわ」

そう言って立ち上がると、おもいがけない言葉が返ってきた。

「待って、飯島さんは悪くないから」

「どっち庇(かば)っとんねん！」

声を荒らげながら、みじめな言葉だなとおもった。荒くドアを閉めるとハウス全体にその音が響いた。部屋のなかから、めぐみの嗚咽が漏れていた。

リビングに行くと、飯島さんと田村が出てきた。二人ともほとんどのことは理解しているとわかる表情だった。

「大丈夫か？」

僕にそう言った田村の手にはカメラがあったので馬鹿にされているとおもった。

「なに撮ってんねん」

自分が叫んでいた。

「撮ってないよ」

薄ら笑いを浮かべた田村がそう言った。

「赤いランプついてるやろ」

無益な会話。感情が怒りに支配されている最中に、赤いランプが灯っていることを指摘させられる情けなさ。

飯島さんは黙って僕の顔を見つめ、感情を探っているようだった。

「どういうことか話してもらえますか。めぐみが話せないみたいなんで」

「うん」

落ち着いた調子で返事をして、飯島さんはソファーに腰掛けた。自然と舌打ちが出た。溜息を吐いて自分もソファーに座る。田村は気にせずカメラを回している。

「なにから話せばいいかな？」

　飯島さんの妙な余裕に腹が立つ。

「知ってること、全部話してください」

　僕が言うと、飯島さんの表情が変化した。微笑んだようにも、なにかを覚悟したようにも見えた。

「うん。『凡人A』の締め切りが過ぎても永山が書けずにいたときあったでしょ。そのときに、めぐみがリビングで頭抱えてたから理由を聞いたんだよ。そしたら、そういう状況で、永山は酒飲んで寝てるって聞いて、単純に彼女がかわいそうだった。正直に言うと、そのずっと前から。気を悪くしないでほしいんだけど、なんでこんな自己中心的な厄介な奴と一緒にいるのかなとおもって。知らないとおもうけど、めぐみの作品の評価は俺達の周りではかなり高いんだよ。永山が機嫌悪くなるから彼女はそんなこと話さないだろうけど。俺からすれば彼女が永山を献身的に支えているのを見せられるのもつらいというか。それでも、まぁ、永山のスタンスは周りがとやかく言うことでもないから、それでいいとおもってたんだよ。でも、そんな近くの人を巻き込んでるくせに、簡単に作れないとか言って諦めちゃうんだとおもって」

「諦めてはない」

「そうかもね。まぁ、俺が感じたこととして聞いてくれたらいいよ」

田村はソファーではなく床に直接座り、カメラは回したままにしているようだった。

自分にとって苦しい時間が始まろうとしていたが、聞かないわけにはいかなかった。

「それで、めぐみに永山の作品の進行状況っていうか、どんな感じで進んでいるのかを聞いたの。一応、永山の創作の傾向とか考え方は、ある程度これまで話を聞いて知ってたつもりだから。で、永山が準備した設定とメモだけを活かして、そこからの話の流れは俺が考えて、めぐみにメモを取らせた」

あっさりと言われた。飯島さんにおもい詰めた気配はなく、夕食の献立を説明するかのような淡々とした口調に対して自分の感情を差し込む余地はなかった。

こんな奴の力を使ってしまったのか、という言葉が頭のなかで繰り返し流れていた。

「作者に承諾を得ず自分の意見を勝手に盛り込むというのは作品への冒瀆(ぼうとく)じゃないですか」

「そんなことはどうでもいいの」

「どうでもいいことではないでしょう」

「だって、俺がいなきゃ完成もしてないし、世にも出なかった作品でしょ?　だったらそんなの最初からなかったのとおなじじゃん。たぶん、まぁ、たぶんとしか言えないけど、立場が逆だったとしても俺の意見は変わらないとおもうよ」

布団を叩く音が聞こえたような気がしたが、外は大雪だったから、その日の昼間に聞いた音が耳に残っていただけかもしれない。

「理屈が無茶苦茶ですよ」

「じゃあ、永山の作品ってどれだったの？　いきなり権利を主張するようなせこい真似しないよ。そんなことしなくても自分が生きてさえいればいつでも作れるしね。それにあの作品が多少なりとも世間に認知されたのは永山のキャラあってこそなんだから。実は自分が作りましたってあとから手を上げたら、それこそ永山という存在の価値を俺が盗むことになってしまうから。そんな汚い真似はしない。もちろん、自分の創作ノートを勝手に読まれて作品発表されたら、それは言うかもしれないけど。でも言わないかな。乗っかり商売とか言われるのも嫌だしね。その後、なんにもおもいつかない人は人生懸けて主張した方がいいよ。打ち止めなんだから。でも俺は時間もったいないし、もっといいのできるから今後は戸締まりだけしっかりして、自分の作品ってわかってもらえるようにしっかり名前書いて、それを広げていく運動をするかな。人のせいにして責任追及してる時間が無駄だから」

話を続ける飯島さんが、自分とはわかり合えない有機体のように感じられた。

外はまだ激しく雪が降っていた。自分の顔が上気しているのがストーブの影響なのか、聞かされている話のためなのかわからなかった。

「そのときにね、初めてめぐみと話せた気がしたの。それまで、ずっと彼女は永山に遠慮してなのか俺を見下しているように感じていたから。永山がものを作る人間として、俺に対してそういう感情を持つ分には別にいいんだよ。正直俺も永山に対して、俺の方ができるって感覚があるから。でも彼女はそうじゃなかったから。俺ね、その夜ね、オーディションのつもりで、必死で話したよ。正直に言うと、永山が何日も掛かって結局辿り着かない境地に俺は一瞬で行けるんだぞ、っていうのも見せたかった。彼女は俺が言う言葉を健気(けなげ)にメモして、たまに聞き返したりしてね。そこまで俺に対して無防備な彼女は初めてだったし、頼られていることが単純に嬉しかった。すごいとか、天才とか、彼女に言われるたびに喜びが込み上げてきたけど、同時に空しさもあった。わかるだろ？　これは創作の喜びではなく、永山に対してのサディスティックな感情でしかなかったからね。言い方悪いけど、小さい女の子に誰でもできる手品見せて褒められているような気恥ずかしさがあった。なにしてんだろう、っていう」

やっぱり布団を叩く音が聞こえたような気がする。

「でも、あれは俺が考えた設定で、ノートに自分で書いてたメモも」

「うん。メモだけではなんのことかわかんなかったよ。永山自身もメモは書いてたけど形にできなかったんでしょ。たとえば、あそこに永山の感覚とは無関係の別の言葉が並んでいたとしても、おなじくらいのクオリティーのものは作れたとおもう」

「納得いかないですね」

あとからなら、なんとでも言える。

「それで、物語を作って、まさかそれを俺が作ったなんて永山に言ったら絶対に激昂するから、酔ったときに永山が話していたことを私がメモしたんだよって言うように指示した。それを、永山が信じられるようにメモの言葉を活かしただけで、そこになにかしらのインスピレーションを感じたなんてことは一切なかった。ただ、フォローするわけではないけど、永山の癖とか永山の考え方がなければあの形にはならないというのも事実だとおもう。だから、『凡人A』を自分が考えたと主張するつもりはまったくない」

「いや、じゃあなんで」

なぜ、そのことを周りに吹聴するのだろう。

「なんで、そんなことをベラベラ喋ってんのかって疑問だよね。俺は喋ってない。なんでかわかんないけど仲野にそのことについて聞かれたから、俺が考えたというのを否定して今のような説明をした。そこで完全に否定してそんな詳細を話さなかったらよかったとはおもうけど、知っているのが仲野だけではないような感じだったから、黙ってるより俺が説明することで、話が収束すればとおもった。永山のためというよりも、めぐみに負担が掛かるのが心配だったから。これが公になったら、おそらく永山はめぐみを追及するとおもったから」

なにをこいつらは、互いを庇い合っているのだろうか。泣き疲れたあとのように身体が疲弊していた。

「そりゃ、追及するやろ。なんで仲野はそれを知ったんすかね。めぐみが仲野に言うたんすかね？　あんな奴の耳に入ったら恰好のネタにされるなんてことは阿呆でもわかりそうなもんやのに、阿呆やわ」

「追い込まれてたからだよ！　めぐみはもう限界だった」

なに、ちょっと大きい声出してんねん。

「いや、でもそれは絶対にやったらあかんことやん。みんなで俺のことどう見てたん？　おもろかった？」

「それは、悪かったとおもってる」

認めんのかい。

「おもってないやろ！　仲野にちゃんと説明したんか？　あいつ違う感じで言うてたぞ！　全部、飯島さんが考えたみたいなこと得意気に言うてたぞ」

なんで、こいつに、さん付けせなあかんねん。

「ちゃんと正直に伝えたつもり。受け取り方は人それぞれだろうし」

普通のことばっかり言いやがって。芝居してんのか。

「せこくない？　リスク背負わんと、それなりに作品が評価されたら実は自分が案出してましたって、都合よ過ぎひんか？」

田村がカメラをこちらに向けた。

「さっきから、なに撮っとんねんデブ！」

僕がそう言うと、田村は声を出して笑った。

「なに笑っとんねん！　目障りやねん！」

これ以上に面白いことがないというような表情で笑いながら田村はカメラを回し続けていた。

「おい！　めぐみー！　降りて来い！」

大声で彼女を呼んだ。リビングからでも充分に聞こえているはずだった。

　一瞬、この会話を奥にも聞かれていたらとおもい冷静になりかけたが、止まらなかった。

「おい！　めぐみちゃーん！　降りて来てー！　大変なことになってるよー！」

「やめろよ！」

　飯島が制止しようとした。確かに、そのときの自分の行動は彼女に恐怖を与えたいというだけのものだった。

　そのときも、一定のリズムで布団を叩く音が聞こえていたような気がするが、なにか別の記憶と混ざっているのかもしれない。それとも、あの管理人が大雪のなか、ベランダに出て実際に布団を叩いていたのだろうか。

「おーい！」

「落ち着けよ！」

「おまえが言うな！　おまえのせいでこんなことなってんねやろ！」

　飯島が立ち上がってこちらに近づいてきた。こちらも立ち上がって応戦しようとしたが、すねを机にぶつけてしまい、そこに気をとられているうちに飯島に襟首を摑まれて後ろ向きに倒された。机とソファーのあいだに身体が落ちて跳ねた。すぐに飯島の蹴りが飛んできたのでとっさに顔面を守ろうと横を向いたとき、なぜか田村の股間が膨らんでいるように見えた。飯島は一発だけ蹴りを入れると、気持ちが収まったようだった。

「おまえだけがしんどいなんて、勘違いすんなよ」

また、そういうやつだ。飯島は言葉を吐き捨て自分の部屋に戻っていった。身体を起こして飯島の消えた先を睨んだ。殺してやろうかとおもった。

「ねぇ、いいもの見せてあげようか」

突然、田村が言った。

「あっ？」

「絶望的なやつ」

田村は微笑みながら、そう言った。

「なに言うてんねん」

「狂えたら楽でしょう？」

「おまえはいつも大袈裟やねん」

自分が冷静になれば田村はカメラを止めるかもしれない。むきになっている自分の表情を面白がっていることはわかっていたが、うまく制御できなかった。

「いや本当に傑作だから」

そう言って、田村はリビングのテレビをつけて、自分の部屋から一枚のＤＶＤを持って来た。飯島に倒された背中が熱かった。

田村がリモコンの再生ボタンを押した。黒い画面が一気に明るくなる。見覚えがある風景だった。ハウスの内部だった。田村がずっと撮影していた映像。飯島や仲野の顔が映る。映像の風景には、めぐみや自分もいた。

ずいぶん古い映像のように感じる。音声と映像が合っていない。囁くような男と女の声が聞こえる。見たことのある風景が映る。自分の部屋だった。見たことのない角度から撮られるとわからないものだなとおもったが、なぜこんな映像があるのだろう。この男女の声は自分とめぐみの声だった。嫌な予感がした。いや、この男の声は自分ではない。飯島の声だ。嫌な予感のさらに後方から、とてつもない速度で圧倒的な寒けが襲ってきた。映像が一気に切り替わる。別の部屋だ。今度は音声と映像が正確に重なる。男女が交わっている。飯島とめぐみだった。つかの間、息の吐き方を忘れて呼吸が荒くなる。

「なにこれ」

指の先が痺れた。手のひらを振ってみる。必要以上に振り過ぎてしまって手首が痛い。田村の顔を見たが、もう笑ってはいなかった。彼は映像ではなく、カメラも回さず上気した顔でこっちを凝視していた。

自分は正座の体勢で前屈みになる。痺れる指を隠そうと手を握ったらひらかなくなった。めぐみの喘ぐ声が響いている。画面のなかで飯島が卑猥なだけで全然面白くないことを言っている。やっぱり、こいつは才能ないなとおもう。なんの才能？　映像のなかの飯島の華奢な太ももには頼りなく細い毛が生えている。その毛と飯島の面白くない発言がちょうど合っていた。面白くない太ももが、めぐみの白い足に背後から重なる。めぐみの呼吸がいつまでも続いている。自分のひらかなくなった手を田村の手が包むように握る。そのとき、自分の眼から涙が流れていることに気づいた。誰かにこの状態を止めてもらいたいとおもった。なぜか早く飯島に気づいてほしいとおもった。他の誰かにめぐみの身体を見せたくなかった。飯島の部屋からは怒りを表明するかのように爆音で音楽が流れていた。低いドラムとベースの音。布団を叩く音が、どこかから聞こえてきた。そうか、この映像のなかにその音が入っていたのかと気づいた。いつも自分はあとから気づく。男女の身体からは、布団を叩く音よりももっと乾いた軽い音が漏れていた。布団を激しく叩く音のリズムのあいだを、男女の交接の高い音が縫うように響き、そこに、めぐみの呻く声が重なった。

自分で勝手に呼吸するのを止めていたらしく、窒息しそうになったので叫んでみようとおもったけど、喉が渇き切ってほとんど声が出なかった。床に涙がこぼれた。涙だとおもった。

自分の拳を包んでいる田村の手が煩わしい。気休めにもなんにもならない。だが感覚が麻痺して手が全然ひらかない。その手が恥ずかしくて、このまま自分の手ごと切断して捨ててしまいたいとさえおもった。

「ねぇ」

田村が囁いた。

「あっ？」

涙と鼻水で、ぐちゃぐちゃになった顔を田村が覗き込んでいる。

「気づいてるとおもうけど、俺、永山くんのこと前から好きなんだよね」

「はぁ？」

言葉の意味が理解できなかった。

「いつも自分が置かれている状況を必死で打開しようとするんだけど、人として適切なだらしなさも持ってて、ちゃんと台無しになっていくというか、自己嫌悪と惰性の狭間で苦しそうな表情をしている永山くんを見ているとほっとけないんだよ」

真剣な表情で田村がそう言った。

「知りませんよ」

絞りだすように発した言葉が頼りなくかすれた。

田村はゆっくりと動き、僕の身体に腕を伸ばすと遠慮がちに、背中をさすった。振り払う気力はなかった。

映像のなかの飯島とめぐみの体勢が変わっても二人は動き続けていた。おなじ日の映像ではないようだった。

「何個カメラ隠してんねん」

声が震える。

「部屋には二個だよ」

田村が律儀に答えた。

映像のなかで動き続ける飯島が、めぐみの口もとに差しだした人さし指を彼女が躊躇せずにくわえた。この期に及んでも、まだそんなことに傷ついている自分を不思議におもった。この映像にも布団を叩く音が入っていた。管理人が意図的に性交の音を消していたのかもしれないし、管理人の妹は飯島の部屋に行っていたのかもしれない。

階段を誰かが降りて来る気配があった。奥だろうとおもった。奥は冷めた眼でこっちを見ていた。

「えらいことになってもうてんねん」

そう言うと、奥が自分の代わりになにかを叫んでくれた。あるいは自分が叫んだのかもしれない。

「なにしとんの？　えっ？　なにこれ？」

奥は奥ではなくて、めぐみになった。

「なにしとんの！　ねぇ！」

慌ててリモコンを探す彼女の表情をかわいいとおもってしまった。

「信用してたのに」

自分の陳腐な言葉に笑ってしまいそうになる。信用ってなんだ。自分は本当に信用していたのか。そもそも、彼女は自分を裏切ったのか。彼女は誰のことも裏切らなかったのではないか。ただ愚かだっただけで。それなのに苦しんでいる彼女を見ていると妙に充たされる心地がするのはなぜだろう。

この残酷な安心感の正体はなんだ。自分だけが苦しんでいるのではないという単純なものか。彼女の痛みは自分に対する不義理の反対方向に加わる力だから、その痛みが強力であればあるほど報われる気がするのか。

「ねぇ、首絞めて」

画面のなかの彼女が飯島に要求する。

「怖い、から、やだよ」

飯島が息を吐きながら答える。

なに断られとんねん。みっともない。自分はめぐみにそんなことを言われたことがなかった。

「ねぇ、首絞めてよ」

なにねばっとんねん。めぐみはどこだろう。リモコンを触っているが、おもうようにいかないらしい。

「おい、めぐみー。俺が首絞めたろか？」

わざと軽薄なことを言ってみる。

「うるさい！」

眼を赤くしためぐみが叫んだ。

この痛みは、どういった種類の痛みなのだろう。もしかすると、ただの個人的な趣味ではないのか。性的な興奮などと呼べる大層なものでもなくて、笑える話をわざわざ自ら進んで痛がってみるという自己演出が掛かった苦しみに過ぎないのではないか。これは自分の特技と呼べるかもしれない。目の前で狂態を演じる二体の人間を見下したうえで、彼らに馬鹿にされた自分を存分に笑い、ある程度の時間が過ぎたら記憶に蓋をして、それで完了してしまう記憶。理屈ではわかっている。

めぐみは駄々をこねるように床に倒れ込んでいる。布団を叩く音が聞こえている。奥がなにかを叫んでいる。こんなときにまで体裁を気にして叫ぶことができない自分の代わりに、奥が叫んでくれるはず。奥はどこだろう。叫び声だけが聞こえている。

正面から向き合う必要はない。感傷に流されるのは本質的じゃないらしい。本質的じゃないなんて視点を持っている奴は永遠に本質を捉えることなんてできないともおもうけど。動物的な本能と一定の距離を保っている限り、永遠にそいつらは本質から二歩遅れた地点で「爆発に巻き込まれなくてよかったね」とか、「爆発ってきれいだね」などと言って、当事者にはなり得ない。内側から景色を見ることが叶わない。だったら、だからといって、これでよかったのだろうか。

「なにこれ、やめてよ！」

めぐみがテレビに駆け寄り、テレビの側面を叩いた。泣きながら何度も叩いた。画面は消えたが、音だけがいつまでも響いていた。

第二章　霞

ほどよく酒を飲んで家に帰った。おもいだしたくないことを、わざわざ振り返って感傷に浸るなど阿呆らしいことだと自己嫌悪に陥り、自分を責めていた数年前はまだ感傷のただなかにいたということが、はっきりとわかった。今では、あれほど激しく打ちのめされた、めぐみの行為を裏切りとさえ感じなくなっている。諦めでもなく、いじけているわけでもない。二十代だった自分を尊重するために記憶の奥底にしまってあった、かつての痛みを探しだし、その微かな感覚に飛び込んでみたが、柵が設けられた庭で小型犬が走り回っているのを眺めているようなもので、自分の許容を超えた恐怖や苦しみに至らなかったことが哀しい。哀しいと言葉にすると、その小さな実感さえもなくなった。あのとき、めぐみは適切な選択をしたに過ぎない。彼女をその判断へと追いやったのは、言うまでもなく自分の数々の愚行である。それさえも当時の自分の才能と経験の少なさによって導かれたものなのだから、ああいう結末は必然だった。自分がゾンビであることに気づいていないゾンビ自身が、なんの罪もない彼女の白い首もとに嚙みつき無残にもゾンビにしておきながら、そのゾンビ化した彼女に自分が嚙まれると、大声を上げて泣き叫ぶなどというのは、それこそ馬鹿の極みではないか。結末といっても、そのあとも今日まで日々は途切れることなく続いてきたわけで、それからの自分の人生を振り返っても似たような過ちをたびたび繰り返していることを考えれば、あの出来事だけにこだわっていても仕方がない。愚かだったということだけが真実だ。

面倒な経験を彼女の人生にもたらしたことを申し訳なくおもうが、それすらも自分のおもい上がりで、彼女にすれば特別な体験などではなく、記憶にすら残っていないかもしれない。劇的な瞬間の余韻だけで生きていくのは難しい。当然のことだけれど、人生は青春と呼ばれる時代よりも、その後に続くエピローグの方が圧倒的に長い。さっさと物語から退場していった人達を尻目に一人残った役者がだらだらと感傷に浸って閉幕の言葉を述べるのもみっともない。感傷を伴わず淡々と語り続けるのも自意識が過剰で不愉快だ。試みとして、象徴的な出来事に翻弄された人達の感情に寄り添い、語ってみたとしても、どこか台詞めいていて興が乗らない。どのみち日々は続くのだから、自分もさっさとこの余韻から退場して日常に戻ればいいのに、語らないという方法を選べないのは矛盾しているようにも感じる。

まったく気分は乗らないが、ノートパソコンの電源を入れる。十年使っている古いタイプのものなので、起動するまでにかなり時間が掛かる。換気扇のような音を立てながら、排気口から熱風を噴きだすので、爆発するのではないかと不安になる。まだ画面が暗いまま明るくならないので、キッチンに移動して冷蔵庫の扉を開けてみたが飲めそうなものはなにもなかった。ずいぶん前に買った生卵が一つだけ残っていたのが気になったが、見なかったことにした。冷やしているぶんには中身がどの程度腐敗しているのかわからない。殻を割ると臭うだろうか。どうやって捨てればいいのかもよくわからない。永遠に冷蔵庫のなかに置いておくわけにもいかないので、いつかは捨てるのだろうけれど、今触れる気にはなれなかった。

パソコンは自動的にＷｉ－Ｆｉに繋がれている。ネットニュースをついつい見てしまいそうになるが、検索画面で文字を入力できるようカーソルを移動した。

指が空中をさまよう。森本から届いたメールにあった、仲野がなにかしら無様な醜態を曝したという、その経緯を調べるためにパソコンを起動させたのだが、誰かの失態を積極的に楽しみたいという欲求がないので、今一つ集中できなかった。森本は、ハウスでいろいろあったあと、めぐみと入れ替わりで部屋に入った男というくらいしか印象はない。なぜわざわざ自分に連絡してきたのかも、実際のところわからなかった。

「ナカノタイチ」と入力してみる。

「イラストレーター」「コラムニスト」という肩書きの他に、「練馬区観光大使」という文字が出てきた。おもわず、そこをクリックしてみる。画面に仲野の顔が映しだされる。

「こんにちは。練馬区観光大使のナカノタイチです。みなさんが言いたいことはわかります。ナカノなんだから、『中野区の観光大使になるべきだ！』ですよね。でも残念ながら僕は練馬区民なんです！　お許しください。ウィキペディアで検索しても出てきません。（まだ）無名ですから！　それぞれの脳ペディアに記載お願いします。イラストを描きながら、文章も書いてます。普通だからこその視点でみなさんの心を代弁できればとおもいます！」

　妙な軽さも不快だったし、絶望的なつまらなさは健在だった。いつかの自分のように、自身が平凡な視点しか持てないことを表現者としての弱点と捉えず、むしろ誇らしげに掲げているところには吐き気さえした。

「ナカノタイチ」に関連するワードとして、画面上に、「犬のクソ」という言葉が表示された。最近、仲野の身辺に起きた出来事とは、おそらくこのことだろう。

　概要はとても単純だった。ナカノタイチが連載しているコラムのなかでテレビに出ている芸人のことをあからさまに悪く書いたのだが、名指しで批判された芸人が仲野の書いた文章の間違いを指摘する内容のメールを仲野本人のホームページに送った。それを読んだ仲野はそのメールに対して、素直に間違いを認め、謝罪のメールを芸人本人に直接送った。

だが、そこで話は終わらなかった。その芸人は仲野が最初に書いた記事、それに対する自身による反論と間違いの指摘、仲野から送られてきた最初の返信、仲野からの謝罪のメール、さらにその謝罪文を批判する文章という一連の流れを自身のブログに載せた。「踏むことのなかった犬のクソみたいな人生」という言葉はここで登場する。芸人が自分に関わろうとした仲野の生き方をそのような言葉で表現したということだった。

「犬のクソみたいな人生」とは、自分のことではなかったと安心しながらも、なぜだか文字を眼で追っていると胸騒ぎがした。

この芸人は、ポーズというコンビで活動する影島道生（かげしまみちお）という自分と同世代の人物だった。記事に載っている写真では、伸びたままのウエーブがかかった長髪が頬まで覆っているのが眼について、顔の印象はほとんど残らなかったけれど、よくよく観察してみると、眼の下に濃い隈（くま）が浮き、唇が乾いていたので、とても疲れているように見えた。もっとも、最近はこういう人がテレビに出ていても不思議におもわなくなった。

テレビを見る習慣のない自分でも彼のことはそれなりに知っている。数年前からバラエティ番組などで眼にするようになったが、それ以前から彼が書いた本が書店に並んでいるのを見ていた。タレント本など珍しくはないが、彼のように世に出ていない若手が本を出版しているという例を自分は他に知らなかった。彼の本を書店の棚で見掛けるたびになぜだか嫉妬に似た感覚を持て余した。人の成功を羨ましくおもう病からようやく抜けだしたはずだったのに。そんな感覚を持ったのは、彼のことを自分と近い存在だと感じたからだろう。もっと圧倒的な差であったり、環境の違いがあったなら気にならなかった。こいつにできたなら自分にもできたんじゃないかと考えてしまうことが苦痛なのだとおもう。

影島の相方は誰から見ても社交的とわかる性格で同業者からも愛されているようだった。影島は相方とは対照的に口数は少なく、いつも静かだったが、誰かから発言の機会を与えられると必ず奇妙なことを言おうと決めているように見えた。

一度、定食屋で偶然流れていた番組に彼が出ていた。それまでの会話の流れはわからなかったけれど、なぜか彼は自分が考える世界の構造についてだらだらと話していて、その口調が素人目にもたどたどしかったので、大きな失態を演じる彼を見られるかもしれないと期待が膨らんだ。なかなか進まない様子にしびれを切らした女性司会者が、「ようするに？」と話を遮断し、強い口調で質問すると、影島は一瞬黙ったあと、「僕はあなただ」と言った。その瞬間、スタジオでは笑いが起こっていたが、彼は自分が正しいと信じる発言をすることが場所や相手によっては裏切りになると意識してそう言ったのか、それとも意外性のある言葉を探して、頭に浮かんだことをただ発しただけなのかが気になった。そんなことが気になったのは、彼が書いたエッセイのなかに、「想像力と優しさが欠落した奴は例外を認めずただの豚」という文言があり、その言葉が自分に向けられているように感じてはっとしたことがあったからだとおもう。そういえば影島は文筆業以外ではそんな攻撃性のある顔を見せなかった。

影島が有名になるにつれて彼に嫉妬を抱かなくなった。彼が書いた文章に触れたときの感触よりも影島自身から受ける印象は穏やかだったし、テレビではことごとく失敗を重ねているように見えた。その失敗も記憶に残る大きなものではなく、小さな傷を増やしていく地味なものばかりだった。

ある番組で毒舌を振るう若い女性タレントに、「毒にも薬にもならない」と言われたときさえ、彼はへらへらと弛緩(しかん)した表情で、「おかゆくらいにはなるでしょう」となんとも歯切れの悪い言葉を返すだけだった。「想像力と優しさが欠落した奴は例外を認めずただの豚」くらいのことを言い返せば少しは印象を残せるかもしれないのに。

そんな影島の曖昧な振る舞いにもたらされた世間の評価に同調し、彼をただ運がよかっただけの人物と解釈することで、自分のなにかが脅(おびや)かされることはなくなった。そのままじっとしていろと念じながら平然と観察できるようになった。

　そんな影島に転機が訪れたのは、彼が文芸誌に小説を発表し、のちにその作品が芥川賞を受賞したときだった。

　影島が文芸誌に中編小説を発表したとニュースで知ったのは三年前の年が明けて間もない頃だった。僕は正月休みを利用して恋人と大分の湯布院で過ごしていた。わざわざ湯布院を選んだのには理由があった。

　ハロウィンの夜に人混みを避けて街外れまで歩いていると、一軒のバーを見つけた。外から店内を覗くと客がいなかったので入った。ママらしき人物が、「こんな夜だから女装してるわけじゃなくて、いつもなんです」と落ち着いた声で言ったが、どう反応するべきかわからず曖昧な態度のままカウンター席に着いた。ハイボールを注文すると、ママは「ウイスキー工場の彼と付き合っていたことがある」と語り始めた。ママの話に耳を傾け静かに飲んでいたのだが、勧められるまま三杯目のラフロイグを飲み始めたとき、通りから集団の声がして、ドラえもんやハットリくんなど往年の漫画の登場人物に扮した酔客達が店になだれ込んできた。彼らが勝手に奥のボックス席に陣取ると、ママの目つきが変わり不穏な空気が流れた。

そのまま仲間だけで騒いでいたらよいものを、ゾンビの恰好をした男が、「俺バー知ってますよ」と言いたげな表情でバックバーに並ぶ酒を眺めつつ、カウンター席に座り、退廃的な雰囲気で煙草を吸いながら、「そのアードベッグ何年？」とママに聞いた。ママが「そんな大層なもの置いてません」と答えると、ゾンビは「お兄さん仮装似合ってるね」とママに言った。その瞬間、ママが「うるせーよガキ」と怒声を上げて、それにゾンビも応戦し罵り合いになった。カウンター越しにゾンビがママの胸倉を摑もうとしたとき、ゾンビの肘が自分の頭を直撃したので、反射的に立ち上がりゾンビの肩を押したら、なぜか派手に倒れてしまって、「表に出ろ」ということになり、店の外に出たらゾンビの仲間もぞろぞろと自分を取り囲んだ。ママが僕を守ろうと叫んでくれていたけれど余計なお世話で、バーの会計を済ませていなかったし、数分前までよい客の見本みたいな顔で飲んでいたことが頭にチラついて、最初から逃げるという選択肢が奪われていた。気がついたら、ハットリくんに羽交い締めにされ、ゾンビに殴られ、ドラえもんに蹴られた。自分のシャツが血だらけになっているのを隠そうとしたけど、誰に対して隠そうとするのかわからなかった。漫画に殴られるのは何度目だろうと変なことを考えた。救急車で「腕が折れてますね」と言われたことより、口のなかにあった塊を吐いたら歯だったことがきつかった。後日、ママから治療にいいと湯布院を紹介してもらった。

ハロウィンの翌日、家まで駆けつけてくれた彼女は動揺することなく落ち着いて話を聞いてくれた。自分が仕事に追われていたこともあって彼女と会うのは久し振りだった。浮かれた輩に殴られたと打ち明けることに抵抗があり、謎の暴漢に襲われたと不確かな説明をしたが、彼女は真相を追及することもなく対応してくれた。

彼女は会社員だったので、作業が終わる深夜から会うことは現実的に不可能だった。携帯に届いていた彼女からのメールに返信していなかったことをおもいだし、謝罪のメールを送ろうとおもうのだが、その文面を考える時間が惜しくて、さらに連絡が遅れる。遅れれば遅れるほど謝罪の内容は説得力のあるものでなければならないような気がして、その文面が考えられず、結局連絡ができなくなった。この生活が終わればば、この日々が終わればと、念仏のように唱えながら作業に没頭した。そして、ようやく一つの作業が終わった頃には、連絡の仕方を忘れてしまっていた。ハロウィンの夜、漫画の登場人物達に暴行を受けたことは腹立たしかったが、これで彼女に連絡するきっかけができたとどこかで安堵しているところもあった。

　自分が年末まで時間を掛けて取り組んでいた作品は、日々の単調で穏やかな生活を綴(つづ)ったエッセイに、その日々を偽りと暴く絵を添えたものだった。呪いに充ちた心情を吐露し青春時代の残滓(ざんし)を絞りだしたかった。その行為を彼女の存在が抑制してしまうのではないかという恐怖から、彼女を遠ざけた。

　ママとのしこりをなくすために湯布院を選んだのだが、この旅行の最も大きな目的は、彼女に結婚の話をすることだった。過去の出来事は作品のなかに封印できたので、次の段階に進みたいという気持ちがあった。

　湯布院の温泉宿で三日間過ごし、やることがなくなって、折れた腕を気にしながらドライブがてら別府まで行ってみることにした。一部路面が凍っている山道を慎重に走りながら、終わらせた仕事をおもい返し解放感に浸っていると、助手席に乗っていた彼女がスマートフォンを触りながら、「ポーズの影島が文芸誌に小説書いたんだって」とつぶやいた。

　明らかに動揺した。浮かれていた気分は一瞬で霧散した。自分にとってはどうでもいい存在だったはずの影島だが、彼の創作の話になるとどうでもよくなかった。

「これって、すごいの？」

「芸能人やから、ただの話題作りやろ」

自分の言葉に歯が浮いた。

それからは、温泉を楽しむような気持ちになれなかった。それどころか、自分を不安にさせる情報をもたらした彼女のことを疎(うと)ましくさえ感じるようになった。こういう感情は不必要だし、無駄だと理解しているはずなのになんともならなかった。

結局、結婚の話をすることはなく、東京に戻ってからも彼女と連絡を取れなくなった。「話をしたい」と彼女からメールが届き、別れ話だろうとわかったが、それに答える文面を考えられずにいると、「好きな人ができた」というメールが送られてきた。「わかった。ごめんな、お幸せに」と返信した。

影島は以前にも増してメディアで頻繁に取り上げられるようになり、知り合いと彼の話になることもあったが、僕は自分さえも騙すように彼に対しては無知で興味がないというふりをした。一度、編集者に「影島さんとどことなく雰囲気が似ているね」と言われて、とても不愉快になった。自分と彼は似てなんかいない。でも彼は誰かに似ていた。それが誰なのか、そのときはおもいだせなかった。

春になると、文芸誌に発表した影島の小説が単行本として出版され話題になった。

彼の作品を称賛する輩には嫌悪を抱いたし、彼の作品を貶める人を頼もしくおもい応援した。本屋に行くと彼の本が大量に並んでいたが到底読む気にはなれなかった。

　そんな時期に、出版のために準備していたエッセイ集を読み返した。過去に刊行した『凡人A』を、あの頃は若かったと客観視して冷静に自虐を綴る一方で、その文章に添えられた絵は、コーヒーを啜る自分の背後頭上からの構図を取り、コーヒーカップの水面には阿鼻叫喚にもがく中年の苦悶の表情が浮かんでいた。文章を書く、絵を描くという行為に自身が食われないよう一定の距離を保ち、なんとか飼いならし、自分の感覚や感情を丁寧に積み上げることで具現化した作品。青年期の自分を笑いながらも裏切らないことによって、これまでの日々を清算したいというおもいが強かった。

　影島と自分の人生は無関係のはずだし、彼の情報を積極的に集めているつもりもなかったのに、影島の活躍を見聞きするたびに、創作における自身の高揚が削がれていくような気がした。世間に対抗するための最後の手段である聖域が、彼の存在によって瓦解し、マスメディアによって破壊され尽くすような恐怖。結局、その不安は解消されることなく、三年経った今も自身の作品は出版に至っていなかった。

仲野が影島を批判した記事には、「ポーズ・影島道生は芸人であることを放棄したのか？」というタイトルと影島の顔写真をそのまま写し描きしたようなものが掲載されていた。ナカノタイチという筆名の横には、（イラストレーター・コラムニスト）という肩書きが添えられている。

最近、芸人と名乗りながら芸人として笑いを取ろうとする姿勢を一切見せず、ただ真面目に政治的な発言を繰り返したり、とにかく好感度の獲得に必死で優しい人とおもわれようとしたり、ただただ真っ当なことを言うだけが取り柄の、文化人になりたいだけの芸人が増殖している。

その代表が影島道生（作家？）だろう。

先日、影島が政治特番でコメンテーター席に座っているのを見た瞬間、嫌な予感がしたが、筆者の予感は見事に的中した。

やったー。喜んでいる場合ではない。

なんと、影島は芸人でありながら、放送が終わるまで一度もボケることがなかったのだ。これは哀しむべきことだ。

笑いとは「緊張と緩和」というのを桂枝雀（かつらしじゃく）が唱えていたように、バラエティ番組とは違う緊張感が漂う政治特番という空間だからこそ芸人がボケによって本領を発揮できる場であるのに、作家気取りの影島は文化人面しているだけで、芸人の武器であるボケという刀を一度も抜かなかったのだ。

具体的に言うと番組が始まってすぐに司会者から「影島さんにも、三十代として、そして作家としての視点でもご意見を伺えればとおもいます」と影島が話を振られる場面があった。

それに対して、影島は「よろしくお願いします」という一言で終わらせた。

えっ？　嘘でしょ？　素人の私でもそんな絶好のフリが来たならいくらでもボケで返せる。

たとえば、時間に制限があるなら「今日はどの女の子がグランプリに選ばれるのか楽しみです」とか、「外国人選手の活躍に期待したいですね」など。

その後、番組のなかで有機的な役割を果たすなら、「お母さんにスーパーで醤油を買ってくるように頼まれているので、お店が閉まる前に帰るかもしれません」と自身の立ち位置を最初に明確にしておくことで、フリが来るたびに醤油や買い物を絡めることもできるし、後々、仕事と家事で圧迫されている女性の意見というものとボケを接続することも可能になる。

芸人であると名乗りながら、文化人面するなら、せめてこれくらいのことはやってほしい。

私はこのようなスタンスを取る人達を芸人と認めたくない。

そこまで読んで一息吐いた。仲野の臭みが溢れでている文章だった。

ナカノタイチは、コラムのなかで「芸人とは笑わせる人である。いついかなるときも笑わせようと挑戦する者だけが芸人である」と説き、その見本として、ある芸人のコントのやりとりを書きだしていた。仮にも過去に表現に携わっていた者でありながら、これこそが笑いだと、他者が作ったものを誇らしげに掲げられる精神はさすがとしか言いようがない。文章は全体的に鼻息が荒く冗長なだけで内容は薄かった。これでは影島を潰せない。鍋の底に沈殿した具や旨みには触れず、表面の汁だけをすくって椀に入れたような薄さ。つまらないナカノタイチの比喩に引っ張られそうになる。よくない徴候だったので所々飛ばしながら読む。コラムは次のように結ばれていた。

穏やかで優しそうな雰囲気を演出しながら、影島道生は芸人であることを放棄し文化人として扱われ悦に入っている。

他の演者も、彼に芸人というよりは親しみやすい作家というくらいの距離でコメントを求めていた。

彼のことを芸人と信じ、なにか面白いことをするのではないかと期待していたファンが仮にいたとして、その裏切りに対して影島はどう責任を果たすのだろう。少なくとも今後は芸人という肩書きを詐欺的に利用するのはやめてもらいたい。

こんなやり方のどこが優しいのか？


この程度の文章になぜ影島がわざわざ反論したのかが、やはりわからなかった。ナカノタイチの文章は論点も根拠も曖昧で、そもそも論考の立脚点を他者に置かなければ自身の主張さえも立たない者では影島と対抗し得ない。プロスポーツの競技者と口の悪いサポーターの衝突を見せられたときにも同様の疑問を感じるが、彼らの対立には激励というニュアンスがいくぶんか込められていたりする。だからこそ競技者には理解してもらいたいという欲求が芽生え、反論したくなるという構図が生まれるわけで、不毛であることに変わりはないが、まだ理解の余地はある。だが、ナカノタイチの言葉には影島に対して激励の感情は含まれていない。標的にしやすい人物として選ばれただけだろうし、コラムを読む限り、影島のことを詳しく調べてすらいない。影島は小説を発表してから現在に至るまでにおなじような批判を散々言われてきたはずなのに、なぜナカノタイチにだけ過剰に反応したのか。正面からぶつからなければならない理由はなんだったのか。影島にも仲野にもある種の特別な感情を抱いている自分は、どの視点でこのやりとりを眺めればいいのだろう。

影島がナカノタイチに送ったメールの題は、あえて粗雑にした冷たさがあった。

ナカノタイチへ

「ポーズ・影島道生は芸人であることを放棄したのか?」という文章を読んだ。つまらなかった。また、この手の目新しさのない記事かと煩わしい気持ちになった。小説を書いてからというもの、固定観念と偏見に充ちた平凡な視点を誇らしげに掲げるライターをよく眼にする。これまで他人のことを書いた記事は見ないように気をつけて生きてきたが、自分に対して一言あるなら他の誰でもなく自分自身が眼を通しておくべきだと考え、いくつか読んだ。期待外れだった。俺に対しての主張ではなく、社会はこういう構造になっていると暴く体裁のもと、未熟で平坦な論を提示し大衆を扇動し思考を操作しようとするような。書いている本人も無理やりそれで納得したいような。読んだ者がそのまま飲み屋で話せば周囲に考えが深いとおもわれるくらいの単純な答えが必ず用意されている。

彼らは文章を書くという行為に重きを置く仕事なので、書きたいことがなくても書かなくてはいけないし、依頼があれば興味の対象外であったとしても書かなくてはならない。だから、つまらない。雑誌やネットなどの媒体がある限り、なにかを書く人は必要だろうし、別にあってもいいが、俺は基本的にライターが書いたものは読まない。暇潰しに読んだ記事で面白かったものがなかったわけではないから、優秀な人も稀にいるのだということは知っている。だが、ほとんどつまらない。自分が記事を選ぶセンスがないのかもしれない。どこかで優秀なライター集団が隔離され表現の場を剝奪されているからこうなのだと、そんな世迷い言を信じたいほどだ。彼らがいつかその迫害から抜けだして有益な記事が溢れる日を楽しみにしたい。知り合いにもライターがいるが、そいつが書くものは総じてつまらない。そいつ自身は面白い奴なのだが、コラムなんてこの程度のものと規定しているのだろう。あえて、そのスタイルを選択しているだけで、本人の意思によって自由に変更できるなら問題ないのだが、そういうわけでもなさそうだから厄介だ。自分が書きたいことを書けばいいのに、それでは需要がないから仕方がないと、どいつもこいつももっともらしい溜息を吐くのだろうけど、結局は言い訳だろ。そんな彼らの文章よりも、ナカノタイチの記事は遥かに酷かった。

本当に悪夢かとおもったよ。まともなコラムニストに謝罪しろよ。

具体的になにが気に食わなかったか言っておこう。「コラムニストってこういう感じだよね」という意識がダダ漏れであることが、とにかく憎たらしい。コラムニストは卑屈でなければならないという観念は捨てろ。おまえが過去に読んだもので、そういうものが多かったのなら、むしろ類型化を許し続けてきたジャンルそのものに疑問を持て。一度でもそんなことを考えたか？　もしかして、学生時代に周りのみんなが煙草を吸っているから自分も吸わなきゃ、と考えたタイプか？　自分のスタイルや欲求というものを持っていない？　同類に矛先を向けて徹底的に批判してみた結果、そういう類型を保つ必然性が見つかったから、そうしているというならそれでいい。その検証を怠っていることが大問題なんだよ。だから、ナカノタイチの文章は修学旅行先の売店でサングラスを買い、それをずっとつけて悪ぶっている小学生みたいに香ばしい臭いがする。もはや笑えるレベルだよ。悪い意味で職業という縛りに従順なんだろうな。「芸人であることを放棄したのか？」というテーマを持ってくる人物像と完全に合致する。こんな単純な人物がいるだろうか。なにかの罠じゃないかと疑いたくなるほどの単純さ。もう少し表現と矛盾する複雑な内面を持っていないと興味の対象にならないよ。こんなにずれがないなら生きていても楽なんじゃないか？　人生ちょろいか？　だとしたら、ナカノタイチの人生はフィクションだよ。まだ、ナカノタイチの人生がフィクションなのか、仲野太一の人生そのものもフィクションなのかはわからないけれど。「報道番組でまったくボケない影島道生は芸人であることを放棄したのか？」という主張だったな。では聞いてみよう。

「コラムでまったく核心をつかないナカノタイチはコラムニストであることを放棄したのか？」

「イラストでトレースと塗り絵だけのナカノタイチはイラストレーターであることを放棄したのか？」

どうなんだ？

ここで一つ疑問なのだが、ナカノタイチの肩書きが「コラムニスト」と「イラストレーター」と二つあるのはミスか？　このコラムの論は、特定の職業を持つ誰かが、その仕事とは別の仕事に取り組む場合、その誰かの職業は放棄したものと見なされる前提で進行しているんじゃなかったか？

もう一つ疑問。おまえはコラムを書いているとき、どうやってイラストレーターであり続けている？　イラストを描いているとき、どうやってコラムニストであり続けている？

つまらないコラムによくある特徴は、着眼点が弱い。ナカノタイチはその日本代表と言える。「肩書き」というものの捉え方があやふやで、本人のなかでもその定義がまったく整理されていない。いろいろ教えてくれよ。

行為に肩書きが直結するという理論だと、たとえば教師をやりながら小説を書いている人の肩書きはなんになる？　小説を書いているときは教師を放棄し、教師をしているときは作家を放棄しているということか？

俺がおもうに、作家だけでは食っていけないから教師であり続ける人もいるだろう。あるいは、教師になりたかったからなったけれど、創作意欲が絶えないから小説を書く人もいるだろう。生徒からすれば教師だろうし、読者からすれば作家。それでなんら問題ない。

厳密に言うと、教師としての活動中に感じる、登下校の時間、教室のざわめき、生徒の表情、職員室での人間関係などを、その教師が作家の活動に切り替わるとき、完全に無視して書けるとおもうか？　子供じみたことは言いたくないが、教師の時間に溜まった疲労は作家の肉体には持ち越されないとおもうか？　ただの一人の人間だぞ。どいつもこいつも、ただの一人の人間に過ぎないんだよ。その作家が書いた小説を読んで教育委員会が「全然、教えてない」と文句言っていたら、馬鹿だとおもわないか？　その教師の授業参観を内偵した文芸評論家が、「全然、作家じゃなかった」と鬼の首でも取ったように書いていたら、頭がおかしいとおもわないか？

そもそもの話になるが、肩書きを区別する必要は？　そんな不確かなものに厳密性を求めるのは、地位や名誉に固執する小賢しい輩だけだろう。たとえば、おまえみたいな。

国家資格など例外はあるにせよ、肩書きなんてものは、誰がどんなことをしているのか便宜的に知るための不完全なものでしかない。詐欺が横行する世の中で知らない者に差しだされた名刺の肩書きを鵜呑みにする大人もそうそういない。一応、名前をパソコンで検索し照合してみることもできるだろうし、検索できなかったからといってすべて信じてしまう人もいないだろう。

なのに、なぜ、おまえは肩書きに従順に支配されている？　俺もナカノタイチの文章を読んで、こんな奴が本当に文筆家なのかと疑問におもったし、写真を薄紙に透かして塗り絵で誤魔化し、雰囲気あるでしょ？という魂胆さえも透けて見える姑息な絵は、もはや悪い冗談だとおもった。イラストレーターとは到底信じがたい。だから色々と調べてみたよ。

　美大を卒業していることを嬉しそうに語っているインタビューをいくつか読んだ。美大はおもに芸術を研究する場所だろ。美大で芸術じゃなくて、美大そのものを研究していた美大生はナカノタイチだけじゃないか。よほど嬉しかったんだな。わざわざ「嬉しそうに」などと書くのは意地悪かもしれないが、ナカノタイチを理解するために、少しだけナカノタイチのものの見方を参考にして吐きそうになりながら書いている。こんなんで合ってるか？

　まだまだわからないことだらけだから教えてほしい。たとえば美大に行きたかったけれど行けなかった人、自分にはなにかしらの才能があると信じてはいるが挑戦する機会がなかった人、そんな人達が美大に憧れを抱いたり、嫉妬したりというのは理解できそうな気もするけど、実際にそこを卒業した当事者が嬉々として美大に憧れているように語るのは珍しい。それは、どういった精神構造なんだ。

　もちろん、「美大に憧れています」とナカノタイチが明言しているわけではないが、そのように読めてしまうということだ。自覚してないだろうけど、各所にその傾向が出ている。同窓会であまり仲よくなかった奴が、過剰に憎まれ口を叩いてきて「あれ、こいつとこんなに仲よかったっけ？」と不安におもったことないか？

あれは、こんなことまで言える関係というのを対象と周囲に誇示することで、友達だったという既成事実を強引に捏造(ねつぞう)しようとしているんだろうけど、ナカノタイチが美大や芸術を語るときも、それに似た空々しさを感じる。実際に通っていたのにそう見えてしまうのは、ナカノタイチ自身にどこかで芸術に触れていないという意識があるからだろう。平静を装いつつ必死で芸術との距離を埋めようとしている。その埋め方が創作ではなく、語りによる位置取りなのも気になる。

仕事の関係で芸大の学生達と話す機会があったけれど、お世辞抜きで面白かったし、心配になるくらい純粋だった。ナカノタイチのように倒れ方を気にしている奴は見当たらなかったのだが。

「世の中にはびこる独学の芸術家もどき達」という記事も読んだ。「美術を学んだ経験がないのに、自分に才能があると勘違いして、身勝手な表現をしている人達。自由と無茶苦茶は違うから」と辛辣(しんらつ)な言葉を浴びせていたが、なぜ、そんなことを言いたくなる?

その記事の冒頭で、「美大ですごい人達と出会い、自分に才能がないと気づいた」と気軽に負けを認めていたけど、ナカノタイチのイラストを見た限り、そこだけは納得したよ。あまりにも当然過ぎて、「わかっとるわ」と独り言をこぼしそうにさえなった。だが、そのあとの「だからこそ」から始まる、独学の芸術家を揶揄する説に移行していく流れは見過ごせない。接続が汚らわしい。負けを認めているから自分は美大の代表ではないし、矢面に立って喧嘩はしませんけれど、うちにはもっとすごいのがいてますよ、ということだろ？

それって、「俺の地元に喧嘩強い人がいてさ、その人がここにいたら、おまえ達なんか一撃で倒せる」と威張っているのとおなじだろ。みっともなさがナカノタイチらしいとはおもうけれど読んでいて不愉快だった。

ナカノタイチは美大にいたということだけを頼りに芸術と自身との距離を実際よりも近いかのように見せ、なおかつ自分では喧嘩せず、専門的に美術を学んでいない人を美大生側から揶揄するという方法を取っている。

他に調べてわかったことは、ナカノタイチが憧れていると公表している有名コラムニストについて。確かに面白い文章を書く数少ないコラムニストであり、新しい価値を発見し提示する興味深い人物であることは間違いない。でも、なぜナカノタイチが憧れる人物がこの人なのだろうと強烈な違和を感じた。

そういえば、あの人の肩書きも「イラストレーター・コラムニスト」だったか。ナカノタイチが好きな肩書きは共通しているが、それぞれ二人の世界に対する向き合い方が完全に異なっていることに本人が気づいているのか気になった。ナカノタイチが憧れるあの人は、誰も気づかなかった、あるいは言語化できなかった面白いことを鮮やかに提示して、世界を面白くする創作者だが、ナカノタイチはその反対で世界の面白くない捉え方を提示する。価値観を一変させることに違いはないかもしれないが、質がまったく異なる。みんなで、鍋を食おうというときに、そこに泥を放り込んで「こう食べたら不味いでしょ?」と言うのがナカノタイチ。その台無しになった鍋さえも美味く見える視点を探そうとするのがあの人。結局、肩書きではなにもわからない。

そろそろ終わりにしたいのだが、コラムの内容について、まだ言っておかなくてはならないことがいくつかある。

「笑いとは『緊張と緩和』というのを桂枝雀が唱えていたように……」とコラムにあったが、正しく桂枝雀師匠の理論を理解していないのではないかと疑問におもった。

桂枝雀師匠の著書『らくごDE枝雀』に、「まずは緊張の緩和から」という小佐田定雄氏との対談形式で進行する章があり、そこで語られている理論を引用したのだとはおもうが、枝雀師匠はこう仰(おっしゃ)っている。

「ただ『落差の小さいほうが上等や』という言い方もできますわね。『洒落たあんなァ』『無理がないなァ』『自然やなァ』てな具合で……」

　この言葉から、闇雲に緊張を緩和させ大きな落差で笑わせろということではないとわかる。それに前回の政治特番というのはなにも生真面目な人達が集まり、真剣に話をしているから緊張状態にあったわけではなく、選挙結果によって国民の関心の高い法案が今後可決されるかもしれないという状況下だからこそ緊張があったわけで、その国にとっての緊張と出演者の誰かが自発的にボケることとが同一線上にないから、本質的な緩和にはなり得ない。むしろ番組の冒頭でふざけることで、選挙を冒瀆していると誤解を招いたり、芸人の態度が問題視されるかもしれないと、さらに視聴者の緊張を煽る可能性さえある。だから「緊張の緩和」という理論を持ちだすのであれば、自己紹介であのようにボケろ、というのは理屈としておかしい。番組が進行するなかで本道ではなく、出演者の立場や生理から来る別の緊張に対しての緩和であれば有効かもしれない。ナカノタイチは番組全体の緊張と、個人の緊張を混同している。ということは枝雀師匠が主張された仕組みを理解していないということだ。

　枝雀師匠がテレビ番組で、「緊張の緩和」について説明されているのを観たことがある。そこで枝雀師匠が、「根底には、緊張の大緩和。いわば悟りのようなもんですね」と仰っている。この言葉の真意は難しい。確かに起点をどこに置いたうえでの、緊張、緩和であるのかは重要かもしれない。悟りと結び付けて根底の大緩和というくらいだから、そもそも世界は緩和しているという認識が初めにあるのだろうけれど、それが個人的な感覚なのか、社会的な見地なのか摑めない。涅槃が緩和なら、此岸は緊張か？　人が死んでも笑えないのは彼岸も此岸も緩和だからか。

しつこいようだけど、まだこのメールは終われない。さすがに疲れてきたな。コラムのなかにあった悪意ある主張について。ある芸人のネタの一部分を切り取り、「これこそが笑いだ」として政治特番でボケなかった芸人の映像と比べていたが、比較対象がおかしいとおもわなかったか。

あれ、両者の別の瞬間の素材を用意すれば立場が反対の状態も作れてしまうだろ。自分に都合のいい素材だけを集めて、ずっとその状態が続いているように語るのは、もはや暴力。俺がコントのなかで、ボケ的な意味を含まずに政治や文学を語り続けていたり、最後まで一切ボケない（そんなネタがあれば、その行為自体が大きなボケとして成立してしまうが）などがあれば、辛うじてナカノタイチの論は成り立つかもしれないけれど。自分の主張を通すのに必死で視野と思考が狭まってしまったとでも言い訳するのか。

報道番組で、流れや流す予定だった映像を阻止してまで、無関係な話で盛り上がり、「面白いからよいだろう」というやり方で許される人がいたとしたら面白そうだけど、そういう芸人って過去にいなかったのはなぜだとおもう？　一方で、そういうシチュエーションのコントが腐るほどあるのはなぜだとおもう？　少しは自分でも考えろよ。なぜ報道番組に出演する芸人がいるのだとおもう？　賢いとおもわれたいからか？　そんなナカノタイチみたいな発想の芸人いるかな。

ナカノタイチのコラムで一番極悪な箇所は、実際には俺がボケていたことを意図的に隠蔽（いんぺい）していること。これは悪意なんて言葉では収拾がつかない。そこまでいくとただの嘘吐き。なんで嘘を書くくん？

面白くない。芸人としてのレベルが低い。そんな批判なら受けるけど、本当はあったボケをなかったことにするのは詐欺だろ。そして、その嘘に繋げて芸人を放棄しているという暴論。キミはなんなんだ？

画面が中継からスタジオに戻るとき、俺だけ毎回立っていただろ。そこ見てなかった？　毎回、必ず立っていてメインキャスターが発言し始めたら座るというのやってただろ。四回あったはずだぞ。最初は外れたマイクを直すふりしてさ。二度目は間違えたふりして立ってた。三度目は普通に。隣のコメンテーターが不思議そうに見てただろ。四度目はフロアディレクターから執拗(しつよう)に、「座って！」のカンペを出されてたんだから。あと、メインキャスターにキスしたのは見てなかった？

おまえはなにを見てたんだよ。

パソコンを閉じると、いつの間にか部屋が暗くなっていた。電気をつければいいという当然のことにしばらく気づけず、そこだけ濃紺に切り取られたような窓をぼんやり眺めていた。影島がナカノタイチに送ったとされるメールの文章は、どこか自棄(やけ)になっていて、自分が知る彼とはずいぶん印象が違って見えたが、なぜだかその感触が懐かしくもあった。机の電気スタンドのスイッチを指で押すと、パチンと音が鳴って手もとに光がまるく灯った。暗くなった窓に、自分の疲れた皮膚の色が浮かんだ。

スマートフォンを確認するといくつかメールが届いていた。そのなかの一つをひらく。

「おばあちゃんのご飯を作っています。大王様はご帰宅ですか？」

数時間前に自分が送ったメールに対する返信だった。「来れる？」と文面を打った。

もう遅いかもしれないと考えているうちに、すぐ返信が来た。
「はい。ゆっくりと歩いてご自宅の方に向かっています」

カスミとは出会って一年ほどになる。取材で早朝に羽田を発つ便だったため、前日は空港近くのビジネスホテルに宿泊することにしたのだが、早い時間に眠ることもできず、時間を持て余していたときにルームサービスのメニューに挟んであったマッサージの案内を見つけ、普段は施術される習慣などないのに、もとよりそうする予定であったかのように電話して、派遣されて来たのがカスミだった。

部屋に来たカスミは、施術内容や疲労が溜まっている部位を聞いたあとは無駄な言葉を発することなく、静かに身体に触れた。手つきも慣れていて、箇所によって力の強弱があった。触れられているうちに時間の感覚がわからなくなり、ふと、もう終了時刻を過ぎてしまったのではないかと、顔を上げると、カスミは手を動かしたまま笑っていたのだった。その表情のあどけなさに驚いた。人に見せる顔ではない表情を偶然見てしまったことに後ろめたさを感じた。そんなときに適切な表情があるとはおもわないし、こちらで想定していた顔があったわけではないが。僕はわざとらしく、ん、と声を出し、眼を開け直してカスミに時間を聞いた。するとカスミは驚いたように僕の顔を見て、「あと五分です」と言い、恥ずかしそうにうつむいた。やはり、こんなにも幼かっただろうかと不思議におもった。それからの付き合いになるが、カスミは会うたびにまとっている空気が微妙に変化した。

メールのやりとりのあと、カスミはすぐに家にやって来た。歩いて来たからか顔が上気しているようだった。

カスミはリュックを絨毯(じゅうたん)に置き、持参したペットボトルのお茶を一口飲むと急に話しだした。

「返信がなかったんですけど、もしかしたらとおもって、家から歩いて向かってたんです。歩きだったら、結局呼ばれなくても曲を考えながら散歩として行き先を変えればよいだけですし、でも一時間以上は歩きました。途中でパトカーが何台も通り過ぎる地域があって、救急車も通り過ぎて、なんかあったのかなというか、この台数は絶対になんかあったとしか考えられないなとおもったら怖くなってしまって、そこで歩く速度を上げたけど、夜になってきて、ますます怖くなって、でも駅もないし、バスもよくわからなくて、これはもう歩き続けるしかないとおもって、音とかが全部怖く聞こえて、通り過ぎる人も全員殺人鬼みたいにおもえて、ひたすら前だけを見て歩いて」

カスミは必死になって、言葉を続けようとしていた。

「あったこと、全部言わんでええよ。ほんまに言いたいことか、俺が聞いたことに答えてくれたら。カスミちゃんたまに話し続けて怖いときあるから」

僕がそう言うと、カスミは「すみません」と言って頭を下げ、恥ずかしそうに三角座りの膝に顔をうずめた。今日はそういう対応をするんだなとおもった。カスミは日によって、表情も性格も変化する。なぜカスミに連絡したのだったか忘れていたが、誕生日にメールをもらっていたからだとおもいだした。

「このあいだ、メールありがとう」

僕がそう言うと、カスミは顔を上げて不思議そうな表情をした。

「誕生日に」

「ああ、いえ。そうだ」

カスミはリュックから袋を取りだして僕に渡した。そんなに大きな袋ではなかったが、それなりに重さがあった。

「なんやろ、豚の頭部か?」

「違います」

袋から取りだしてみると、小さな盆栽だった。石の器に盛られた土には苔が満遍なくまぶしてあり、中央に小さな紅葉が生えていた。紅葉の葉はもちろんまだ緑色をしている。

「目線を、この木の高さに合わせてね、ずっと見てると大きな木に見えてくるんですよ」

カスミの説明を聞いて、盆栽とスノードームは似ているかもしれないとおもった。

冷蔵庫から二本ビールを取りだして、一本をカスミに渡した。合わせたわけではないけれど、プルトップを引き上げた音が重なった。カスミはビールを一口飲むと懐かしい讃美歌を鼻歌で口ずさんだ。

「盆栽とスノードームって、なんか似てるとおもわへん?」

「ん?」

「スノードームも盆栽もミニチュアやん」

「そうですね。かわいらしいですよね」

「でも、考えようによっては、器の大きさしか根が張らへんってことでもあるもんな」

「ああ、でも守られてるというか」

大きさは重要ではないかもしれないけれど、人の意志によって管理されているとも言える。

「昔な、恋人がスノードームを集めててん」

「かわいい」

「そうやな。かわいくて、優しかった」

「最高です」

「うん」

「なんで別れちゃったんですか？」

「なんでやったかかな。下宿みたいなとこに何人かで住んでてんけど、彼女が引っ越して、それきり」

「永山くん」

「んっ？」

そんな呼び方をカスミにされたことがなかったからおもわず息を呑んだ。カスミは瞳孔をひらき、僕の様子を窺うようにしていた。

「私もいつの間にか会わなくなった人がいて」

ビール一口で酔ったわけではない。

「そうなんやね」

「お風呂で」

「どういうこと？」

「私の家、祖母と一緒に六人で住んでたから、お風呂は一人きりになれる大切な場所なんです。おばあちゃんは早くに寝るから最初に入って、その次は両親、仕事で疲れてるだろうから。で、兄が入って、最後に私と姉どっちが先に入るかっていう攻防があって、私が先に入ると、姉が外から『まだ?』って言いに来るんです。それは仕方ないとして、姉が先に入ったあとに、やっと入れるとおもってお風呂に行ったら、浴槽の栓を抜かれてることがあって、絶対わざとなんです。でも、もうお湯は戻らないし、姉はなにも言わないんです。そしたら何度もそんなことがあって。中学生の頃。なんでみんな私に嫌なことするんだろ。だから、私が最後に入るようになりました。その方がよいんです。だからこそ、誰とも関わらないお風呂の時間が最高に幸せで」

カスミは話すと止まらないことがあったが、この話は最後まで聞いてみようとおもった。

僕がすぐに飲み干したビールのおかわりを冷蔵庫から取りだしているときも、カスミは話し続けていた。

「待って、それ何歳のときの話なん?」

「十八歳です。二つ年上の人と付き合うことになって、実際には四つ上だったらしいんですけど、そのときは二つ年上だとおもっていて、その人と会うのはいつも相手の家だったんですけど、私はまだそういう経験がなくて、途中まではするけど、痛いのは嫌だって説明して、優しい人だったから無理にしようとしなくて、でもそれだといつまでも進歩しないから、引っ張ってもらいたいとおもってて、そんなことを言ったのかな？　言ったかな？」

「カスミちゃんが？」

「はい。言ってないかもしれないけれど、とにかくそんなことをおもってはいて、そしたら彼が最近水中で出産するニュースを見たって言いだして、水中だと痛みが半減するんじゃないかって真剣に言ってて、本当なのそれ？って聞いたんだけど、水中だと殴られても痛くないでしょ？とかいうよくわからない説明されて、初めてだから普通がいいって言ったんですけど、彼は私のことをおもってだとはおもうんですけど、浴槽にお湯を張りだして、お湯が溜まるまでのあいだにコンビニに走ってなんか入浴剤を買ってきて、湯河原？みたいなことが書いてあるのを入れて、そしたら浴槽が薄い緑色になって、仕方がないから裸になって身体を洗って浴槽につかってたら、彼があとから入ってきて、そうなったんですけど、結局は無茶苦茶痛くて」

　カスミは、話の流れや感情と合致する絶妙な表情で話し続けた。

「本当に痛くて、水中とか絶対関係ないじゃん、って言っちゃって、そんなときにそういうことを言ってしまったことは申し訳ないと反省してるんですけど、自分の大切なお風呂という空間でなにやってんだよというのがあって、それで彼が終わって立ち上がったあとに、薄い緑のお湯が漂う浴槽に赤い血が浮かんで、それがゆっくりと沈んでいくんですけど、なんだか尾を引きながら泳ぐ金魚に一瞬見えたんです。それを、しばらく一人で眺めていて、あれ、私なにを言おうとしてたんだっけ」

「血が金魚やろ。そう見えるかもな」

「うん。見えた。でね、浴槽の底に沈んだ金魚が復活したの」

「嘘やん」

「本当なんです。金魚、また泳いだ」

そう言ってカスミは黙ってしまった。三角座りに顔をうずめて。

カスミに会うのは、いつも夜だった。

カスミと自分が会うのは、ＴＳＵＴＡＹＡで映画のＤＶＤを借りる周期とよく似ていた。会う時期には繰り返し頻繁に会ったし、なにがあったというわけではないけれど、会わなくなると存在を忘れたように会わなくなった。

カスミとの時間が自分の仕事に直結することはほとんどなかった。彼女も自分を向上させて社会でなにかしらの成果を上げたいという欲求とは無縁のように見えた。またそういう無欲な精神を誇ることもなかった。なんでもない時間を気ままに過ごすなんてことは、自分にとっては難しいことだった。脱力を装っていても、なにかから養分を吸収し、自分の人生に役立てようとする神経が無意識に活動を続けてしまう。いつまでも、そんな浅ましさから逃れられなかったが、映画を観て誰かの人生や物語に身を委ねているときと、カスミの話を聞いているときにだけ、それができた。正確には、できていたかもしれないとあとから振り返ることがあった。変な話だが、映画とカスミ。その二つは実際によく似てもいた。

彼女の話にたまに登場する意地悪な姉の内面を少し想像しただけでも、陰険さが発露する理由に容易におもい当たる。無欲でただほっつき歩いているように見える妹は、その純粋さゆえに両親から心を許されやすいだろう。そうなると、会社で働き成果を上げようとする自分の日々の努力が脅かされてしまう。業務に付随するストレスが家で少しでも漏れると、「優しくない」と平凡な道徳で処理される。自分を嫌な人間として強制的に受け入れさせられる。その原因までは誰も理解しようとしない。だけど、毎月給料の一部は当然のように家に入れている。給料もストレスも仕事によってもたらされるものなのだから、納得いくはずがない。妹を放ってはおけないだろう。だから姉として構うふりをして、傷つけてしまう。仕事や報酬が別のなにかにスライドするだけで、学生時代から同様の構図になっていたのだとおもう。姉に同情はするが、まったく肯定はできない。自分が誰かに苦痛を与えていることを深刻に捉えた方がいい。姉が社会でどんな大きな成果を上げたとしても僕は知らない。立派な主張をしていたとしても、周囲から尊敬されていたとしても、屑。

カスミの痛みにだけ感情を寄せる。意地悪な姉を嫌い、憎む。複雑に考えることをやめて。女子高に通っていた頃のいじめっ子の話を、また今夜聞かせてもらおう。スマートフォンを触って、カスミの名前を探した。

部屋に呼び鈴が響く。その音を少しでも早く消したいとおもい、エントランスのオートロックを解錠するボタンを押した。一瞬モニターにカスミが映ったが、動いていたからか映像がぶれてよく見えなかった。

部屋の鍵を開けるために玄関に近づくと、ドアをゆっくりとノックする音が聞こえた。いつもなら音に敏感な自分に配慮してこちらが扉を開けるまで待つので、変だとおもったが、待たせたくなかったので、そのまま鍵を開けてドアをひらいた。

「こんばんは。夜分に失礼いたします」

白髪の知らない老婆が立っていた。手には買い物袋をぶらさげている。僕はどうするべきかわからず、ドアノブを持ったまま相手の顔を見て話しだすのを待った。

「突然すみません。カスミの祖母です」

おばあさんはそう言ってこちらに頭を下げた。

「ああ、どうも」

「いつも、お世話になっていると聞きましてね。一度ご挨拶したいとおもいまして」

状況が摑めなかったが、苦情を言いに来たわけではなさそうだった。

「そうですか。あのー、カスミさんは？」

おもわぬ来客にとまどうよりも、この展開を自分の日常に持ち込んだカスミに腹が立った。

「もう来るとはおもいますけど」

おばあさんが訪問した真意は依然はかりかねたが、ここで用件を切りださないということは、部屋で話すつもりなのだろう。強引に帰すわけにもいかないので、迷いはあったが部屋に上がってもらうことにした。

おばあさんは、ソファーには座らず絨毯の上に静かに腰を下ろし、市販の冷たいお茶には手をつけなかったが、知らない家に来たとはおもえないほど妙に落ち着いていた。

「いつも、カスミが夜中にお邪魔しているみたいで、すみませんね」

「いえ、お世話になっているのはこちらで」

「私もね、永山さんのお手伝いをなにかできないかとおもいましてね」

「いやいや、そんな申し訳ないです」

「お仕事がお忙しいでしょう。私のことお気になさらず作業進めてくださいね」

そう言うとおばあさんは立ち上がって台所へ行き、夕方使ったまま流しに置いてあったコーヒーカップを鼻歌を口ずさみながら洗い始めた。何度も止めようとしたが、「これをやらないと、身体が駄目になっちゃうから」などと、おばあさんはよくわからない独り言をつぶやき僕の話に取り合わなかった。カスミに電話を掛けたが繋がらない。なにをしているのだろう。

おばあさんは洗いものを片付けたあと、キッチンの掃除も済ませ、リビングの細かいところを拭き始めた。知らない老婆が自分の部屋を掃除しているなか、作業を進める気になれなかった。無駄のない動きを眺めていると、ざわついていた心がなぜだか静まるようだった。こんな時間を自分は経験したことがないはずなのに。

「永山さんに一つだけお願いがあるんです」

そう言うと、おばあさんは拭き掃除の動作を一旦止めて、ソファーに座る僕を見上げた。

ソファーであぐらをかき、腕組みしている自分がおばあさんの視点で見えたような気がして、そのあまりにも所在なげな姿が情けなかった。返事もできないでいると、

「困っちゃうかな」とおばあさんは笑った。

おそらく、カスミのことだろうとおもった。カスミとの関係は説明のしようがない。ましてや二人の将来のことなど考えたこともない。ただ、たまに互いに近くにいる、それだけのことだ。その責任や役割に名称が付いていないから時間をともに過ごしている。それは彼女にとってもおなじことだ。僕もカスミに対してなんの責任も課していなかったから。

それが社会の通念から掛け離れた感覚であることも、充分ではないにしろ理解しているつもりだった。他者からすれば、この奇妙な関係は、僕が彼女の人生からなにかを搾取しているように受け取られやすいということも。自分になにかしら役割が与えられ、権利を与えられ、責任を課せられることに極度の苦痛を感じるカスミのような存在は、その苦しみさえもだらしないと叱責され、痛みさえも蹂躙（じゅうりん）されてきた。そもそも、そんな性質の存在達は人の眼に曝されるのが恐ろしくて、自分を否定し嘘を吐

き隠れるように生きてきた。

拭き掃除に戻ったおばあさんの姿が、一瞬、古い活動写真のように残像が粗く重なって見えた。

社会的な常識をぶつけられるのが億劫（おっくう）で他人と話すことを避けてきたが、おばあさんの立場からすれば肉親の、ましてや孫の生活を心配するのは当然のことで、その真っ当な心情に自分の考えを差し挟む気にはますますなれない。いつものことだ。

「無理だったらいいんですよ」

おばあさんの無邪気な声が聞こえる。

「なんですか？」

自分の判断でなにかを叶えることができるなら、応じてもいいのではないか。自分の人生になかった別の層に行けるかもしれない。

「髪の毛を洗わせてほしいんです」

おばあさんは、確かにそう言った。

「髪の毛を洗わせてほしいんです」という言葉には非現実的な響きがあった。断るという選択肢もあったのだろうけれど、自分の判断どおりに進行しない時間が続いていたので、誰かの意志を受け入れて、流れに委ねる方が身体に馴染んでいた。そんなことが自分にはよくあった。この状況で引っ張りだされる記憶として相応しくないかもしれないけれど、下北沢のバーのママに帰り際、突然キスされたことがあった。そのときも自分は無抵抗だったし、その数日後には何事もなかったかのように足が店に向いた。

「準備できたら声を掛けてください」

風呂場の外からおばあさんの声が聞こえる。僕は服を脱ぐと、白いハンドタオルだけを持ち、風呂場に入った。蛇口をひねると水が出た。熱い湯に変わるまでには少し時間が掛かる。

「よろしいですか？」

湯がタイルに弾かれる音の奥に、様子を窺うようなおばあさんの声が重なる。

「はい」

返事をすると、おばあさんの気配が、すりガラスを一枚隔てた脱衣所に入ってきた。喉の奥から笑いが込み上げてきたが、それがどういった感情なのか自分でもよくわからなかった。音を立てて扉がひらいた。浴室の密度が濃くなる。呼吸がしづらくなったが、それが酸素を分け合うからなのか、精神的な作用なのかもわからなかった。湯がおばあさんに掛からないようにシャワーの頭を隅に向けたが、それでも湯の細かい粒が散って自分のすねを濡らした。おばあさんに背中を向けて椅子に座っていたが、目の前の曇り始めた鏡にはその姿が映っていた。おばあさんは、さっきまで着ていたカーディガンを脱ぎ、シャツの袖をまくっていた。僕からシャワーの頭を受け取ると自身の手で湯の温度を確認し、首を前に垂らす僕の頭に湯を掛け、もう片方の手で頭を撫でるように満遍なく髪を濡らしていく。一旦、シャワーをフックに掛け、シャンプーを手に取ると、それに湯を混ぜて泡立て、髪に浸透させるように丁寧に揉み込んでいく。その一連の動きが音と肌でわかる。頭皮を指で押され、おもわず声が出そうになる。その反応に気づいたのか範囲を広げながらおなじ動きが繰り返される。

「カスミと出掛けたりするんですか？」

弛緩しほどけた身体におばあさんの言葉が入ってくる。行きたいんですけどね、と脱力した声で答えると、おばあさんが笑った。

そこで息を呑み、「カスミ?・」と僕が言うと、老婆の姿が揺れながら溶けて変容した。後頭部に揺れのような感覚をおぼえ、ゆっくりと眼を閉じた。気持ちを落ち着かせて眼を開けると、曇った鏡にカスミが映っていた。

「そうだよ」

カスミはシャンプーを流しながら、つぶやくように声を出した。顔を上げて鏡を見ようとすると口に湯が流れてきた。もう老婆の姿はどこにもなかった。カスミがトリートメントを僕の髪の毛に揉み込んでいく。

「おばあさんになってたで」

「うん」

カスミは何事もなかったかのように、湯で髪を洗い流していく。

「おばあちゃんにご飯作ってたからかな」

あどけない声でカスミがつぶやく。

「そうなんや」

「あっ、どこか連れて行ってくれるの？」

なんのことだかわからなかったが、おばあさんとの会話のことを言っているのだと遅れて気づいた。

「覚えてるんや？」

うつむいているから自分の声が下腹に響く。

「声が聞こえてたよ」

「そっか、どこ行こうかな」

僕がそう言うと、鏡のなかのカスミが嬉しそうに笑った。

カスミと一緒にいると、たまにこんなことがあった。カスミ自身の肉体が変化しているのか、自分の感覚に変化が生じてそう見えるのかはわからないが、どっちでもよかった。

「見たいのがあるの」

カスミが僕の顔を窺うように言った。

「なに?」

「蝶々の標本」

カスミは風呂の扉を開け、慣れた手つきでバスタオルを取りだした。

「まったく興味ないわ。想像つくやん」

カスミがバスタオルで僕の頭を拭く。

「なんかね、おじいちゃんが集めてた蝶々の標本が置いてある場所があるんだって」

「おじいちゃん蝶集めてたん?」

「うん。おもに蝶。でも昆虫全般集めてたらしいよ」

「そうなんや。えっ、おじいちゃん誰?」

「誰でもない。ただの、じじいです。東大のどこかに置いてあるって言ってた」

「へぇー、東大やったら、本郷かな。でも研究の資料として寄贈されたんなら一般には公開されてないんちゃう」

「おばあちゃんが見に行ったって言ってた」

「じゃあ、見られるんかもな」

　本郷なら上野も近い。久し振りに行ってみるのもいいかもしれないとおもった。


　カスミと一緒に出掛けるのは初めてのことだった。おばあさんとの約束を守らなければならないという使命感に駆られていたが、よくよく考えると自分はあのおばあさんと約束など交わしていなかったし、おばあさんはカスミの肉体を媒介して存在していたのだから、あれはカスミ自身という考え方もできた。律儀に約束を守ろうとしてしまうのは、どこかでカスミとの奇妙な関係に常識を持ち込んでしまったからだろう。社会規範に潔癖であろうとすると、互いに疲弊して結局は関係が破綻してしまうと知っているはずなのに。そんな理屈も自分の都合に過ぎないのだろうか。

　一旦家に帰ったカスミと、本郷三丁目の駅で待ち合わせることになった。彼女がどこに住んでいるのかも詳しくは知らない。自宅のマンションを出て最寄りの池尻大橋駅に向かって歩く。ハウスを出てからは上野を避けるようになった。もちろん仕事の関係で根津や谷中には何度か行ったし、上野の美術館に行く機会もあった。入口を変えるというと変な表現だが、自分の体験と無関係の関わり方であれば特に感傷に襲われることもなかった。池尻大橋から田園都市線に乗り、大手町で丸ノ内線に乗り換えて、本郷三丁目駅には五分ほどで到着した。

カスミの姿が視界に入ったとき、彼女はスマートフォンの地図で目的地を確認しているところだった。白いワンピースを着ていたが、近づくと細い赤の格子柄が入っていた。その上に白のカーディガンをはおっていたので全身が白で統一されていたが、素材の違う生地を合わせていたので調和が取れていた。こうやって彼女の服装を意識して見たことなどなかった。自分は黒のシャツとパンツのセットアップだったので、全身黒だった。偶然ではあったが、白と黒を申し合わせたみたいで気恥ずかしく感じた。

六月に入ってすぐだったが、お昼に向かう会社員達は半袖の人が多かった。

「ということは、こっちです」

地図で方向を確認しながらカスミが案内してくれたが、目的地は東京大学の構内にあると聞いていたので、さっきから見えている塀に囲まれた敷地がそうなのだろう。おもったとおりカスミについて塀に沿って進んでいくと、古いブロックが脇に積まれた入口があった。そこから東大の敷地に入るとすぐ右奥にそれらしき建物が見えた。

く声に出した。

カスミが、「東京大学総合研究博物館」と揺れる赤い旗に記された文字をたどたどし

建物のなかは涼しくて、とても静かだった。各所に配置された透明なケースに隕石や埴輪（はにわ）などが展示されている。一つ一つをゆっくりと見ていきたかったが、カスミは最初から蝶の標本を探しているので、どんどん前に進んでいってしまった。少しひらけた空間に大きな動物の骨や縄文時代の人骨なども展示されていた。カスミが立ち止まり、真剣な表情でなにかを見つめていた。赤と橙が交ざった蝶の標本だった。一見すると、紅葉した葉を並べて額装しているようにも見えた。途中にいくつか小さな蝶の標本はあったが、カスミの祖父が長年にわたり蒐集（しゅうしゅう）した大規模なコレクションは見当たらなかった。

「おかしいね。係の人に聞いてみるよ」

そう言って、カスミは係員のもとに歩み寄り、言葉を交わしていたが、「え？」という彼女の声が空間に響いたので、なにか手違いがあったのだろう。

昆虫の標本の展示は七月の半ばから予定しているらしく、まだ準備中とのことだった。

カスミはここまで自分を連れて来たことが無駄になってしまったことを気にしていたが、まだ展示されていないのだから仕方がない。申し訳なさそうにしていた彼女に、

なにか言葉を掛けなくてはとおもい、「そもそも俺が見たかったわけではないから」と伝えたが、それはそれで酷い言葉だと後悔した。それでも本人は諦め切れていない様子で、あるはずのないフロアを行ったり来たりしていたが、自分もどうすればよいかわからずカスミのあとをついて歩いた。

今度は青い蝶の標本を二人で眺めていると、眼鏡を掛けた五十代くらいの男が僕達の方に微笑みながら近づいてきた。

「こんにちは、博物館の者です。昆虫がお好きなんですか？」

「蝶々の標本が見られると聞いて来たんですけど」

カスミが相手の反応を窺うように答えた。

「ああ、もう少し先なんですよ。なにか雑誌の記事などでご覧に？」

「いえ、祖母から聞きました。祖父が集めていたコレクションがここに展示されてるって」

「ああ、そうでしたか。失礼ですがおじい様のお名前は？」

「根本です」

男は少し驚いた表情を浮かべた。

「根本興善さんのお孫さんですか？　根本さんは東京を代表する昆虫のコレクターですよ」

男はそう言って嬉しそうに笑った。

カスミの祖父が昆虫のコレクターだというのは本当のようだった。

「少し待っていてください」

男は、他の係員のもとに行ってなにかを伝え、僕達が待つ場所まで笑顔で戻ると、「こちらへどうぞ」と僕達を促し、別の方向に歩きだした。黙ってついていくと、男は「STAFF　ONLY」と書かれた扉を開けた。短い通路を進んでいくと、落ち着いた色調のひらけた空間があり、壁には無数の標本が掛けられていた。その大半が蝶の標本だった。

「私が言うのもおかしいかもしれませんが、壮観でしょう？」

男が壁を眺めながら言った。

「すごいですね」

標本の横にプレートが張られており、そこに蒐集家の名前が記されている。カスミは壁に近寄って蝶を丁寧に眺めている。

「これだ」

カスミがつぶやいた。僕もそばに寄ってプレートを確認する。根本興善という名前があったので間違いなさそうだった。

「見たことあんの？」

「うん。おじいちゃん昆虫を捕まえるのが得意だったんです。特に蝶を捕まえるのが得意で。子供の頃は蝶の方からおじいちゃんの手に寄ってくるように見えたほどです」

標本に眼を向けたまま、カスミは懐かしそうに話した。

「根本さんは神の手と呼ばれていましたからね。実際にそうだったのかもしれませんね」

係員の男が言った。

「子供の頃は普通に見てたのに、こうやって並んでるのを見ると泣きそうになるな」

プレートは複数あったが、根本興善のコレクションはかなり広範囲の壁を埋めていた。これを一人で集めたと考えると尋常ではない。

「あれが好きだったんです」

そう言ってカスミが指さした標本には不思議な光り方をする蝶が並んでいた。

「角度によって、光り方が変わるんやな」

「そうなんです。定規であぁいう素材のありましたよね」

「あった。絵が変わるやつな」

「持ってたんです。クラスの友達に盗まれちゃったんですけど」

「そうなんや」

「盗まれたことよりも、その定規にマジックで名前を書かれたことが哀しかった」

「阿呆やな、そいつ」

カスミは僕に返答せず蝶を見つめていた。

「根本さんは民間では最大規模のコレクションをお持ちでした」

博物館の係員が感慨深そうにつぶやいた。

「でも、自分達が子供の頃はみんなこれくらい集めてたって祖父は言ってました」

「とんでもありません。一万点以上ですよ。最初、根本さんから昆虫の標本を寄贈したいと申し出があったとき、いくらなんでもその数は大袈裟だろうと東大の研究者達も不審におもったそうです。でも実際にあった。しかも、それぞれ採集した年代別に整理され、保存状態も抜群によかった」

係員の男はそういった事実が、どこか腑に落ちないとでも言うような表情をしていた。

「一緒に木が多い公園とかに行って、私が蝶々の鳴き真似をすると、似てるって祖父が言ってくれたんです」

カスミが懐かしそうに言った。

「確かに、音を発する蝶はいますが、あなたが鳴き真似を?」

係員の男が不思議そうに声を出した。

「はい。他の人は褒めてくれないけど、祖父だけは。バッタとかカマキリとかアリも」

カスミは途中で自分が話し過ぎていたことに気づいたのか恥ずかしそうにうつむいた。

「アリですか？」

係員の表情が柔らかくなった。鳴き真似と言ってはいるが、それは子供がやる形態模写のようなものだったと解釈したのだろう。

僕が「蝶の声出してみて」と言うと、カスミは「この部屋に来てからずっとやってるよ」と不機嫌そうに言った。

係員の男は微笑を浮かべたまま標本に視線を移した。僕達のことを少し変わった感性の持ち主だということにしたのかもしれない。角度が変われば色が変わる蝶の存在は受け入れることができる人なのに。

一際立派な蝶の標本があった。他のものと違って、その蝶だけは一羽で額装されていた。

「これは、ブータンシボリアゲハです。とっくに絶滅したとおもわれていたんですが、ブータンと日本の共同調査隊によって七十七年ぶりに発見されましてね。ブータンの国王陛下から贈呈されたものです」

「でも地元の人は、その辺でずっと飛んでいたと言ってるそうです。現場を見ていない研究者の世界では絶滅していただけで」

よくありそうなことだとおもった。研究者は自分の知り得るデータだけで判断するしかないので、現実とは掛け離れた世界を構築することが多々ある。

「えっ、なにそれ？　研究者バカじゃん！」

そう言ってカスミは声を出して笑った。

上野公園のベンチに座って、不忍池を久し振りに眺めた。自分の足の筋肉が収縮して硬くなっていた。かつては目的もなく本郷から上野まで歩いたことが何度もあり、たいした距離ではないとおもっていたが、歩いているうちに背中が汗ばみ、記憶よりも長い距離を歩いているように感じた。途中、カスミを気にすると、片足を庇うように引きずっていたので、「足痛いの？」と聞くと、「痛くて死にそうです」と言った。どこか喫茶店にでも入って休もうとしたが、適当な店が通りになかったので、そのまま並んで歩いた。カスミが足を引きずるのを見ていると、急に自分の足まで痛たくなった。首にも疲れを感じたとき、これは博物館で蝶の標本を長く見過ぎていたからだと気づき、「だから大丈夫」とカスミに伝えたが、なにが大丈夫だとおもったのか自分ですぐに忘れてしまった。

上野公園まで来るとカスミも安心したのか、落ち着いた表情になった。カスミをベンチに座らせたままコンビニまでお茶を買いに行った。ベンチに戻ると、彼女は池を眺めながら一人で笑っていた。その光景を見て、誰かの人生に近づいてしまったことを後悔する疲労に襲われ帰りたくなった。お茶を渡すと、なぜかカスミは低い声で「おう」と不良っぽく言った。その言葉が妙に状況にそぐわない不自然なものだったので、重苦しい気分が少しほぐれた。

夕暮れまではまだ時間がありそうだった。

「研究者バカじゃん、とか言うてたけど、あの博物館の人も研究者やとおもうで」

博物館でのことをおもいだすと笑えてきた。

「ごめんなさい」

カスミがそう言った次の瞬間、

「いえいえ、よくある話ですから」

そうさっきの係員の男が自分の隣ではっきりと言って、消えて、カスミになった。

カスミは黙って池を見つめたままでいる。

「なんで、足痛いのに言わんかったん？」

「怒られるとおもって。怒られやすいから」

カスミが子供のように言った。

「さっき、俺、だから大丈夫って言うたあとに、なにが大丈夫なんか忘れててんけどおもいだした。その疲労はな、おじいちゃんの影響とか存在が身体に残っているということやから大丈夫ってこと」

「おじいちゃんが残ってる？」

そう言うと、カスミは表情をこわばらせた。

「いや、怪談話してるんじゃないから」

「なんか、怖いよ。やめてくださいよ」

「大好きな肉親を怖がったらあかんよ」

カスミは僕の言葉で無理に笑おうとした。

パソコンの電源を入れる。そろそろ影島とナカノタイチとのやりとりを最後まで読まなくてはいけない。自然と溜息が漏れたが、本当に自然な溜息だったのかと自分で疑ってもいて、どこにも進めない面倒臭さがある。子供の頃、プールの授業が苦痛で仕方なかった。嫌だとおもうことで実際に腹痛を起こせたことが何度かあった。これで先生に嘘を吐かずプールを見学できるとおもった。お腹が痛いと先生に言うと、先生の眼の奥に疑いの気配があった。本当のことなのに。あれは本当だっただろうか。念じれば腹痛を起こせてしまうのだから、呪いで人が死ぬということもあり得るだろう。その呪いをはね返すためにはなにが必要なのだろう。

ここ数日、影島とナカノタイチのやりとりの続きを読めずにいたのは、自分が傍観者の立場を取れなかったからだとおもう。傍観者の立場を取ろうとしてもできなかった。正直に告白すると、影島のナカノタイチに対する言葉がそのまま自分に刺さるような感覚があった。

影島のブログをひらく。前回までの影島の文章をスクロールしていく。所々、言葉が眼に入る。そのたびに後ろめたさや痛みを感じる。また、溜息を吐き、その溜息を違うとおもったが、なにが違うのかわからなかった。続く影島の文章は、次のように始まる。

このような文章をナカノタイチのホームページに直接送ったところ、数日後に返信があった。まずナカノタイチから最初に届いたメールを確認すると、「先ほど、ベルギーから戻ったところで、まだ全文は読めていません。すべて読んでから返事を送ります」ということが書いてあった。それを一読して私がおもったことは、ベルギーの説明いる?というものだった。

おのれがどこに行ってようがどうでもええわ、とか、「あっ、ベルギー行ってたんですね?　ワッフル美味しかったですか?」などと言うとでもおもったか?とか、「お忙しいとこすみません。落ち着いてからで全然大丈夫ですよ」って言うてほしいんか?とか、そんな言葉が頭に浮かんだが、それは一時的に騒いだ感情に過ぎないので、冷静になろうとメールの文面を読み返し、少しだけ時間を置いた。

両者が対峙してそれぞれの立場を明確にしながら、真剣で刺し合おうという状況で、罠のような隙を見せたことに拍子抜けするとともに、これこそがナカノタイチだとおもった。おい、自称コラムニスト。そこの細部はどうでもええねん。長文を作成するあいだ、この文章でお楽しみくださいということか。つきだしの味が濃過ぎる。

ベルギーのつきだしが送られてきた数日後にナカノタイチから長文が届いた。

以下、ナカノタイチの個人情報に関わる事柄だけを抜き、そのまま全文を載せる。


「ナカノタイチからの返信」

ポーズ影島道生様
メール拝読しました。

自分でも記事を読み返し、確かに影島さんがおっしゃるとおり、暴論と受け取られても仕方がない書き方だった箇所が散見しました。申し訳ございませんでした。それに関しては書き方に対しての配慮が足りなかったと認めざるを得ません。

最初にお断りしておきたいのは、僕は自分のコラムに独自の視点があるとか、斬新な切り口があるとはおもっていません。なので、それを誇らしげに掲げることもありません。

でも、普通の感覚だからこそ書けることもあるのではないかという自負もあります。読者が日頃から疑問に感じていることや、引っ掛かることについて、自分もおなじ感覚でそれを掘り下げていけたらと日々考えています。

影島さんの足を引っ張りたくてあのような文章を書いたわけではありません。

純粋に芸人がテレビに出ているのだから、視聴者が笑いを求めるのは当然のことだとおもい書いたまでです。

いろいろと指摘してくださって感謝です。

なにから書けばいいのか上手くまとめられませんが、まず肩書きについてです。

僕は芸人が他の分野に進出するのは別にかまわないというか、当然のことだと考えています。だから、影島さんが作家業をすることも否定しません。

「ポーズ・影島道生は芸人であることを放棄したのか？」という記事のタイトルについてですが、あれは弁明させてください。

僕が最初に書いたのは、もう少し柔らかいものだったのですが、編集のチェックが入り、もっとインパクトがあるものにしてくれと言われて結果的にああなりました。

違う書き方を考えるべきだったかもしれません。すみませんでした。

僕は肩書きを「イラストレーター・コラムニスト」としていますが、影島さんに指摘されたとおり、それぞれ独立した活動をするときもあるということを完全に失念しておりました。

でも、今回の記事についてはイラストも一緒に載せているので、そこはご容赦願いたいです。

なにより、僕は芸人という職業を好きだからこそ、芸人の本分は人を笑わせることだと信じているのです。そこだけは他の職業とは異なるのではないかとおもうのです。

ここ数年、芸人を志望して養成所に入る若者が毎年数千人いると聞きました。テレビという最も影響力のあるメディアのなかで、実際に何十年も芸人が第一線で活躍しているのだから、当然です。

学業をおろそかにしていたら、親から「吉本に行け」と言われたというエピソードをテレビで見たことがありますが、もはや不良だったり、勉強ができない人達が芸人を目指す時代ではありません。

純粋にクリエイターとしての能力が高い人達が集まっているのが今の芸人の世界です。規模が拡大しているのだから当然です。

そんな集団のなかから出てきた人達ですから、他ジャンルでも成功するのは当然です。そのことを批判しているわけではありませんので、そう感じられたのなら、すみません。

ただ、ライターやコラムニストの存在そのものをつまらないと決めつけることには異議を申し立てたいです。

今回の僕の記事について至らない点を指摘されるのは仕方ありません。ですが、実際に優秀な書き手もたくさんいます。

影島さんが有名だからといって、優劣の決定権を持っているかのような物言いはどうなのでしょうか。有名かどうかで能力が決定するわけでもありません。

そして、企画や編集者からの要求に応えるという書き方が必ずしも自由な表現の妨げになるわけでもありません。

素材と書き手のあいだに化学反応が起きることで面白いものができるということも多々あるので、ライターが書きたいことを書いていないというのは誤解だとおもいます。

「コラムニストってこういう感じだよね」という指摘もありましたが、評論というものの特性上、立場が曖昧ではいけないからだとおもいます。リスキーだったとしても、はっきりとした姿勢を見せるというのはコラムニストとして正しい態度だと僕は考えます。

また、「イラストでトレースと塗り絵だけのナカノタイチはイラストレーターであることを放棄したのか?」とありましたが、おっしゃるとおり、あの絵は間違いなくトレースです。

では、なぜ僕がそうしているのか？　それは雑誌の記事だからです。

雑誌は独自の絵を発表する場ではなく、なにより記事の対象者に似ているということが重要なのでこういうやり方を選択しています。

雑誌を読む人はアートに関心を持つ人だけではありません。あそこはギャラリーでもアトリエでもありません。

場所に相応しいスタイルで描く、要求に応じて描く。それもイラストレーターに必要な心構えだと考えています。

こちらも長文になってしまいますが、「コラムでまったく核心をつかないナカノタイチはコラムニストであることを放棄したのか？」という指摘があったので、影島さんのメールへのお返事は、少しでも自分なりの核心に近づきたいとおもっています。

僕が美大に対して、ある種の屈折した感情を抱いているのでは？という考察、興味深く拝読しましたが、自分は影島さんが疑っているような経歴詐称はしておりません。

実際に美大を卒業し、イラストレーターとして活動しているので、美大卒を特別に誇るということもありません。誰にでも、自分の経歴に自虐や自負が多少はあるとおもいますが、その水準を大きく逸脱してはいません。

　美大に通っていた途中も現在も、美大を研究していたという事実はありません。あくまでも自分なりにですが、アートというものに向き合ってきたつもりです。そのなかで、疑いようのない才能を持つ人達と出会ってきたことも事実ですので、鼻っ柱はとっくにへし折られています。

　芸術と自分との距離についてですが、表現やアートに携わる者が必ずしも自身の創作に満足し自信を持って世に発表しているとは限らないのではないでしょうか。僕は強い表現欲求があったから創作者になったわけではありません。創作者になりたいがために絵を描き始めたのです。

　ネタをやりたくて芸人になる人もいるだろうし、芸人になりたいからネタをやる人もいるとおもいます。それとおなじです。

　自分のように才能を疑いながらも、なんとか踏ん張って仕事をしているクリエイターがいてもいいと自分は考えています。

　コラムにしてもそうですが、そんな自分だからこそ、どこかで「芸術なんてわかんない」と言って芸術家をバカにする人達とおなじ視点で芸術を見て、なにかアプローチできるのではないかと考えているのです。

「笑いとは緊張と緩和」と知った風に書いたことも素直に謝ります。考察が足りなかったかもしれません。

ですが、それも自分の特徴だと前向きに捉えています。

影島さんほど、調べたり考えたりしても、世間の大半の人達は難しいと首を傾げて終わりではないでしょうか。

僕が目指す場所はそこではありません。芸術や創作の本質よりも、人が楽しめるものを提供していきたいのです。

あと笑いに関して評論すると、必ず「じゃあ、おまえがやってみろ」という批判が出るので、恥をかく覚悟で逃げずに具体的なボケを書きました。

他の芸人のネタの一部を切り取り、政治特番に出演した影島さんの言動と比較した部分は、自分で読み返してみても、本当に暴論だったと反省しています。

調子に乗っていたのかもしれません。本当に申し訳ございません。

ただ、スタジオに映像が戻るたびに影島さんが立っていたのがボケだったという主張については、すみませんが、まったくボケと気づきませんでした。

これも自分の感性が乏しいからでしょう。ずっと、「なにしてんだ、こいつ？」というか、なにかしらのミスなのかなとおもって見ていました。

これは僕だけの意見ではなく、僕の友達の女の子も言っていたし、話題になったので客観的な事実だとおもいます。

なので自分の理屈を通すために、実際には存在したボケのくだりを、無理やりなかったことにしたというようなことはありません。

バカにしているわけではなく、僕は影島さんのことを、芥川賞とかも取ったし、すごい人なんだろうなとはおもっていたんです。

でも、笑ったことはないです。ボケようという姿勢を見ることはあっても声を出して笑ったことはないんです。

僕にとっての芸人の価値はどれだけ笑わせてくれるかです。笑いの総量だけが芸人の価値だとおもっています。

最後です。僕は番組を終わりまで観ていたのですが、影島さんがメインキャスターの方とキスをしたという場面は観ていません。もしかしたらトイレに行ったときに観逃したのかもしれません。

それは、番組のなかでそんな演出があったということでしょうか?

それを観ていたら、今回のような記事は書いていなかったかもしれません。

今回はご迷惑をお掛けして本当にすみませんでした。

（以上が、ナカノタイチからの返信）

自分に対して悪意ある記事を書いたコラムニストとやらの、こちらに対しての返事が、このありさまである。私はすぐに返事を送った。その全文をここに掲載する。

ナカノタイチへ

返信読んだ。率直にまず述べたいのは、謝り過ぎ。一応、プロなんだろ？　人のことを「文化人になりたいだけの芸人」とまで切り捨てといて、簡単に言葉を取り下げんなよ。人目につかない場所だと、ガムがへばりついた靴の裏まで舐めそうだな。呆れかけたが途中で少し盛り返してきたから安心したよ。キミはどれくらいの覚悟で言葉を書いてるんだ？　大前提として、雑誌という媒体はナカノタイチが引き出しにしまっている日記ではないということは理解しているか？

まさか酔っ払って書いたわけでもないだろ。誰かが雑誌を買うのは、そこに本当のことが書かれているかもしれないからだろ。過去に真摯な姿勢で文章と向き合ってきたライターやコラムニスト達の功績によって雑誌と購読者との信頼関係は辛うじて成立してきた。ナカノタイチが寄稿している雑誌というのは、書かれていることすべてがフィクションで、前衛的な小説として読むべきものなのか!?

　メールの返信に、「ライターやコラムニストの存在そのものをつまらないと決めつけることには異議を申し立てたいです」と、突然文筆業界を背負っているかのような言葉を書いていたが、誰が言うとんねん。俺が、なかには優秀な人もいるというようなニュアンスをわざわざ文章に含ませたのは、キミが窮地に追い込まれたとき、そちらに問題をスライドさせるのを封じるためだ。ナカノタイチ自身が暴論だったと認めているように、キミが無責任な仕事をしたのだから、あくまでも自分の問題としてナカノタイチ自身が受け止めなくては謝罪にならないだろ。コラムニスト、ライター全体を揶揄しているように読める書き方をしたのは、ナカノタイチという書き手が潜り込める業界の体質に疑問を感じたことと、ナカノタイチがコラムニストという肩書きを持つことによって、なにを書いても大丈夫という大義名分を手に入れたかのような錯覚を補正するためだよ。編集者と吹みにでも行ったらページ貰えるのか？　俺達は少なくとも、オーディションを受けた数百組のなかから選ばれた数十組だけが劇場に立ち、ライブでネタを披露して、反応がよければ出番が増えて、駄目なら減って、ずっとよければ一つ上のカテゴリーに昇格して、でも、またそこには何十組もライバルがいて、というのを何度も繰り返し、その途中で淘汰されていく人もいて、という段階を経るわけだが、ナカノタイチはなにをきっかけにコラムニストと名乗り始めたのだ？　編集者と飲みに行くたびにスタンプカードのポイントを貯めていって、全部埋まったとかそんな感じか？　そんなナカノタイチがなぜ肩書きに敏感なのかが、ますますわからんね。

　くれぐれも文筆業界を背負ったような発言はしないように。自分が足を引っ張っていることを忘れてはいけない。

　ナカノタイチに言いたいことがなくならないという状態が面倒臭くて仕方がない。腹が減っているから食事をしているのに、食べるのが面倒臭くて仕方がないという状態に似ている。生理的なことだけで、興味はないんだろうな。早く終わらせたいよ。すべて。

　ナカノタイチは返信で、「自分のコラムに独自の視点があるとか、斬新な切り口があるとは思っていません」「普通の感覚だからこそ書けることもあるのではないかという自負もあります」と言い切っていたけど、ふざけないでほしい。しょうもないくせにプライドだけ高い奴がリスクを回避するときに使う常套句なのだろうけど、今後表現者は使用禁止にするべきだと個人的におもう。たとえばサッカー選手が、「普通の感覚を体現するのが自分のプレースタイルと自負しているので、後半は疲れたから歩きます」とほざいていたらどうおもう？　なんで監督はこんな舐めた選手をベンチに下げないのだろうと不思議におもわないか？　ナカノタイチの文章を読んでいたら、そんな気分になるよ。ナカノタイチにとって監督に該当する人物は編集者になるのだろうけど、そいつも大きな問題を抱えている。「ポーズ・影島道生は芸人であることを放棄したのか？」というタイトルの件。もう少し柔らかい表現だったが、編集者から、「もっとインパクトがあるものにしてくれ」と言われたと書いてあったが、知らんよ。ナカノタイチは大人としての責任も放棄するのか？　自分の名前で書いたのだからキミの責任だろ。それにしても嫌な話だ。以前も似たような経験があったよ。芥川賞を受賞したあとに、昔から仲がよかったライターと酒を飲んで、「こんなときだからこそ、お笑いを頑張りたいんです」というような発言をした。文章にしてしまうと、わざわざ当然のことを宣言する間抜けさが際立つけれど、とにかくそんなことを言った。その夜は、お互いに頑張ろうなどと若い頃のように励まし合って別れた。もう、おっさんなのにみっともないよな。浮かれてたんだろう。そしたら、数週間後に「も

う お笑いはやらない」と影島が知人に語ったという記事が出た。その仲がよかったライターが書いてる雑誌だったから、彼に電話して、「あれ誰が書いたんですか？」って聞いたら、申し訳ないって泣きだしてしまった。全然話してくれないんだよ。怖いだろ？　俺も嘘だとおもったよ。

「もしかして、あなたが書いたんですか？」と聞いたら、その人はなにも答えなかった。無言になった電話口からは、吸い込もうとして、吸い込み切れずに漏れてしまった溜息みたいな音がずっと聞こえてた。若い頃から仲がよかった少し年上のライターが吐く情けない呼吸をしばらく聞いてるうちに、バグを起こしたみたいに、感情が一旦停止して、自分がなにをしてたのかわからなくなった。電話口から聞こえる洟を啜る音で、状況をおもいだした。面倒になって、「どうなんですか？」と聞いたら、「申し訳ない。事情があって書いた」って。この期に及んで、なぜ恰好つけてるんだろうとはおもったけど、怒りという感情が期待したほど湧いてこなかったのは、どっかでその人のことを昔から舐めてたからだろう。怒りというよりも、醜態を曝す情けない奴の恥ずかしい部分を凝視したいという欲求の方が明らかに強かった。子供の頃、顔を手で隠して泣いている友達の、その手を無理やり剝がして泣き顔を見ようとしたことないか？　あれによく似た感情だった。それを相手に気づかれないように神妙な声で「どういうことですか?」って聞いてみたら、どうしようもない理由だった。編集長に「影島と知り合いなら、なんか記事書け」と言われて、最初は「こんなときだからこそ、お笑いを頑張りたい」と影島が語っていたと実際の会話をもとに書いたらしい。それでも充分に営業妨害だけど。その原稿を編集長に見せたら、弱いって言われたらしくて、その原稿を繰り返し直しているうちに、「もうお笑いはやらない」と影島が語っていたという真逆の内容になったそうだ。真逆はあかんやろ。

「その編集長に若い頃、拾ってもらって、ずっと世話になってたから恩返しがしたくて」って、なんかいい話をするときみたいな声で語り始めたときは怖かったね。なぜ俺が身を削り見ず知らずの嘘吐き編集長に恩返しせなあかんねんって。さすがに混乱した。謝り続けるその人にどんな言葉を掛けようか迷ったけど、とりあえず「おまえ、ダサいな」って言ってみたら、「はい」って答えた。「大人に媚び売って仕事貰って情けないな」って言ったら、やっぱり「はい」って。ナカノタイチもおなじ。自分で書いたことを簡単に誰かのせいにして平気で謝ってしまう。

なぜ編集長がそうしたかったのか考えた。誰がなにを考えているかなんてどうでもよくて、調子に乗っている誰かを嫌いになる理由がほしいとか、誰かが転んで血が噴きだす瞬間を見たいだけ。ナカノタイチもそうやろ。

普通の感覚だからこそ書けることがあるとナカノタイチが書いていた、普通の感覚というのがこれだろ？　あらゆることを簡略化して、知っている箱に分別する。「燃えるごみ」「燃えないごみ」に該当しない内容不明瞭のものは、「異端性廃棄物」とでもして、「さぁ、みんなでコイツに石でも投げつけてやりましょう！」と呼び掛けて、銭を稼いでるんだろ。俺がくたばるときは必ずキミの頭にゲロを吐くことにするよ。キミが誰かと抱き合う瞬間、映画を観て泣く瞬間、新しい家族ができた瞬間、友人に好きな音楽について語る瞬間、家族が死んだ瞬間、最も美しい景色を見た瞬間、鼻の奥で嘔吐の臭いが蘇ることになる。自分が理解できないことを想像する時間なんてないだろ。なぜ、あれくらいのことでここまで言われてるんだろうとでもおもっていそうだな。自分の住みよい社会にとって邪魔なものや不安にさせるものは理解できないものとして処罰するんだろ。そりゃ、抗うよな。

初めて魔女狩りの話を聞いたとき、そんなのは伝説かなにかで現実にあるはずがないとおもったけど、実際に火であぶられてたくさん殺されたらしいね。雑誌を買う人達の購買意欲をそそるテーマというのが、魔女探しなんじゃないの？　それを見つけてくるのが、ナカノタイチの持つ平凡さ。平凡という言葉も使いたくないな。そんなものは平凡じゃなくて、多数の異常者だよ。記事の信憑性なんてどうでもよくて、とにかく嫌な奴を作ったら、そいつをみんなで懲らしめる。その魔女を作るのが、ナカノタイチとかその編集長なんだろ。魔女を八つ裂きにするのは、まんまと記事に流されて正義を振りかざす人達か。魔女狩りの衝動に駆られてしまう人間の弱みにつけ込んで笑っているのか。これだけ時代が流れて、便利なものが溢れ生活は変わっても、人の本質なんて変わらないんだな。

批評を批判していると誤解されるのかな。批評は絶対に必要だよ。批評がなければ表現はもっと混沌として、感覚が自立した限られた人にしか楽しめないものになる。それぞれの鑑賞者が自立に至るまでの手引きとしての役割や、面白いものが埋もれないようにする紹介者としての責任のような、業界全体の向上を前提とした批評は絶対に必要。だが、その目的ではない批評なんてものは、誰かの溜飲を下げるための道具。ただの批評ハラスメント。おまえのことなんて一切怖くないのに、その平凡という言葉を利用して、世間をそそのかす残酷さが怖いよ。

ナカノタイチが自分のことを普通だと主張し、それが大衆に受け入れられてしまうなら、俺はこの世界で生きていく興味が保てない。

ところで、芸人という職業をずいぶん賛美していたが、そんなことはキミに教えられなくても中学二年のときには理解していた。あくまでも芸人を悪く言っているのではなく、おまえに言っているのだという主張だろ。

「芸人を志望して養成所に入る若者が毎年数千人いると聞きました」と書いていたが、情報が古い。今は定員割れしている。理由は芸人が若者にとって憧れの対象ではなくなりつつあるから。そうなった原因は決して芸人達がさぼったからではない。普通に考えて競争が激化したらさぼれない。その反対で頑張り過ぎた。芸人の数が驚異的な速度で増え、ある意味水準が上がり、活躍の場が拡大した。簡単に喩えるなら、酒と少しの日用品を売っていた近所の酒屋さんが、いつの間にかコンビニになっていたあれに似ている。

酒屋さんにもっと商品が置かれていたら便利なのにと誰かが考えた。それなら店舗は確保できているし、ある程度売り上げも計算できる。もちろん専門的なお酒を置く酒屋さんを好む人も多いだろう。ただ専門的な酒屋さんが現代で生き抜くならなにか絶対的な売りが必要だろうし、上手くいったとしても、一つの街で何軒も成立させるのは現実的ではない。かつては絶対数が極端に少なかったから、専門店でもなんとかいけた。今は違う。乱立した店舗があるなかで、総合商店のような商いを求められる時代になった。「あれも売ってよ、これも置いてよ」と言われれば、それが時代の要求と了解して、個人経営の店は幅を広げようと励む。それが徐々に常識化して当然のようにみんなやりだす。生きるため。お酒しか売れる店を潰さないように。そういう時代に突入している。もちろん、恰好つけて日用品や食品を売っているわけではない。なかには専門店のように酒を揃えつつ、他の商品も豊富に揃える強者（つわもの）もいる。あるいは、やはり酒だけを追求し酒だけを置く者もいる。酒しか売れない者もいる。あえてそういう商いを選択する者もいるだろう。

　それだけよく似た商店が並び、なんでも売らなければならない環境のなかで、恥の売り方を少しだけ間違える店が出てきた。地元の酒屋さんのミスは常連客も笑いながら助ける。むしろ愛着が湧いて関係性は壊れない。しかし知らない店のミスで笑えるか？　酷い店だって怒るだろ？　そんな悪い噂の店に若者が憧れるとおもうか？

　自分を擁護したいわけではないが、ナカノタイチの認識の緩さは看過できない。

「もはや不良だったり、勉強ができない人達が芸人を目指す時代ではありません」

とどこかで聞いた覚えのあるようなことを書いていたが、それも大きな間違い。現役の芸人も芸人を目指す若者も本質的には不良。一見普通に見えても、破壊衝動を抱えていたり、自意識が異常だったり、人間関係が不得意だったり、生活力が皆無だったりするような、わかりやすくいうとアウトサイダーが集まって形成されている。ナカノタイチみたいなタイプも入口付近ではよく見掛けたけど、そこを抜けたら一人残らずいなくなった。ぐれないいんだろうな。不良や学力が低い者を崇め奉る文化も好きではないが、不良と語られる存在達を戦力として捉えていないナカノタイチの嗅覚はやはりどうかしている。彼らが流れていく場所が次の瞬間最大風速が吹く場所になる可能性は大いにある。彼らは真っ直ぐに歩けば既成の道を踏み外し、新しい道を発見する才能に恵まれているのだから、彼らがいる限り革新は自然と起こり続ける。重要なのは、彼らがすべてを破壊して世代間の断絶を生む意識的な改革を推進しているわけではなく、受け継がれてきた流れを汲んだうえで、真っ直ぐに歩こうとしているからこそ、揺れたり曲がったりしながら強度を増してきたということ。ある時代を否定するように登場した革命児さえも必ず影響を受けた先人の名前をどこかで挙げている。俯瞰で見れば時代は途切れることなく繋がっているということだ。もちろん変調をもたらしてくれそうな存在だけに固執し依存するのは危険だろうけど、その異分子によって長く恩恵を受けてきたジャンルであることは疑いようがない。彼らを排除することは自分達が属する居場所の衰退を意味することでもあるのだから、組み込んで活動の源にしていかなければならない。

なにもイノベーションを安易に扇動しているわけではない。新しい価値観に反証をぶつけることで、より強固なものにしていく必要はあるのかもしれないけれど、その役目はナカノタイチに任せられない。おまえは短期の視点しか持ち合わせてないから駄目だ。

現代の芸人のスタイルが確立されてからなんて、百年にも満たない歴史だろ。まだ実験と検証を繰り返している最中なのに、全部わかったみたいな顔して、「芸人とはこうあるべき」などと根拠の薄い論を押しつけるなよ。伝統を守るという考え方が伝統を潰すという典型的な事例になるんじゃないか。

「雑誌は独自の絵を発表する場ではなく、なにより記事の対象者に似ているということが重要なのでこういうやり方を選択しています」とメールに書いてあったが、それが本当に政治特番で芸人にボケることを強要した人物の言葉なのか。理屈が分裂しているように感じるが自分ではどうおもう？　雑誌は作品を発表するアトリエでもギャラリーでもないが、政治特番のスタジオは寄席小屋であるという認識なんだろ？　母親に「おまえは他人に厳しくて自分に甘い傾向があるから気をつけなさい」って言われたことないか？

「笑いに関して評論すると、必ず『じゃあ、おまえがやってみろ』という批判が出るので、恥をかく覚悟で逃げずに具体的なボケを書きました」ともメールにあったが、少なくとも俺は、ナカノタイチにやってみろとは絶対に言わないから安心しろ。自分の表現に自信がなく最初から負けを認めている奴が作ったものを、なぜわざわざ見る必要がある？　時間の無駄だよ。世界には面白い芸人が山ほどいて、優れた映画も小説も漫画も音楽も演劇も絵画もたくさんある。そのうちのまだ一部しか鑑賞できていないのに、なぜおまえの言い訳のためだけに作られた粗悪品に付き合わなければならないのだ。最初から負けにいっている奴の負け顔なんて見せられても、「器用ですね」の他に返答のしようがない。恥をかく覚悟なんてしている時点で本当の恥はかきようがない。それにおまえの無様な面を見て馬鹿にしたりする趣味など俺にはない。誰かが誰かを蔑んだり笑ったりすることが当然であるような書きぶりはやめてくれ。

そもそもボケることは恥ずかしいことでも、勇気がいることでもない。なにか踏み絵みたいなものだと勘違いしてないか。俺達にとっては息継ぎみたいなものであって、それで酸素を体内に送り込んでいるのだから日常とは切り離せない。それがないと生きていけないんだよ。一方で、ナカノタイチの論では、「笑い」や「ボケ」の捉え方がどこか浮いていて、落ち着きがない。友達の結婚式の披露宴でふざけなくてはという強迫観念に苛まれ、場に相応しくない下ネタを披露して、「相手の親族は冷めた眼で見ていたけど自分達の意志は貫いた」などと自己満足に浸っているわがままな輩をおもいだしたよ。「影島道生は芸人であることを放棄し文化人として扱われ悦に入っている」ともコラムに書いていたけど、芸人が文化人と呼ばれるとき、必ずそこに蔑称のニュアンスが含まれていると俺は認識しているから腹立たしい。文化人なんて息苦しいだろ。

　取材対象へ怠慢な姿勢を取っておきながら、「知名度の低い自分がなにを言っても社会的には影響がなく、どう感じるかは受け手の問題」という態度の者が多いけれど、アジテーションというのは理屈が浅く単純なほど世間に浸透しやすい傾向があるので、無名の自分がという逃げ方は許されない。そんな屁理屈で責任を放棄してはいけない。そういった狡猾な姿勢が、「ピカソすごいって言ってる奴らってセンスあるぶってるだけだよね」という暴論を生みだし、その発言に拍手を送る人達が潜在的に持っていた芸術に対する畏怖や謙虚な一面を奪い、理解できないものを蔑み排除する傲慢さを植え付け、それを信仰の領域まで育て上げていく。

なぜナカノタイチは肩書きに敏感なのか。それはわからないものを排除したいという恐怖があるからだと考える。だから「芸人とはこうあるべき」と強制し、押し並べて均等にしようとする。均一化が進行すると、それぞれにあった個性が失われ、その微細な変化に反応する嗅覚までも退化する。個人の抱える問題を考慮したりしない世界。箱のなかに敷き詰められた無個性の集団。それが何の箱なのか知る術がないからラベルを貼りまくる。そんなことが日常化するとカテゴリー分けが難しい者を攻撃するという排他的な行為と繋がっていくから、もっと慎重になるべきだ。

ナカノタイチは、想像力と優しさが欠落したただの豚だ。怠慢に依存しているただの豚。

あと、ここだけは触れておかないといけない。「影島さんがメインキャスターの方とキスをしたという場面は観ていません」とメールに書いてあったが、なにを真面目に答えているのだ。おまえが待望していたボケだろ。芸人たるものどんな場面でもボケるべきという主張だったよな。試しにおまえの言うとおりに実践してみたんだよ。さっさと緩和させろよ。「いや、キスしてたらそれだけで三十コラム書けてたわ！」とか言わないのか？「とても爽やかなキスだったので初恋をおもいだしました！」などと設定に一旦乗ることで、「ほんまにキスしたみたいに進めんといて」という俺の言葉を引きだす手もあるだろうに、おまえが緊張感を高めてどうする。真面目な奴だな。俺が狂ってるみたいになるだろ。やはり「落差の小さいほうが上等」だよな。コラムのタイトルにまでしてボケろと強要するおまえでさえも、反応できない緊張状態ってあるんだよ。俺がおまえのように間抜けで、政治特番でこれをやらかしてたら大惨事になってただろうな。

最後にナカノタイチに聞きたいのだが、そんなに人を描くことって容易（たやす）いのか？

ナカノタイチのコラムに取り込まれた影島道生という存在と自分自身が生きている実感とのあいだには、大きな隔たりがあった。そこで語られる影島なる人物はただの姑息な馬鹿にしか見えなかったのだが、世間からすると自分はそういう存在なのか。自分でも気づかないうちに病的な自己陶酔を抱えていたのかもしれないと憂鬱にさえなったよ。ただ、ナカノタイチの論には乱暴な箇所がずいぶん多い。

言説に矛盾はあってもよいと個人的には考えている。むしろ矛盾のない端正な言説は危険だ。対象に真摯に向き合えば矛盾が生じるのは当然のこと。摑み切れないからこそ語る必要があるのだろう。誰もが簡単に摑める感覚をわざわざ言語化する必要はない。その矛盾によって揺れが生まれ、そこに言葉の連なり以上のなにかが立ち上がり、ようやく対象を摑む手掛かりになるわけだが、ナカノタイチの言説から誤りは複数発見できても、対象に迫る際に生じるねじれや矛盾が見当たらない。雑誌媒体を意識し単純化を図ったのだろうけれど、簡略化することへの恐れも一切読み取れない。それが、ナカノタイチの絵の描き方と見事に重なる。あるはずのものをなかったことにしてなにかを成立させるときには、最低限の規則みたいなものがあるだろ。消えた線の内容は残された線に委ねられるんじゃないのか？　そうでなければ、必然として実体から掛け離れたものになる。だから、その書き方も描き方も嘘になる。おまえとおなじ過ちを犯したくはないから、おまえの内面を探りたいけど、伝えられた音を出すためだけの安価なスピーカーのような印象しか浮かばない。聞こえてくる声はおまえのものでもない。これは誰の声だ。このスピーカーが複数集まれば声は立体化され、実際にあるものになってしまうのか。自分は音には触れないから対抗できない。いっそのこと音が聞こえない世界に消えてしまおうか。ここで自然と自問が浮かぶということはナカノタイチなんて存在しないいんじゃないのか。おまえってフィクション？

マラソン中継見てたら、たまに歩道を全力で走ってテレビに映ろうとしてる馬鹿いてるやろ。おまえあれや。頼むから走者の邪魔だけはすんな。「昔、影島とやり合った」とか得意気に言うんやろな。正式に謝罪したことも伝えろよ。おまえって、踏むことのなかった犬のクソみたいな人生やな。ぱっさぱさの。なんでわざわざ踏んでもうたんやろ。そっか、遠い昔に一回踏んでもうてたんか。

パソコンの電源を落とす。影島道生がナカノタイチに送ったメールを全文読んだ。その異様な暗さを持つ気迫に驚かされながら、何度も溜息が漏れた。影島は明らかに冷静さを欠いていた。所々、感情が高揚し過ぎているのか思考が飛躍して意味が取りにくい箇所があった。影島の感情を追いながら繰り返し読んでいるうちに、なんとか理解はできたが、真剣に読んでいることが途中から馬鹿らしくもなった。結局はナカノタイチがいかに浅はかであるかということに言葉を尽くしているのだが、読み進めるほどに、ナカノタイチの酷さは影を潜め、影島の執念深さや罵倒の残忍さが際立った。もはや正当防衛でもない。額を叩かれたことに激昂して馬乗りになり執拗に殴り続けているような怖さがあった。

集中して読んでいると頭が重たくなり、一旦天井を見上げて休んだあと、続きがどれくらいあるのか画面をスクロールして、まだまだあると知ったときにはおもわず笑ってしまった。漫談のように読める部分もあったが、影島がふざけているわけではないということだけはわかった。このように感情を表明することで実際に被害を受けるのは自分自身だとわかっているはずなのに影島はわざわざそれを選んだ。

窓を開けると涼しい風が吹いた。薄暗い部屋に堆積した時間が少しずつ流れていく。スマートフォンの検索画面に「影島道生」と入れてみると、すぐに「ご乱心」という関連ワードが眼に入ったので画面を消した。そうなるよな、とあえて声に出して言ってみた。

メディアで見る影島とは結び付かないが、とても彼らしい行為でもあるとおもった。最初から予感はしていた。拒絶したいはずの影島の言動や風貌に、なぜか懐かしさを感じることがあったから。かつては自分も持っていた感覚。生きていくために面倒だから捨てたもの。影島を見るたびに、「自分もおなじようにできたはずだ」と言い訳のように自分の声が頭のなかで響いていた。その声を聞きたくないから、見ないようにしていたのだ。なぜ、気づかなかったのだろう。

「踏むことのなかった犬のクソみたいな人生」とナカノタイチの存在を否定し、「そいか、遠い昔に一回踏んでもうてたんか」と結ぶこの言葉。それで確信に変わった。影島道生は、奥だ。ハウスの二階の奥の部屋に住んでいた坊主刈りで頬のこけた不健康そうな男。悪魔みたいに笑う男。唯一、心を許し話すことができた古い友人。奥は芸人になれたのだ。

影島道生が奥だったということがわかると、嬉しいのか悔しいのか自分でも整理のつかない感情にかき乱された。どこから手をつければいいのかわからないほど複雑に絡んだ糸を持て余しているような感覚。手掛かりは見つかりそうになかったが、じっとしておれず部屋を出た。ぬめりとした空気が肺に入ると焦燥に似た感覚が迫り上がってきた。それを散らすように日が暮れ始めた住宅街を歩く。

自転車のペダルをこぐ母親が、荷台に乗せた子供に「おそば」とゆっくり発音すると、前歯の抜けた子供がそれを真似して「そとば」と言う。頭のなかで「卒塔婆」という字面が浮かんだ。繰り返し母親は「おそば」と言い、子供は「そとば」と言う。すれ違ったあとも後方から母親の「おそば」と発する透き通った声が聞こえた。もう子供の声は聞こえなかったが、耳の奥では「そとば」と言う前歯の抜けた声が響いていた。

キッチンから聞こえてくる鼻歌にガスコンロのやかんが沸騰する音が重なる。カスミは上半身を固定させた体勢でゆっくりと僕が座るソファーまでコーヒーを運んだ。なぜか笑みを浮かべていたので、「毒でも入れたん?」と聞くと、カップを小刻みに揺らしながら「こぼれるから、変なこと言わないでください」と言った。

誰かが淹れたコーヒーを抵抗なく飲めたのは久し振りだった。自分で淹れるよりも温度が低かったが飲みやすかった。

カスミが家に来ると、自分は長い時間を掛けて奥のことを話した。奥のことを話そうとすると、昔の自分のことも話さなければならなかったが、悲惨な体験を意識的に隠していることを情けなくおもった。感情的にならないように気をつけたが、ナカノタイチのことになると影島が罵倒するときの言葉が乗り移ったように滞りなく出た。めぐみのことも話した。この話は過去にしたことがあったとおもったが、カスミは忘れているのか、聞いたことのある話でも余計な口を挟まず丁寧に聞いていてくれた。

「ほんで、その奥というのが影島やねん」

「ああ、そういうことなんだ」

「誰かに似てるなとはおもっててんけど」

「それは驚きますね。それで永山さんはどうおもったんですか?」

カスミはソファーを背もたれにして、絨毯の上に足を伸ばしながら言った。

「え？」

「そのナカノっていう人と影島さんのやりとりを、どう感じたんですか？」

「どうやろな」

実際にどう感じているのかが、自分でも本当にわからなかった。

自分の感情が摑めないのは珍しいことではなかったが、それがカスミにすべてを告白できないことと無関係ではないことが後ろめたくもあった。自分が恥と感じているのは、恋人を寝とられたことだけではなく、自分が侮っていた人物の力を無自覚に借りたうえで自作を発表し、それがいまだに自分の人生において最大の評価を受けたものであるということ。それが事実である限り、創作者としての自分は虚像でしかない。いまだに初対面の人に名乗ると、「『凡人A』の永山さんですか？」と言われることがある。そんなとき、自分は不機嫌になるでもなく、もっともらしく謙遜した表情を浮かべているのだから厚かましい。すべて忘れたように振る舞ってしまうことさえある。ただ、それは一時のことで、本当は自分の力ではないだろと自問するたびに、なにかが削られていく。こんな経験をする人はもっと鈍感で図太くなければならない。自分は笑い飛ばすふりしかできない。

数年前、この件を自虐的に語ったとき、金髪の女に笑われひどく動揺した。ごまかすために軽薄な言葉をぶつけると、「てめぇの、つまんねぇ話聞かされて退屈だから笑ってやってんだろが！」と罵られた。たまに、そのことを布団のなかでおもいだして赤面することがある。カスミにそんな残酷さがあるとはおもえないが、無邪気に核心をつかれるかもしれない。

「永山さんは、どっちを応援してたの？」とカスミが言った。

「ナカノタイチを応援するわけないやん」

当然のように言っているが、自分が仲野によって愚弄(ぐろう)されたことをカスミは知らない。

「そっか。じゃあ影島さん？」

影島が奥であると知らなかったとき、影島に対しては強い嫉妬の感情があった。

「影島なぁ」

なぜ平静を装っているのかが自分でもわからなかった。

「そのナカノタイチって人に、影島さんが強く言ってくれたんでしょ？　そのときはどうおもったの？」

「気持ちよかった」

僕がそう答えるとカスミが笑った。

影島がナカノタイチを追い詰めていく言葉を眼で追っていると自分の感情を代弁してくれているようで痛快ではあった。だが同時にその言葉は自分に対して向けられているようにも感じられた。

薄暗い部屋にカスミの顔が白く浮かんでぼやけていた。

「過去のことがあったから、そうおもうわけですよね」とカスミがつぶやいた。

「自分の記憶って誰のもんなんかな？」

僕の問いにカスミが反応しなかったので、言葉が部屋に浮かんだままになった。マンションのどこかの配管を水が流れていく音がしていた。遅れて声が届いたかのようにカスミがこちらに身体を向けた。

「えっ？　自分のものじゃなくて？」

僕の言葉とカスミの言葉のあいだに流れていたはずの時間などなかったように自然な声だった。

「自分のものではあるんやろうけど、自分のものでしかないんかもとおもって。俺が今話してることとって、俺がそうおもいたいという願いでしかないんちゃうかなとおもって」

そんなことを過去に奥に言われたことがあったような気がするが、それも自分がそうおもいたいだけなのかもしれない。

「それはそうなんだとおもいますよ」

カスミは僕の声とぶつからない音で話す。彼女は唄うときにもなににもぶつからない声をしている。それはこの人と一緒にいる大きな理由の一つでもあった。

「そうやんな」

「だって、大王様と話してると、なんか一緒に体験したはずの記憶なのに私と全然違うように覚えてるというか、なんでそんなことまで覚えてるんだろってもうこともあるし、その記憶なんだろうって驚くこともあります」

「どういうこと?」

カスミの身体がこわばったように感じた。

「私と初めて会ったときのことも私と違うように覚えてますよね。最初はふざけてるのかなとおもったけど、そうじゃなさそうだったから」

「羽田空港の近くで」

「蒲田のホテルです」

「そう、マッサージを呼んで」

「ずっとそう言ってますけど、本気で言ってます？」

「そうやろ？」

「永山さんが呼んだの、デリヘルですよ」

そう言ってカスミは少し笑った。

僕が無言でいると、カスミは続けて、「デリヘルです」と言った。

「えっ？」

「本当に覚えてないんですか？」

「いや、覚えてるよ」

覚えているはずだった。

「なんか、ずっと違う話をしているから誰かと間違えてるのかなとおもって、でも細かいところは合ってるから不安だったんです」

「俺の記憶あかんやん。ほんまに自分のためだけの記憶やな」

そのようにふざけて言ってはみたが、内心は動揺していた。カスミは間違ったことを言ってはいないが、互いに了解していたはずの事項が決壊してしまったような不安を感じた。

「なんかそういう人がいたんですか？」

カスミは軽い口調ではあるが、気になっていたことを追及しようとする気配もあった。

「そんな人おらんよ。羽田空港の近くの蒲田のホテルやんな」

「そうです。部屋に入ったら真っ暗でした。電気を消してる人って珍しいんです。眼が慣れるまで顔が見えないくらいの暗闇でした。そこに低い声が響いていて怖かったからよく覚えています。明らかに偽名っぽかったから、なんて呼べばよいですか？って聞いたら、なんでもいいって言うから、それで雰囲気で大王様って呼び始めたんです」

そう言ってカスミは笑っている。確かに、そうだった。

「それで、連絡先を交換したんやんな？」

「違いますよ」

「違うやんな？」

「覚えてないでしょ？」

「覚えてるよ」

「大王様が真剣な顔して、不思議なことを言ったんですよ」

「なんて？」

「『失礼な意味と誤解されたくないんですけど、これを受け取ってほしいんです』とか言って、一万円札を私に渡したんです」

「それで？」

「私驚いちゃって、それで、貰えませんってお断りしたら、大王様が『違うんです。そうじゃないと世界のバランスが保てないんです。あなたはちゃんとしてるのに、他の人は正しくないから』とか意味不明なことを真面目な顔で言ってて」

「怖いな」

「自分が言ったんですよ。やっぱり怖いですよね？　なにされるんだろうとおもいました。でも、断って急に怒りだしても嫌だから、一旦は受け取って、大王様の靴のなかにお金を返しといたんです」

その次の日、靴を履こうとした瞬間に爪先に当たったカサッという感触を今でも覚えている。靴を脱いだら一万円札が入っていたこともはっきりと記憶にあった。

「一万円札きれいに畳んどったな」

「そう。そういうところはちゃんと覚えてるんですね。それで二日後くらいに、また指名されたんです」

お金を使ってカスミの気を引こうとしたわけではないが、冷静に振り返ってみると、とても下品な行為だった。カスミの飾り気のない声や表情に初めて触れたとき、緊張や身体の凝りがほどけていくようなやすらぎがあり、この感覚はなんだろう、この情かしい感触はなんだっただろうと考えているうちに、そうか、この人は優しい人なんだと気づいた。そんな当然のことを、ありふれた感覚を、わざわざ発見したように感じたことが不思議だった。そして、なにもわかっていない誰かが作った風俗の料金設定などにこの人が縛られていることが、自分には異常なこととして感じられた。それを壊したいとおもった。一矢報いたいと変なことをおもった。誰かに価値を決めさせたくないとおもったのだとおもう。

「初めて会った二日後だったし、あの大王様かとはおもいました」

カスミは静かにそう言った。

「来るか迷ったん？」

「迷いました。でも、初めて大王様とお会いした夜、帰りに送迎のドライバーさんと話したんです」

「俺のことを？」

カスミは自分で買ってきたペットボトルのお茶を一口だけ飲んだ。

「そうです。初めてのお客さんについた場合、危険な行為はなかったかとか、どんな性格だとか聞かれるんです」

「なんて言うたの？」

「今までで一番変な人だったって」

そう言ってカスミが笑ったので、自分もつられて笑った。

「でも、変とかまともなんて、ただの状態でしかないやん」

「そういうとこ！　なんかわからないことをずっと一人で言ってたって伝えました。電気を全部消しても絶対にそうはならないくらい部屋が真っ暗で」

「嘘の報告してるやん」

「嘘じゃないです。最初はほとんど話さなくて、でも途中からずっと話してて、でも悪い人ではないって言いましたよ。急に泣いたりするから女の子によってはひいちゃうかもって伝えて」

正直、そのときの自分の感情は鮮明に覚えていたが、記憶が定かではなかった。

「そしたらドライバーさんが、そいつやばいね、みたいに言ってきて、私もやばいとおもってたのに、なんか他の人に言われたら嫌だなともおもって、この人のことを正しく伝えるの難しいなとおもった」

コーヒーは冷えると苦みが際立った。僕が机に置いたカップを覗くようにカスミが首を伸ばした。

「まだ入ってる？」

「なくなった」

カスミがカップを持ってキッチンに立った。やかんに水を注ぐ音が聞こえ、ガスコンロに火をつける音がした。

「怖い人おるん？」

「うん。ホテルに呼ばれて部屋に入ったら、お腹すいたなんか食べたい、ってずっと言ってる人がいて。なに食べるんですか？って聞いたら、しゃぶしゃぶ一緒に食べない？って言われて。お腹すいてるんだったら仕方がないなとおもって、いいですよって言ったんですけど。でも、こんなところでどうやって、しゃぶしゃぶ食べるんだろうっておもってたら、その人が注射器を持ってきたの」

「そうやろな」

いつの間にかカスミはもといた場所に戻り、僕の表情を窺うようにしていた。

「私、初めて人に土下座しました。すみません、しゃぶしゃぶって本当にお肉だとおもってしまいましたって」

「ほんなら？」

「すっげえバカじゃん、って言われた」

カスミは眼を見開きこちらを見ている。

「許してくれたん？」

「許してくれました。優しい人でよかった。裸で注射器をカバンに戻してる背中を見てたら申し訳ない気持ちになった」

まだカスミは眼を見開いたまま僕を見ている。

「なに見てんねん」

「すみません」

カスミは慌てたように視線を外し、絨毯を見つめて微笑んだ。

「なんの話やっけ？」

「あっ、だから大王様からの指名があって、緊張するからどうするか迷ったんですけど、悪い人じゃなかったから、来た」

カスミは口を開けたまま、こちらを見ていたが、僕が黙ったままでいると、またキッチンに向かった。

「だから、連絡先を交換したのは二回目！」

言われてみれば確かにそう記憶している。

「こんなこと言ったら怒るかもしれないけど、半年くらい前にも少しだけ影島さんとか奥って人の話もしてたよ」

カスミの声が後頭部の辺りを鈍く揺らした。

「その話はええわ」と僕が言うと、カスミは「すみません」と言ってうつむいた。

「でも、ああ……」

「うん？　なに？」

「やっぱり、いいです」

「気になるから言うて」

「注射の人とか、他の人と会って曲をおもいつくことはないけど、大王様と会うとすぐに曲ができたり言葉が浮かんだりします」

その言葉を聞いて、玄関に立て掛けられたカスミのギターが一瞬頭に浮かんだ。

「そうなんや」

「そういう人って、滅多にいないので」

カスミは伏し目がちにたどたどしくそう言った。


カスミと連絡が取りづらくなった。無視されているわけではなかったが、今までよりも反応が遅かった。あとから送られてくるメールには友達と飲んでいたり、家族の食事を作っていたりと明確な理由があったが、自分を傷つけないための工夫のようにおもえて情けなかった。出会ってからそんなことはなかったから、なにか他に優先すべきことができたのだろう。それは音楽かもしれないし、別のなにかかもしれなかった。

カスミと会えなくなると、奥のことが、というよりも影島の動向が気になった。世間も影島が自棄になっていることを否定的に捉えていたが、そんな声を受けることで、影島はより壊れてしまったように見えた。

いつか奥が僕に言っていた言葉をおもいだす。自分を覆う膜のようなものを放っておくと、どんどん厚くなり呼吸がしづらくなる。それを内側から笑いによって破ることができるのだと。だから芸人になるのだと。その膜を破りたいという衝動が違う形で発動しているのかもしれない。

ネットニュースをひらくと影島の名前を頻繁に見掛けたが、どれも影島の態度が急変したことを糾弾する内容だった。「影島道生傷害事件か？」という見出しには驚かされた。見出しに疑問符が付いている時点で内容も疑わしかったが、相手は話題の女子高生作家ということだった。編集者の眼に留まりデビューしたばかりの音という高校生作家は、相手を選ばず誰にでも喧嘩を売るという型破りなスタイルで注目を集めていた。そんな彼女にとって影島は恰好の餌食だっただろう。生半可なタレント作家を本物の天才作家が才能で打ちのめすという構図は、常識として捉えると演出過多に感じられるが、彼女のファン達には喜ばれそうだった。しかし、なぜ関係者は現状の影島がその茶番に付き合うとおもったのだろう。ずいぶん前に設定された対談だったのかもしれない。記事によると、対談中にその若い作家が影島を無視して好きなことを話したらしい。それに対して完全に無反応を決め込んでいた影島が途中で飽きたのか帰り支度を始めると、その音が「逃げるのか？」とよくわからないことを言ったらしい。流れと発言の辻褄が合ってはいないが、その発言を受けて影島が「やることないんで、帰ります。最初から来なかったことにしてください」と答えた。すると、突然音がパイプ椅子を影島に投げつけた。それが影島の後頭部に当たると、彼は笑いながら、「なんで、こんな薄い設定に付き合わされなあかんねん。勝手に登場さすな面倒臭い」とつぶやいた。顔を赤くした音は椅子を何個も影島に投げた。最終的に影島が投げ返した椅子が音の顔面を直撃し音が泣きながら謝ったという虚構めいた悲惨な内容だった。

朝起きてガスコンロで湯を沸かすあいだに電動ミルでコーヒー豆を砕く。まだ湯が沸くまで時間が掛かるので、カーテンを開けてパソコンの電源を入れる。ゆっくりと画面が明るくなる。火曜日。で、なんだっけ?と一旦やることを見失うのも、いつもとおなじ工程に含まれている。メールをチェックする。編集者から届いたデータをひらく。昨日送ったエッセイの修正はいらないようだった。もうすぐ湯が沸くとわかっているので、続きは読まず、メールが誰から届いているのかだけを確認して、キッチンに戻る。ガスコンロの火を止めてコーヒーに湯を注ぐと香りが部屋に広がった。メールの差出人に懐かしい編集者の名前があったことが気になっているが、急いだりはしない。よいことにも悪いことにも慣れたということにしている。

コーヒーカップを持ってパソコンまで移動する。懐かしい編集者からのメールをひらく。

ご無沙汰しています。飯島くんの葬儀以来だから十年くらいになるのかな。僕の周りには永山くんと仕事している人もいたりするので、よく名前は聞いているし、雑誌で名前を見掛けると嬉しくおもいます。文章もよいけど、やっぱり永山くんの絵が好きだなとおもいながら、やっぱりまた一緒に本を作れたらいいなと考えています。お忙しいとおもいますが、近々、飲みに行きましょう。

この編集者は『凡人A』のあとも、本を作ろうと定期的に声を掛けてくれていた。『凡人A』の創作における裏話を知っていながら、自分と一緒に仕事をしようとする気持ちは嬉しかったが、どうしても当時のことを知っている人に対しては気後れしてしまう。

だが、おもい切って原稿を送ってみようとおもった。三年前に出版を目指して書き溜めていたので、ある程度の分量はある。過去の自虐と現在の単調な生活を綴ったエッセイ。その日々を偽りと暴くイラスト。

自分の青春時代を清算するために書いた。だが自分は同世代の影島の活躍を目の当たりにして怖気づいた。他者の活動に動揺させられるということは、自分に期待しているということに他ならない。自虐を尽くして傷だらけの状態なら、もうどこも傷をつけられる心配などないはずなのに、しっかりと嫉妬で身をえぐられた。カスミにさえ簡単に剝がされてしまう脆さもある。所詮は自虐のふりをしているだけで、自分の周りに防壁をこしらえていたのではないか。破れたように見せ掛けることで、誰にも破かれない膜を。

久し振りに影島が朝の番組に出ていた。寝不足なのか眼が血走っている。爽やかなスタジオの背景や音に馴染んでいない。他の出演者と具体的になにが違うのかわからないが、表情や顔色が場にそぐわず浮いているように見える。着ぐるみのキャラクターだらけのショーに一人だけ生身の人間がそのまま出てしまっているような。今まではそう感じたことがなかったのに。影島は自己演出として自身に内在していたものを表面に出し始めたのではなく、彼の内面そのものに変化があったことによって自分でも抑制の利かないところで言動に影響が出ているようだった。

番組は影島の過去の活動を振り返りながら進行していく。出身地や幼少期の話は、過去に奥から聞いていたことと共通する。その後の出来事は影島の情報としてどこかで見聞きしていた。パネルの項目に沿って司会者の男が影島に質問を投げ掛けていく。影島は血走った眼で薄ら笑いを浮かべながら答えている。

影島をよく知る人物として後輩芸人が語る映像が流れていた。ここ最近の影島の行動を近くで見ている後輩は、彼が実は感情的な人間であるということを、ことさらに主張していた。世間の印象と実像との乖離を埋めようとしているのだろう。ワイプの影島は弛緩した顔でそれを眺めている。後輩の語りが終わり、映像がスタジオに戻ると、影島は「今の誰ですか？」と真剣な表情で他の出演者に尋ねていたが、司会者は「影島さんと親しい後輩さんですね」と受け流し、質問を続けた。

「後輩さんのお話にもありましたとおり、影島さんに静かな印象をお持ちの方も多いとおもうのですが、意外と怒ったり笑ったり感情表現が豊かなんですね」

「憎しみとか怒りを抱えて生きてます」

「ほう憎しみ」

「世間では性根のいい奴のことを評価しがちですが、最初から性根がいい奴なんて運がよかっただけで、なんの努力もしてません」

「なるほど」

「普段は横柄な態度を取っていて、本当はいい人とか言われる奴も人気ですが、そいつらも特に努力してません。ただの気分屋です」

「はい」

司会者が話を終わらせるように高い声で相づちを打ったが、影島は話し続けている。

「醜い感情を抱えながらも、それを隠して生きている。でも本当はものすごく嫌な奴。こういった人物を評価するべきで、裏表がない奴なんてただの怠慢なんです。そんなことより、さっきの誰ですか？」

司会者は「深い」と曖昧な感想をつぶやいて無理やり進行を促していた。

わざわざ朝の番組に出演してまで発言するようなことではない。他の出演者は何事も起こっていないように微笑みながら聞いている。

「えー、では最近、影島さんが一番笑ったことはなんでしょうか？」

司会者はパネルに複数並ぶ項目を飛ばして、最後の質問を読み上げた。

影島は少し考えて、「一番笑ったとなると、僕が小説を書いたときに、『こいつは文学を装っているだけだから、三年で消える』と言ってた大学の教授が、ちょうどその発言をしてから三年後に、セクハラで大学をクビになったことですかね。いや、おまえが消えるんかい！と一人で笑いながら叫びました」と楽しそうに話した。

「なるほど、セクハラは許せないですね」

司会者は苦笑いを浮かべ困惑している。

「そうなんです。問題はそこでね。偉そうに恰好つけているナルシストのじいさんが、馬鹿さゆえに失敗するという構図のダサさは笑えるんです。『すっとこどっこい』って、現代的な響きじゃないので使う機会なんてないとおもってたんですが、ここや！とおもいましたもん。今後、このじいさんにしか使えない言葉になるんじゃないですか。けど、誰かを傷つけているという点はね、まったく笑えないんですよ。あなたが言ったとおり、これは許せない。あなた、初めていいこと言いましたね」

「おお、ありがとうございます」

影島が興奮した口調で司会者を褒めると、司会者は恐縮しながら礼を言った。

「最初、僕はおもわず笑ってしまいましたが、その行為自体はまったく面白くないんです。しかも、生徒に対して『俺の女になれ』って言ったらしいんですよ。そんな言葉はこの世界にないんです。言葉を並べると、そういう意味にはなるんですが、作り物なんです。でも、そのじいさんは実際に使った。なぜ、そんなことになるのか。『俺の女になれ』とじいさんに言わせたのは、『俺の読み方で読め』という傲慢な態度が許され続けてきたことの蓄積なんです。それがまかり通ってきたから、本人は問題を理解できていないとおもいます。そのスタンスさえも不良という言葉を誤用して許そうとする連中もいるでしょ。喧嘩したことない集団が悪ぶるとこういう事態が起こりやすい。僕が近くにいたら、この恰好つけたじいさんをしばき倒してあげたんですけどね。しばきたいな。いてなかったからな」

「本日のゲストはポーズの影島道生さんでした」

まだ喋ろうとする影島の言葉を司会者が遮ると、影島がカメラに向かってピースした。

夕暮れになると西陽が部屋に差し込んでくる。陽を吸い込んだカーテンを束ねると夏の匂いがした。熱がこもった部屋は重たくて息苦しい。窓を開けると涼しい風が抜けてきた。

ハウスに住んでいたとき、自分の部屋には冷房がなかったので、夏のあいだずっと窓を開けて過ごしていたことをおもいだす。捨てた覚えのない扇風機はどこにいったのだろう。

編集者に書き溜めていた原稿をメールで送ると、すぐに返信があった。

> エッセイで書かれたいい感じの日常（それでも十分に自虐的）が、現実的な絵によって崩され真実が見えてくるという構造が痛快でした。連作だから、途中からエッセイで雰囲気のよい場面が出てくると、その後の絵を想像して楽しめました。これで進めてもいいですが、永山くんのメールにあったように、書いていた時期から三年経って、『剝がしたものを、さらに剝がせる』という感覚があるのであれば、それはそれで是非見てみたいです。レイヤーを重ねていくのではなく、取るのでもなく、新たに内面に発見して脱いでいくというイメージでしょうか。とにかく期待しています。

自分で煽っておきながら、編集者の感想を読んでいるうちに、そんなことが本当にできるのだろうかと不安になった。窓から吹いてくる風が涼しくて、窓の外ばかりを眺めていたが、それが急に馬鹿らしくなり、外を歩きたい衝動に駆られた。手帳をひらき、今夜までの締め切りがないことは確認した。

三宿の裏道を歩き、淡島通りを右奥に眺めながら住宅街を抜けていく。パーカーのポケットのなかの穴を指でいじりながら歩いていたが、自分が浮かれた心地であることに驚いた。なにも嬉しいことなんてないはずなのにとおもったが、すぐに絵を描けることが嬉しいのだと気づいた。それだけ自分の日常から絵が離れていたということだ。仕事でイラストは描いていたが、わがままに作品を描くことが久しくなかった。自分の内部にある層を破る絵とはなんだ。自分さえも知らない自分。そんな矛盾を描くとはどういうことだろう。そんな感覚を端的に誰かが言語化していたような気がするがおもいだせない。そういえば、ゴッホの『夜のカフェテラス』が壁に飾ってあるバーは下北沢のどこだったたか。たしか、客席の背面にレコードが大量に並べてあった。その店まで歩いてみよう。なぜゴッホの絵が頭をよぎったのだろう。ゴッホがそんな発言をしていたのだろうか。そういえば、ハウスにもゴッホの絵が飾ってあった。

記憶を辿りながら歩いていると見覚えのある看板が眼に入った。様子を窺いながら階段を上る。一軒だけ微かに光が漏れている店があった。ドアを開けると、細身のマスターがターンテーブルから顔を上げて「こんばんは」と声を掛けてくれた。マスターはヘッドフォンをつけて次に流すレコードの準備をしているようだった。L字のカウンターには座席が十席あり、客席後ろの壁一面には大量のレコードが丁寧に並べられている。『夜のカフェテラス』はバックバーの下手に飾られていた。カウンターと棚のあいだの狭い通路を、レコードに触れないよう身体を横にして進み、奥から二つ目の席に座った。レコードが回転する音が少しのあいだ聞こえて、曲が始まる。

「いらっしゃいませ」

「えとー」

「ハーパーソーダでしたっけ？」

「はい」

マスターは僕の顔を覚えているようだった。スピーカーから加川良に似た声が聴こえるので、ジャケットを確認すると加川良だった。

「あれ、ゴッホの絵ですよね」

「ああ、『夜のカフェテラス』という絵なんですけど、変わったものばかり置いてる高円寺の古道具屋で買ったんです。もちろん模造品なんですが額装されてて、しかも過去のオーナーが全員カフェをやってたらしくて」

カウンターにグラスが静かに置かれた。

「ありがとうございます」

「自分も最初はカフェみたいなのをやりたかったので、縁起よさそうだし勢いで買ったんですけど、結局はバーになったんですよね」

グラスに口をつけると、甘みが広がった。

「昔、住んでたアパートにゴッホの『星月夜』が飾ってあったんです」

「へー、そういう方、他にもいましたね。ゴッホが病院で療養中に描いた絵だって。誰に聞いたんだったかな」

影島の姿が頭に浮かんだ。

「ここはどういう客が多いんですか？」

「常連さんしか来ないですね。来る人は最初から常連だったみたいな顔で来ますしね」

そう言ってマスターは笑った。

「あの、よかったら飲んでください」

僕がそう言うと、マスターは小さな声で礼を言ってグラスにビールをついだ。

お互いにグラスを合わせて酒を飲んだ。ゴッホの絵の夜空には黒が使われていなかった。自分の眼に夜はどう見えているのだろう。

それからマスターとどんな話をしたのだったか。グラスの音は鮮明で自分の声は遠くから聞こえているようだった。普段なら自分が聴きたい曲など恥ずかしくて口に出せないはずだから、ヴァン・モリソンの曲を流してもらったときにはかなり酔いが回っていたのだろう。携帯電話を取りだして、連絡しないととおもうのだけれど、誰にだかがわからずに、連絡先の一覧を指でただスクロールする。

何杯目かのハイボールを飲み干して、「最後に一杯だけいただいていいですか」と言うと、マスターは数時間前と変わらない声で、「どうぞ」と静かに言った。もう曲が変わっている。知らない音楽が頭のなかで響いている。ふと、この音の響き方はゴッホの眼で見た風景に近いのではないかとおもったが、次の瞬間には、なにを近いと感じたのかが摑めなくなっていた。壁に掛けられた『夜のカフェテラス』の夜空が揺れている。

「ポーズの影島くんってわかります?」

「あ、はい」

マスターはグラスを拭きながら顔を上げた。

「その影島くんと若い頃、おなじアパートに住んでたんです」

「ああ、そうなんですね。影島さんもここに来られますよ」

「そうなんですか」

そんな気はしていた。このバーはどことなくハウスの雰囲気に似ている。お酒があって、レコードが流れていて、ゴッホの絵があるということだけではなく、人と建物との関係が近い。

「いつも来るのは深い時間ですけどね」

今何時だろうか。スマートフォンに触れると画面が光る。薄目で焦点を合わせる。零時になろうとしている。

「だからですね。さっき誰が絵のこと話してたんだったかなと考えてたんですけど、影島さんですね。一緒に住まれてたんですか？」

「下宿というか寮みたいなところで。影島くんが僕のことを覚えているかはわかりませんけど、よく二人で話してました」

「へえ」

マスターは小さな水筒でなにかを飲んだ。

「影島くん、最近なんか荒れてるみたいですけど、大丈夫ですかね？」

「ああ、そんなこと言ってましたね。でもここではそんな変わらないですけど。こんなタイミングで来たら面白いんですけどね」

「そんなタイミングよく来ますかね」

「まだ時間が早いかな」

マスターが時計を見てそう言った。

何杯もグラスを空けているうちにまぶたが重たくなり時間の流れが摑めなくなった。スピーカーから聴こえてくる懐かしいレコードが誰の曲だったか考えている一瞬のうちに、まったく種類の違うレコードに変わり、変わったなとおもっているうちにまた別の曲になった。「さっきの」と言おうとして、それがどのくらい先ほどのことかがわからなくなった。かつての奥との会話をおもいだし、その奥の姿が影島になったり、自分になったりしていた。

「ねぇ、ねぇ」

呼び掛ける声が何度か聞こえたので、眼をひらいたが、少し前から途切れることなく音楽は頭のなかで流れ続けていたから意識を失っていたわけではない。カウンターに両肘をついたままの体勢で前方に垂らしていた頭を持ち上げたが、まぶたが重たい。

「やっと復活したね。おはよう」

誰かが自分の隣でそう言うと、カウンターのなかからマスターの笑い声がした。薄目をひらいて何事もなかったかのように酒が半分程度残っているグラスに手を伸ばしたが、視界が揺れて届かなかった。

「おつかれなんですね」

マスターが静かに言った。

「ああ、すみません」

眠っていたわけではないという態度を取っているのに自然と謝罪の言葉が出た。隣からも笑い声が聞こえている。

「トイレ行ってくる」

そう言って、自分の隣に座っていた女性が席を立つと、遠い記憶にあったシャボンの香りが鼻をかすめた。

今のは誰だろう。偶然飲みに来た誰かだろうか。ずいぶん遠慮のない口調だった。自分は誰かを電話で呼びだしたのかもしれない。

トイレのドアがひらいて、小柄な女性がこちらに戻ってくる。揃えられた前髪の下に白い顔が浮いている。ゆったりとした茶色いセーターの袖は手を覆うほど長い。先ほどとおなじように隣の席に座り、視線を空中に投げている。めぐみだった。

「完全に寝とったよ」

声が耳に馴染む。

「起きてたよ」

「いや、寝とったよ」

あるいは、まだ寝ているのかもしれない。意識が朦朧としている。めぐみはロックグラスを持つと、促すように僕の手を見た。慌てて僕がグラスを持つと、めぐみは小さな声で、「乾杯」と囁いた。僕のグラスの方が大きかったので、ふちの高さが合わず、引きずったグラスの底がカウンターを濡らした。

めぐみは背筋を伸ばして上品にウイスキーを飲み干すと、酒が残っているか確認するように僕のグラスを見て、少し考える表情をしたあとウイスキーをおかわりした。

「いっつも、こんなに飲んどるん？」

「いつもってことはないよ」

「そっか」

その言葉には、自分を不安にさせない明るさがあった。

「もう会われへんとおもってた」

「もう会えんよ」

「会えてるやん」

マスターがおかわりのウイスキーをカウンターに置くと、めぐみは頭を下げて礼を言った。

「今はなにしてんの？」

「ん、普通に働いとるよ」

そんなことが聞きたいわけではなかったが、踏み込んで聞くこともためらわれた。

「永山くんは？」

「うん」

僕はなにをしているのだろう。

「あっ、永山くんが描いとるやつ見とるよ」

「ああ雑誌とか、めっちゃ普通やろ？」

「あれ普通っておもっとんの？　全然普通じゃないよ」

めぐみと絵の話をするのは気が滅入ったが、その感情を塗り潰すように言葉を重ねる。

「またな、今描いてんねん」

「そうなん」

「次のはな……」

　自分が言い掛けた言葉を探す。

「なに？」

「やっぱり、ええわ」

　僕がそう言うと、めぐみは僕の曖昧さを遠慮なく笑った。まったくおなじ瞬間が以前にもあったような気がした。

「こんなこと前にもあったかな？」

「あったような気がする」

　マスターは僕達に気を遣っているのか、隅の方でずっとレコードを触っている。おかわりを頼もうとしたときだった。スピーカーから、ジョン・レノンの「ハッピー・クリスマス」が流れた。

　めぐみと一瞬で眼が合う。

「以前、これありますか？って言ってましたよね？　絶対あるはずだよなとおもってたんですけど、ありました。もう夏ですけど」

　マスターは声を出さずに笑った。

「この曲流れたで帰らないかんよね？」

めぐみがそう言ったので、あの日の記憶だけは確かだったのだと心が落ち着いた。飛び石を踏んでいくように記憶が飛ぶ。抜け落ちた時間があとからゆっくりと追い掛けてくる感覚があった。下北沢のバーの階段を降りて、めぐみと並んで歩く。かつて小田急線の線路があった場所は柵で囲われ、そのなかに大型の重機が何台か静かに停まっている。

「ここ、なんかできるんかな？」

近くて遠いところから、めぐみの声が響いている。

「全然ひらけへん踏切もなくなってもうたからな」

「それは、いいんじゃないの？」

「踏切があったときの夕暮れにな、電車を待ってる人達の雰囲気を見るのが好きやってん。右から通過して左から通過して、やっとひらくとおもったら、また右から来て、それに一喜一憂して左右を睨みつけてる人がいたり、電車が通過するまでに少し時間あったのに踏切が閉まったままやと、絶対今渡れてたやろ、って怒ってる人とか、穏やかに会話を続けるカップルがいたり、下北在住で慣れてんのか、なんも考えてなさそうな人とかな、通過する電車に敬語で話し掛けてる人とか」

「永山くんはどうしとったの？」

「自分のウォークマンに入ってる曲のなかから、風景に合う曲を探して聴くねん。そこに電車の音が混ざんねん。なんか、たまにはそんな無駄な時間もあっていいんちゃうかな。立ち止まられへん、っていうのもしんどいで」

「そうだね」

「まぁ、俺はどう考えても立ち止まり過ぎやねんけど」

「でも、ちょっとわかるな」

僕達は次の行動がわからずに、踏切があった下北沢一番街の入口に立っていた。車が通過するたびにヘッドライトに照らされた。交番のおまわりさんが、こちらを見ていた。もうない踏切がひらくのを待っているように見えたのかもしれない。

「タクシーで送っていく」

「大丈夫だよ」

「おなじ方向やから」

「なんで、わかるん？」

僕が黙ると、「なんで黙るん？」と言って、めぐみは笑ったが、僕はまだ黙っていた。

「じゃあ、ドライブする？」

「うん」

黒色のタクシーが向こうから走って来た。停まってほしいとおもっていたら、めぐみが一歩身を乗りだして、タクシーに向かって手を上げた。タクシーが僕達の前で停車する。そうやって停めるんだったとおもいだした。

僕が先に乗り込み、隣にめぐみが座った。

「上野まで、お願いします」

めぐみが言うと、タクシーが走りだした。

タクシーが風景を横に流していく。スマートフォンに映しだされた画面を指で横にはじいていくように。そのうち底にある古い記憶に辿り着くのかもしれない。

「窓から見えるすべての景色を描いていくことはできへんもんな」

「毎秒ってこと？」

「そう」

「それは無理だよね。そう考えると、アニメーションってすごくない？　絵が動くんだよ」

めぐみは窓の外を眺めながらそう言った。そして、一緒に観たアニメの話を懐かしそうに話した。そういえば、この人は絵本作家になりたかったのだとおもいだした。

「うん。すごいよな。そもそも、絵が動いているということに、もっと驚いた方がいいよな。みんな驚き忘れてる。ただ、アニメーションのなかの世界でも時間は飛ぶから、一秒が一秒ではないねんな」

「そっか。確かにね」

「ほとんどのことを忘れてしまう」

「最近は特に忘れちゃう」

「限られたことしか覚えてられへんくせに、今という時間があることのすごさも忘れる」

「なんか難しいな。どういうこと？」

タクシーの運転手が会話の隙間を縫って、「上野駅を目指せばよろしいでしょうか？」と言った。

めぐみは少し考え、「とりあえず、上野公園を目指してください」と答えた。

「で、なんだっけ？」

「忘れた」

「もう？　本当になんでも忘れるがん」

めぐみの言葉を聞いて、笑った。めぐみも笑った。笑うことで、笑ったことよりもここまで笑っていなかった時間が浮き上がった。

タクシーは淡島通りを抜けて神泉（しんせん）の交差点に差し掛かった。首都高速で行くのだろうか。自分の手をシートに置いた。すぐ近くにめぐみの手があった。手の甲に痙攣（けいれん）するような感覚があった。首都高速の入口へ至る坂道を車体が上っていく。穏やかな夜空が見える。

「夜空」

「本当だ」

「ゴッホの言うとおり、黒ではないな」

「友達みたいに言わないで」

星と夜のあわいが溶けて夜全体に浸透しているようにも見える。

「ゴッホが見てた夜空はもっと暗かったのかな？」

「月と星はもっと明るかったんかもな」

「それが『星月夜』のように見えたのか」

「今でも『星月夜』を見ると吐きそうになる。あの時代のことだけが忘れられなくて」

深夜の首都高速をタクシーが走っていく。

「吐きそうになんねん」

「うん」

「もう十五年以上経ってるのに。あの夜な」

「どの夜？」

「あの夜。大雪が降ってたやろ？」

「うん」

「だから、『星月夜』を見るとな、あの夜のことをおもいだしてしまうしな、雪が降ってたらな、『星月夜』をおもいだしてしまうねん」

「なぞなぞみたいだね」

車の走行音が静かに聞こえている。東京タワーが見えている。めぐみの手が近くにある。

「しんどいことなんて誰にでもあるとおもうねんけど、みんな平気そうな顔して暮らしてるから偉いよな。自分が弱いだけなんかな」

「人それぞれだでね」

「あれから、自分の人生に期待せえへんようにしてきた。『凡人Aの罪状は、自分の才能を信じていること』やったっけ？　あの言葉、みんなには自意識過剰と笑われたけど、どこかに余裕があるから、あんな残酷な言葉が自分に言えたんやろうな。この痛みの正体に自分で気づいてるからセーフですよね？って誰かに確認してるようにも、媚びてるようにも見える。必死やったはずやのにな」

「必死だったからじゃない？」

めぐみの囁く声は運転手にも聞こえていただろうか。

「そのあとに、めぐみとのことがあって」

「私とのこと？」

「うん、自分にとっては大きなことやった。もう時間も経ってるし、平気なふりするのも上手くなったけど、それでもやっぱりあかんねん。あの時期に起こった出来事を自分のなかで薄めるためにどうしたらいいんかなって考え続けてんけど、手っ取り早いのが、もっと酷い体験をすればいいんちゃうかなとおもって。自分にとって特別な体験の数を重ねることで薄められるんじゃないかなと。なんというか、そういう苦しみのコレクターみたいな。なんか名前は恰好悪いけど」

「でも、しんどそうだね」

「変態やから慣れた」

そう言うと、めぐみは乾いた声で笑った。

「人には裏切られるし、自分も裏切るし。恋人ができても別れるし、おもったような仕事はできへんし、そんなことがわかってきてんけど、でも最初に受けた痛みは薄まることがなく鮮烈に残っててんねん。消えたふりしても、自分のすべての行動に影響を及ぼしてる」

めぐみはなにかを確認するようにうなずいた。

「若い頃のことは、ずっと覚えとるよね」

めぐみは窓の外を眺めながらそう言った。

「なんでなん？」

「ん？」

「なんで、飯島さんと」

そのあとの言葉が続かなかった。めぐみの手に自分の手の甲を少しだけ当ててみようとおもったが、手が動かなかった。少しだけ、少しだけと頭のなかで念じることで、なんとか動いたが、めぐみの手には届かなかった。

「私と永山くんは、仲のよい友達だった。いろんなことも相談して。だけど、あのとき、永山くんがなんでああなったのかわからん」

めぐみは、初めて僕の眼を真っ直ぐに見た。

「ああなったとは？」

「私は飯島さんのことが好きだって、永山くんに言っとった」

車内にこもっためぐみの声が脳髄で響いた。

「うん、わかってる」

自分はなにを言っているのだろうか。なにをわかっているのだろう。

「でも」

でも、なんだ。

僕の言葉を待たずにめぐみは話し始めた。

「永山くんがハウスのみんなに私達が付き合っとる、って言っとんの聞いたとき、驚いた。私もおもわせぶりな態度を取ってたかもって反省したし、それで永山くんと距離を取るようになった。みんなには、どちらともはっきり言わんかった。永山くんが責められるのも見たくなかったで」

突然、仲野太一にそのことを突き付けられた記憶が脳裏に蘇った。自分が仲野を憎みながらも、どこかで恐れていたのはこの記憶が関係しているのだろうか。

「ちょっと待って」

「でもね、飯島さんにだけは正直に言った。しょうがないよね、好きだったから」

「うん」

めぐみの語り口があまりにも柔らかいので、どう反応していいのかわからなかった。

「飯島さんはなんて？」

「永山くんのこと、頭おかしいから変に刺激せん方がいいって」

自分のことなのに、おもわず笑ってしまった。酷い言われようだ。

「でも、『凡人A』のとき手伝ったやん？」

「友達だからだよ。恋愛とは別じゃん」

「じゃあ、俺のこと一度も？」

「それは、わからんよ」

「言うて」

ようやく触れた手はカスミのものだった。


不忍池をカスミと眺めていた。風に吹かれて、水面に浮かぶ光が揺れていた。

「七月って、もっと暑くなかったっけ？」

「えー、こんなもんだよ」

なぜか、カスミは得意気に答えた。

まだ酒が体内に残っていたが、散々泣き終えたあとのような心地よい気だるさがあった。

「この前ね、一緒にここに来たでしょ」

「うん」

「あれから、ずっと来たかったの」

「そうなんや。博物館行ったときやんな」

「おじいちゃんの蝶々を見に行ったときね」

カスミは酔っているようには見えなかった。

「あんな」

「えっ、ちょっと待って」

カスミは、あからさまに脅えた表情で僕の言葉を制した。

「いや、怖い話じゃないよ」

「前も急に怖い話したから」

「前も怖い話をしたわけじゃないねん」

「すみません。こんな夜の公園で怖い話されたら眠れなくなってしまうから」

「怖い話じゃないよ。カスミちゃんからしたら、どうでもいいような話やとおもう」

カスミは眼を見開いたまま止まっている。

「それ、怖い話を聞くときの顔やん」

「話し方が怖いから。ちゃんと聞きますね」

そう言って、カスミは一旦立ち上がり、深呼吸をしてベンチに座り直した。

「別にちゃんと聞くような話でもないねんけどな。中学校の頃な、部活でビブスって使ってたんやけどわかる？」

「わかります。ゼッケンみたいなのですよね。私も家で使ってました」

「家で？　珍しいね。あれを、部活で使ったあと、汗臭くなるから水道で洗うねんな。ほんで、その洗ったビブスを体育館の二階の柵に干しに行かなあかんねんけど、その時間にはもう日が暮れてて、他の部活も終わってるから、体育館が真っ暗やねん」

「やっぱり、怖い話ですよね」

「違うねん。聞き終わったら、まったく怖い話ではないから、大丈夫」

「そうなの？」

「うん。ほんでな、いつもは二人で干しに行くねんけど、ある日、じゃんけんで負けた人が一人で干しに行くことになってんな。遊びで。でな、俺が負けて、一人で干しに行くことになっててんけど、二階に上がる螺旋(らせん)階段にしか電気がついてなくて、かなり暗いねん」

「ほらー」

「いや、伝えたいのそこじゃないのよ」

カスミは脅えたままの表情でいる。

「どこまで言うたっけ？」

「もう全部言いました」

「いや、まだ言うてないよ。だから、俺が一人で螺旋階段を上って二階にビブスを干しに行くことになってんけど、怖かったから、みんなに『絶対、下で待っといてや』って、念を押してさ」

「だって、帰られたら怖いもんね」

「そう、それを言うてんねん」

自転車のチェーンがこすれる音が聞こえて、中年の男が僕達の前を通っていった。カスミの身体が一瞬こわばるのがわかった。カスミは走り去っていく男性が見えなくなるまで背中を眼で追い続けていた。

「ほんでな、二階に上ってみたらな、一階にしかないとおもってた電気のスイッチが二階にもあってんな。それを消したら、みんな驚くんちゃうかなとおもいついてしまってな、二階のスイッチを自分で消してん」

「消したの？」

「消してん。ほんで、真っ暗になったなか、下におるみんなに向かって、『おい、電気消すなよ』って声掛けてんな。そしたら、みんな電気が勝手に消えたとおもって、『わー！』って叫び声上げてな、体育館から全員逃げだしてさ、真っ暗な体育館の二階に俺一人になってまうやんか、もう無茶苦茶怖くて、スイッチがそこにあんねんから、電気つければいいのに動揺してて頭回らへんのよ。自分で消したくせに、『わー！』叫んで、暗闇のなか螺旋階段を走って降りたら最後の一段で転んでな、膝から血出てもうてん」

「バカじゃん」

「そうやねん。めっちゃ阿呆やねん」

　また自転車のチェーンがこすれる音が聞こえてきたので首を振ると、さっきの男が戻ってきて、また僕達の前を通過していった。

「なんかな、俺の人生って、子供の頃から、そういう自作自演を繰り返してるんちゃうかなと、ふとおもって」

「自作自演？」

「うん。自分で電気消して、自分で怖がって、転んで血流してるみたいな」

「ああ」

「そのときもな、みんなに言われへんかってん。自分で電気消したこと。ほんで、しばらくは自分の記憶のなかでも勝手に電気が消えたことになってた」

「そうやって怪談話ってできるのかな」

「そうかもな。怖い話じゃなかったやろ？」

「うん。間抜けな話だったね」

そう言ってカスミは笑った。


影島が三年前に書いた小説を読んだ。気にはなっていたが、まったく手に取りたいとおもえなかった小説だった。これが話題になったために、自分が書き溜めていた原稿を書籍にする気力が削がれたという因縁もある。ところが、芸人である影島が奥だとわかると急に読んでみたくなった。

読み始めたときは小説のなかに影島の存在を探してしまい、なかなか物語に入っていけなかったが、もう一度頭から読み直すと、どういう話なのかが理解できた。噂で聞こえていたとおり、芸人という職業がモチーフになってはいたが、影島は芸人という職業や生活をスケッチしたかったわけではないように感じた。

続けて、影島が書いた二作目の小説も読んだ。身勝手な男が主人公の恋愛小説という形を成していたが、そこには、確かに奥の気配があった。読者であるはずの自分もいた。奥は誰かから僕の話を聞いて書いたのではないかと、一瞬疑ったほどだったが、それがいかに自分にとって愚かで、恐ろしい妄想であるかということに途中で気づいてぞっとした。

日が暮れるまで、影島の小説について書かれた記事などを読んだ。なかには酷い書かれようのものもあった。今さらだが、ナカノタイチにだけ過剰に反応したのは、それが仲野だったからなのだろう。

呼び鈴が鳴る。モニターで確認するとカスミだった。オートロックを解除して玄関のドアの前で待つ。エレベーターが昇降する音が聞こえて、部屋の階で止まった。ドアを小さくノックする音が聞こえるが、まだ息を潜める。数秒の間を置いてドアをひらくと、笑顔のカスミがギターケースを担いで入ってきた。

「ずっと、玄関にいた？」

唐突に聞かれて返答に困る。

「なんで？」

「足音が聞こえないんだよ。いつも」

「ああ」

カスミは怪訝な表情を浮かべたまま、靴を脱いで玄関付近の壁にギターケースを立て掛け、部屋に上がった。

「ほら、こうやって歩くと、床が軋む音が聞こえるでしょう？　でもドアの向こうで耳を澄ませても足音が聞こえないから、なんでだろう？っていつも考えてたんだけど、もしかして、いつもここの玄関に潜んでるんじゃないかとおもって」

カスミはソファーのそばにリュックを置いて、言葉を続けた。

「そうでしょ？　なんで、ここにいたのにすぐ開けてくれないの？」

「そんなとこ指摘してくんなよ」

髪の毛を切ってほしいという内容のメールを送ると、カスミから経験がないので不安だと返信が届いたが、別に失敗しても平気だと伝えると、ハサミを持って家まで来てくれた。

尻で触れるプラスチックの感触が冷たかった。前屈みになり、頭を前方に投げだしている。しばらく伸びたままにしていた髪の毛にハサミが入る音がする。

「なんで散髪も行けなくなっちゃったんだよ」

鏡に映るカスミはそう言いながら、僕の髪の毛を摘まみ、どのように仕上げるのか真剣に考えているようだった。視線を下げると、少し曇った鏡に映る全裸の無防備な自分の身体が情けなかった。腹に力を入れてみたが苦しくて、すぐにやめる。頭の側面と後部を揃え終わると、カスミはハサミを風呂場の外に置いて、洗い場に散らばった髪の毛を丁寧に拾い集めた。ずっとうつむいていると頭に血が上る。カスミはシャワーをひねり温度を調節すると、器用にシャンプーを泡立てて、爪を立てず指の腹で頭皮を押すように、満遍なく髪の毛を洗っていった。再びカスミがシャワーをひねり、噴射する水を鏡に掛けると、鏡面が弾いた飛沫が身体に掛かり冷たかった。澄んだ鏡のなかで眼が合うとカスミは少しだけ笑った。湯気が立ち、水が湯に変わったことがわかる。カスミは自分の手に湯を当てて、温度を確認してから、丁寧にシャンプーを流していく。湯が眼に入る寸前まで眼を開けて、排水口に流れていく自分の髪の毛を見送った。

「できたよ」

そう言ってカスミが風呂のドアを開けると、湯気が脱衣所に流れていく。カスミが換気のスイッチを入れると、ファンが回転する低い音が聞こえた。

脱衣所のマットに足の裏を載せると、カスミがバスタオルで髪の毛を拭いてくれる。頭を預けて自分は黙ったままでいる。

「子供じゃん」と言ってカスミが笑った。

下着をはいてスウェットとTシャツを着る。ソファーに座ると、カスミも近くに座ってペットボトルのお茶を飲んだ。

「今日、聞いた話やねんけどな、カスミちゃんみたいな女の子って、現代にはいてへんらしいで」

「そりゃ、いないよ」

そう言ってカスミは笑って、キッチンに行くとグラスに水をついで持って来てくれた。

「おらんの?」

「あたりまえだよ。こんなことしてるって知られたら、怒られるよ」

「誰に?」

「レベル高い人達だよ。みんな怖いんだよ。だから、必死でバレないようにしてんの。おかしいよ、人の髪の毛切ったり洗ったりしてさあ」

「ほんまはおるのに、おらんことにされてるって大嘘やん。なんで怒らへんの?」

「ええ?」

「なんで平均的な人物を演じなあかんの?」

「怖いからだよ。なんで、それを氷山さんが言うんだよ。キミがやらしてるんだろ」

また、カスミが笑った。

「なんで笑ってんねん」

そう言うとカスミは黙ってしまった。

「勝手な都合でおらんことにされて、物語からも追いだされそうになってんねんで。ブータン蝶々みたいに」

「ブータンシボリアゲハだよ」

カスミが投げやりな調子でそう言った。

「研究者達もブータンシボリアゲハを目撃はしてたけど存在せえへんって決めつけてるから見えへんかったんかもな。自分が見たいように見てただけで」

「蝶が捕食する側から見つかりにくくするのは普通のことだしね」

「でも隠れて暮らすのしんどいやろ？　楽なとこに逃げた方がいいよ」

「楽なとこなんてないよ。私が頑張ってなんかやってもさ、怒られてばっかりだしさ、どこに行ってもいじめっ子ばっかりじゃん」

そう言ってカスミはうつむいた。

「俺とおるよりは、ましやろ」

「なんで、そんなこと言うんだよ」

「いや、俺頭おかしいし」

「わかってるよ。でも自分の頭がおかしいかもしれない、って考えてるだけ、まだましなんだよ。他の人は自分は正しいって信じ込んでて、全然話が通じないんだよ。なに言っても全部おまえが間違ってるって、怒ってくるんだから。自分達がいじめっ子だってことにも気づいてないいんだよ。みんな自分のこと優しいと思い込んでるいじめっ子。でも、怖いからすぐに謝っちゃうんだよ」

「誰やねん、そいつら？」

「みんなだよ。お姉ちゃんもだし、高校時代の友達、地元の友達もだよ。みんな私のことバカにしてくるんだよ。同窓会とか地元の集まりとかに行ってもさ、でも行かないのも怖いし。私は普通にしたいだけなのにさ」

「でも我慢しててもなんも変わらへんで」

「ほら、また怒られてるじゃん。私はなにも悪いことしてないのに。普通にしたいって言ってるだけなのにさ、こういう私を見てみんな勝手に苛々するんだよ。もうわかってるんだよ」

「怒ってないよ。でも一旦その人達に怒りをぶつけてみたら」

「そんなのできないよ。こっちのターンなんてないんだよ。こっちは黙って相手の主張を聞いて、相手が気持ちよくなって終わりだよ」

「悔しくないいん？」

「もう悔しくもないよ。怒られなかったら、それでいいんだよ。争いは嫌なんだよ」

カスミは自分の両膝に顔をうずめた。

「私なんて誰でもないよ、ただの箱とかそういう、いや箱でもない。なにかを入れる額みたいなやつ。自分に意味なんてないから。自分ではない誰かの人生でいい。自分らしくとか、自分としてとか強制されたくないんだよ。音楽やっててもさ、向上心が足りないとか言われたりするけど、私は誰かに見つかりたいなんておもってないんだよ。唄うのが好きなだけなんだから。でもそんなこと言ったらさ、自分が売れないことを正当化してるだけじゃん、とか変なこと言ってくる人がいるから、そこもまた嘘つかなくちゃいけなくなるんだよ」

第三章　影島道生

ウォークマンで音楽を聴きながら、家から下北沢までの道をゆっくりと歩いた。午前零時を過ぎた淡島通りはほとんど人が歩いていなかった。歩道を歩く僕のそばでタクシーが一旦徐行する。乗る気配がないとわかると速度を上げて走り去っていった。何台ものタクシーがおなじような走り方をするので、なにか人を捕食する大型の生きもののように見えた。

交番の脇道から住宅街に入ろうとしたとき、警察官と眼が合ったが、声を掛けられることはなかった。いつから、職務質問されないようになったのだろう。十年ほど前に、人通りの多い街中を警察官が走っていたのでなにか事件でもあったのかと警戒していたら、息を切らしたままの警察官二人が、突然僕に質問を浴びせてきたこともあった。上京して間もない頃こそ、人目につく場所で声を掛けられることに、とまどいや抵抗があったが、数日間誰とも会話を交わしていない状況が続くと、たとえ警察官であったとしても誰かと話せることを嬉しく感じた瞬間もあった。どこか喜びが漏れてしまう僕の話し方を不思議そうに観察する警察官もいた。人混みのなかから発見される限られた人物であることを誰かに認定してもらいたいわけではなく、誰かと話すことによって自分で自分の存在を確認したかった。制服を着た警察官達が古い友人のようにも見える。

ここ数年、警察官に声を掛けられる頻度が減ったのは、自分の生活や身なりが変わったことが原因なのだろうけれど、自分のなかから消えたものもあるのかもしれない。スマートフォンで時間を確認する。まだ影島が来るには早いかもしれないが、他に行くところもなかった。雑居ビルの階段を上がり、バーの扉をひらく。マスターが顔を上げて、「こんばんは」と控えめに言った。挨拶を交わして、前に来たときとおなじ椅子に座る。

聴いたことのないソウルミュージックが大きな音で流れていた。鮮やかな配色のレコードジャケットには、「Ｆｕｎｋａｄｅｌｉｃ」という文字が見える。注文するのは決まっているけれど、形式的にバックバーに並ぶ酒の瓶を一通り見ていく。自分が飲みたいものを見つけて安心する。前に来たときもあったのだから、置いてあることは知っているはずなのに。

「ハーパーのソーダ割りでお願いします」

僕が注文すると、マスターは小さな声で返事をして、レコードの音量を少しだけ下げた。

今夜、影島はやって来るだろうか？　自分は影島と会ってなにを話すつもりなのだろうか。頭のなかで考えようとすると、そこに昨夜カスミから聞いた言葉が混ざり、上手くまとまらなかった。

三杯目を飲み始めたときだった。気配を感じて店の外を見ると、一人の男が店内の様子を窺いながら、自分のポケットを執拗にまさぐっていた。顔がはっきりと見えなかったが、午前二時を過ぎていたので、影島かもしれないとおもった。ドアを静かに開けて男が店に入ってきた。

「こんばんは」

声でそれが影島だとわかった。

影島は長い髪を頭のてっぺんで雑に結び、胸に金の龍が刺繍された黒のカンフーシャツに黒のワイドパンツを合わせていた。マスターと挨拶を交わしたあとも影島は立ったままの体勢でポケットを触り続けていた。

「なにか落としました？」

マスターが心配そうに尋ねると、影島は「大丈夫です」と答えたが、動きをやめる気配はなかった。

「いや、大丈夫なんですけどね、さっき、そこの道で職務質問を受けたんでね、ポケットに入ってるものを全部出そうとしたら、全部地面に落ちたんですよ。全部。落ちたサイフの小銭入れもひらいて、小銭も携帯もすべてのものが全部落ちたんですよ。道に。横着してね、一気に全部を出そうとしたからなんです。ほんで、自分で落ちたものを六秒くらいのあいだで全部を拾ったんですけど、おまわりさんも、不憫におもったんか、ごめんなさいね、みたいなこと言うて、どこかに行きはったんですけどね。よく考えてみたら、あのわずか六秒のあいだに全部拾えるのおかしいよなとおもって。一つくらいなにかがなくなってないと、おかしいとおもうんですよ。携帯もあるし、サイフもあるし、小銭もあるんです。文庫本もあるし、家の鍵もあるし」

不思議そうな表情を浮かべながら、口のなかに声をこもらせて話す影島に、「全部あった方がいいんじゃないですか?」とマスターが、真っ当なことを言った。

すると影島は驚いた顔をして、「確かに」とつぶやき、ようやくカウンター中央付近の椅子に腰掛けた。僕と影島の距離は三席分ほど空いていた。

「すみません、ハーパーソーダください」

影島がそう言うと、マスターが小さな声で返事をしてグラスに氷が入る音がした。ニーナ・シモンの力強い歌声とピアノの音色が響いていた。

酒が入ったグラスが自分の前に差しだされると、影島は小さな声で「ありがとうございます」と言ったのだろうけれど、お経を唱えているようにも見えた。

もし影島が店に現れたなら、必ず話し掛けようと決めていた。

「こんばんは」

若干緊張を含んだ声で、僕が言うと、影島はグラスを持ったまま顔だけをこちらに向けて、「こんばんは」と低い声で返事をした。

特別に驚いた様子も、なにかに気づいた雰囲気もなかった。普段、知らない人に話し掛けられることが多いので、こういう反応になるのかもしれない。

「あの、覚えてないかもしれへんけど」

「はい、えっ？」

影島の眼が大きく見開かれた。僕が名乗る前に、影島はなにかをおもいだしたような表情を見せたが、彼の言葉を待つ時間に耐えられなかった。

「ハウスで一緒やった永山やねんけど、覚えてる？」

「おお、もちろん覚えてるよ。懐かし過ぎるんやけど」

影島はそう言って、前を向いて笑った。その笑い方は少しだけ奥のようだった。

「一人なん？」

影島は遠慮がちにそう言った。

「うん」

「横行ってもいい？」

「もちろん。でも、無理せんといてな」

一瞬、奥と呼びそうになったが、それは相応しくないような気もして、なんと呼べばいいのかわからなくなった。床に椅子が擦れる音が響き、影島が隣に移動してきた。

「さっき、なんか落としたんやろ？」

「聞いてた？」

影島は恥ずかしそうに笑った。

「それがな、六秒で全部拾えてん」

「聞いてたよ。そういうこともあるやろ」

「全部やで」

「まぁ、六秒で全部はすごいかもな」

「そうやろ。何年振りやろな？」

「もう十八年くらいか？」

「そんくらいにはなるよな」

「俺が奥って呼ばせてもらってたの覚えてる?」

「めっちゃ覚えてるよ。俺も奥って呼んでたの覚えてる?」

「呼んでないやん。お互いに奥って呼び合ってたら会話が複雑になってまうやん」

「そっか?」

「なんて呼んだらいい?」

「奥でもなんでもいいよ」

「ほんなら影島って呼ぶわ」

「うん、ほんなら乾杯」

僕達はゆっくりとグラスを合わせた。

話したいことはたくさんあったが、なにから話せばいいのかわからなかった。

「元気にしてたん?」

どうでもいいような質問をしてしまう。

「そうやな、元気なさそうってよく言われるけど、全然元気やで」

「いや、俺は影島に元気であることを要求してるわけじゃないで」

影島の表層を剥がしたいとおもうと、そんな言葉が口をついた。影島は口角を下げて、下唇を軽く噛んだ。

「平気なふりする変な癖ついてもうたな。元気なわけないやん。しんどくて仕方ないわ」

その言葉を聞いて反射的に噴きだしてしまった。僕が笑った姿に安心したのか影島の緊張が若干ほどけたように見えた。

「あの頃からずっと」

深刻にならない調子で影島が言った。

「忙しいからちゃう？」

「やりたいことやっとかな、明日終わるかもしらんしな」

「それは、そうやな」

影島はグラスの酒を飲み干して、おなじものを注文した。

「ハウスでいろいろあって、俺はあそこを出たんやけど、そのときも奥と、ああ、影島と二人で話したりして、助けてもらったとおもってんねん」

「よく朝まで飽きずに話してたよな」

「そのあとなんにも考えられへん時期があって、奥が、ああ、影島が芸人になったって知ったのも最近で」

「呼びにくいんやったら、奥でもええで」

「いや、決めたから。影島でいくわ」

「そうなん。まぁ任せるけど」

「芸人の影島というか、文章書いたりしてる影島のことは、わりと早めに認識してたんやけど、それがあの奥やとは繫がらへんかった。もしかしたら、それが奥やとおもいたくなかったんかもしれへん。だから無意識のうちに気づかんようにしてたんかも」

「なんで?」

「やっぱり悔しいし、奥ができるなら自分にもできたんちゃうかなとか、おもってしまうし。でも実際の自分はなにもできてないし」

「俺にできてることが、仮にあるとするなら、永山にも絶対できるやろ」

「いや、影島は活躍してるやん」

「俺は自分で活躍してるとはおもってないな。長いこと音沙汰なしで、都合いいとおもわれるかもしらんけど、少なくとも俺は永山にあらゆる局面で力を借りたとおもってる」

影島が自分のことを覚えていたことに安心したが、意識していたとは意外だった。

「力を借りた、ってどういうこと?」

「たとえば、面白い表現をする同世代の活躍を目の当たりにしたときとか、びびるやん?　必死で平静を装いはすんねんけど」

影島はグラスを見つめながら低い声でつぶやくように話した。

「あれ、なんで平気なふりしてまうんやろな。かっこつけてしまう自分が情けなくなる」

僕がそう言うと、影島は小さくうなずいた。

「あなたの才能のせいで、僕は傷ついてますよ、って伝えるわけにもいかんしな」

「確かに、そんなん言われた相手も困るもんね」

そんな感情がまだ影島にもあるということに驚く。

「そんなとき、いつもおもうねん。自分が勝たれへん相手に対して、でも永山の方がすごいよなって。永山の方がキレあるし、性格悪いし、繊細やなって」

「性格悪いかな。俺なんて全然普通やん」

「そんなこと言いだしたら、みんな普通やん。嫉妬の対象にしてる誰かと永山を勝手に頭のなかで戦わすねん」

「惨敗やろ」

「いや、必ず永山が勝つねん。ほんなら、基本的に俺と永山は互角やから、永山が勝てる誰かには俺も勝てるってことになんねん」

「どんな理屈やねん」

グラスを傾けると、氷が鼻の先に触れた。冷たさをあまり感じなかったから、アルコールが回ってきたのかもしれない。

「ほんまやで」

影島は真剣な表情でそう言ったから、なんと言えばいいのかわからなくなった。

「一回、自分クリント・イーストウッドにタイマンで勝ってたで」

「勝てるか」

「しかも、俺の頭のなかの永山は二十歳そこらの永山やからな」

僕の気持ちを察したのか、影島はそんな軽口を叩いた。

「勝てるわけないやろ」

僕はそう言って笑ったけれど、影島は真面目な表情を崩さなかった。

「あの二年足らずの短い期間をともに過ごしただけやのに、俺にとっても奥の、ああ、影島の存在が本当に大きかってん」

「奥でええって」

「いや、決めたから影島でいく」

「さっきから全然できてないで」

グラスの酒が少なくなるたびに心細くなる。影島が酒を頼むと自分もグラスを確認して、今気づいたかのように注文した。

「一緒に過ごした期間は短かったかもしれんけど、とにかく俺にとっては濃密やってん。東京でやれるなら生きるし、駄目なら死ぬみたいな気持ちで過ごしてたから。周りの誰かに舐められたくないし、なにより永山に舐められたくないし、生きることと死ぬことが極端に近い時期やったから。あの頃、永山は音楽とか文学から力をもらってたんやろうけれど、俺は永山からおなじように力をもらってた」

「そんなん、俺なんもしてへんやん。影島の頭のなかの俺は、もはや俺じゃなくて想像上の生きものやん」

　自分の記憶では、奥に相談ばかりしていた。影島は気持ちよく酒が飲みたいだけかもしれない。酒場での会話などそんなものだ。

「二十代前半に、そもそもクリント・イーストウッドが何者かもよく知らんくせに、クリント・イーストウッドを倒せるかもしれへんみたいな阿呆な勘違いしてたやんか」

「影島、俺はそのクリント・イーストウッドをそこまで意識したことはないねんけど、それはなにかの比喩なん？」

　影島は質問に答えなかったから、野暮なことを聞いてしまったのかもしれない。

「自分の力を信じていることを前提にした視点で世界を見ていたから、そのあとの自分の身に起きた現実というか、ボコボコにされた現実はやっぱり受け入れるのしんどかったし、永山にこの情けない姿を見せるわけにはいかんから、俺は俺で永山をずっと避けてたのかもしれへん」

そう言って、影島は自分の差し歯を一本取ってカウンターに置いた。

「ごめん、差し歯飲み込んでもうたらあかんから」

影島は差し歯をポケットティッシュで拭いて、ポケットにしまった。

「歯医者行かなあかんで」

僕がそう言うと、影島は面倒臭そうに「うん」とつぶやいた。

「どこの歯やねん」

おもいだしたように指摘したが、彼は無反応だった。

「でも、影島がそんなふうに言うてくれるとはおもってなかった」

「なにが？」

「さっきの話」

「ああ、うん」

やはり影島はどこか不安定な様子だった。

影島は不安定な自分に、自分でもとまどっているように見えた。黙ったかとおもうと、急に話しだした。酔っているのかもしれない。

「あのとき、あんなに大真面目な顔して、芸術のこととか表現のことを、時間を費やして語ってたのは無駄じゃないねん。どっかの阿呆な教授からしたら、文学っぽいこと、芸術っぽいことに過ぎひんのかもしれへん。でも俺達がクリント・イーストウッドに勝てるかもしれへんという話は、文学や芸術ごときに吸収されるようなものではなくてな、それ以前のことやねん」

また、クリント・イーストウッドという言葉が出てきた。

「クリント・イーストウッドを宇宙としたときにな」と影島は言葉を続けた。

「クリント・イーストウッドは宇宙やねんな。返事として意外におもうかもしれへんけど、すごくよくわかるよ」

自分でもなにを言っているのだろうとおもう。だが、実際に影島が言わんとすることが理解できた。嫌なことがあったということも。

「クリント・イーストウッドに好かれるために勉強してるような奴らは、結局クリント・イーストウッドの体長を測ったり、体重を推測したり、誕生日を明らかにして浮かれてるだけやねん。ほんで、少しだけ優秀な誰かが、ようやくその内面に迫るみたいなことやん。遅いねん」

「遅いな」

相づちを打ちながら、影島の言葉を頭のなかで反芻(はんすう)する。

「阿呆の方が圧倒的に早いねん。阿呆はクリント・イーストウッドに触れんねん」

言葉が整理し切れないうちに、また影島の言葉が足されて、形を変えてしまう。

「なんの話してんのか、わからんようになってきた」

マスターは次に流すレコードを選んでいる。僕の言葉には反応せず影島が話し始める。

「あの頃の俺達は井のなかの蛙やろ。そっから必死に顔上げて空を見ててん。宇宙近かったやろ。行けそうやったやん。井戸と宇宙はほぼおなじやった。海で泳ぐ小魚どもから馬鹿にされてな。大きい魚に脅えて逃げ回ってる奴らが俺達のこと世間知らずの蛙やって偉そうにほざいて。俺達は宇宙の話をしてたのに。その秘密を共有してたのが永山やった」

「そうやな」

「でもな、もう俺には宇宙が見えへん。クリント・イーストウッドに触られへん」

聞きたくないような言葉を影島が吐いた。

「なんで、そうおもうの？」

聴いたことのある音楽が流れ始めた。

「体感としてそうやからとしか言われへんけど、クリント・イーストウッドの研究者達にわかる言葉でクリント・イーストウッドを語ろうとしてしまったからかもしれへん。もし、そうやとしたら、ええ恰好してもうた」

影島は後悔を隠さず表情に出した。こうして、影島と自意識を垂れ流して話していると若い頃に戻ったようだったが、決定的に違うのは奥だった影島に人間味のようなものが付加されていること。反対に自分はそれを抑制しようとしていること。

「でも、それは言い訳かもしれへん」

影島は自分の言葉を取り返すように言った。

「言い訳？」

「だって、そんな状態が嫌で、最近そんなもん知るかって、最後の悪あがきしてるのに、やっぱりクリント・イーストウッドが見えそうにないから」

ここ最近、問題視されていた影島の言動の一端には、そんな理由があったのかもしれない。

「そのうち見えるんちゃう？」

「なにが？」

「クリント・イーストウッド」

「ああ」

「なにが？ってなんなん？　自分が言いだしたんやん、クリント・イーストウッドって」

僕の口調に付き合うように影島は無理やり笑った。影島の言葉を受けて、自分なりの解釈を整理してみようとおもったが、二人いるのだから、とりあえず言葉をぶつけてみることにする。

「影島が研究者達に伝えるために、感覚を言語化したことで、言葉に支配されてしまったというよりも、その研究者達が当然のように使う永遠に宇宙に辿り着かないハシゴの存在を影島が知ってしまったからじゃない？」

「どういうこと？」

「今まで純粋やったはずの宇宙に触れるという行為そのものが、そのハシゴを知ってしまったがために、恣意的にハシゴを踏み外すという鼻息が含まれてしまうからなんちゃう。そうやって、みんなと違うやり方を選択することに自分で照れてるんじゃない？」

影島はなにかしらを考えているようだったので言葉を繋いだ。

「みんな死んでいくなかで、自分だけが助かるためにトリッキーな方法を使うのが恥ずかしいというような照れがあるんちゃう？」

自分はみんなとおなじであることにも、違うことにも照れがあった。

影島は考え込んでいたが、答えが出ないことに飽きたのか、ゆっくりと話し始めた。

「でも、人と違うことするのが恥ずかしいということが理由なら、人目につくとこで行動できないという説明はつくかもしれんけど、誰にも知られることのない自分だけの感覚でも、かつて摑めてたはずのものが摑めないのはなぜかという説明には足りひんやろ」

否定してほしいのか、投げやりに影島はそう言った。それが日常化したからだという言葉は飲み込んで、言葉を選び直す。

「子供の頃、絵を描くのが好きやってん。いつも好きなように自由な絵を描いてた。保育所の先生が、あなたの絵を見るのが楽しみや、って言うてくれたり。でもな、小学校の図工の授業でゾウの絵を描く時間があってんな。俺は迷うことなく、街の風景とゾウの尻尾だけを画用紙に描いた。ここをゾウが歩いていきましたよという風景を描こうとおもって。十秒前ならゾウは画用紙の中央にいたけど、今は画用紙の外にいるという絵を描いてん」

「ええやん」

「先生になんて言われたとおもう？」

僕が質問すると、影島がこちらに顔を向けた。影島の前歯が一本なかった。

「褒められたんちゃうの？」

「そうおもうやん?」

「違うん?」

前歯が一本ない影島が真剣な表情で僕の言葉を待っていた。少しだけ息を吸って吐く。

「調子乗んな、って言われて頭叩かれてん」

影島が飲みかけのハイボールを噴きだした。彼が笑ったので、僕も釣られて笑った。

「嘘やろ?」

「ほんまやねん」

「無茶苦茶やん」

「そのあと、先生ちょっと笑いながら、もうええねん、こういう奇をてらうの、って言うてん。めっちゃ恥ずかしかった。もう絵なんて描きたくないとさえおもった」

そう言って、笑ったけれど、もう影島は笑っていなかった。

「そっからな、絵を描こうとおもうたびに、その先生の言葉が頭のなかで響くねん。ほんならこれも、奇をてらってるとおもわれるんちゃうかな? かっこつけてないかな?って気になってもうてな、わざと平凡な構図で描くようになったり、その言葉に傷ついてるともおもわれたくないから、馬鹿にされても平気な程度の変をあえてやってみたり」

「地獄やな」

影島が地獄という一言を使ったことで、少しだけ楽になった。

「地獄って言うてくれるんや」

「地獄やん」

「いや、そんなんよくあるとか、気にすんなとか、好きなように描いたらええねんとか言われることが多かったから」

「そういうことじゃないのにな」

「うん。それから、人と違うことをやるのが恥ずかしくなった。人と違うことをやるということは、人と違うとおもわれたいということと解釈されてしまうのが苦痛で。それをはね返す力が自分にはなかったから」

「その頃って、人間が本来持っている本能さえも社会に適応するために矯正されたりする時期でもあって、たとえば、まだ腹減ってないのに効率を考えると、周りとおなじタイミングで食事を摂らんとあかんというようなな。身体は納得できてないけど、受け入れて順応せなあかんということがたくさんあって、そうやって自分の感覚と行動を乖離させられることに慣れていく。自分の感覚は正しくないということを教えられる。大人からしたら、もちろん社会で生きやすいように促してくれてるんやろうけど、それもまた食事時間の設定とおなじで効率が優先されるから、みんな一緒になりやすい。毎日、そんなことに曝されている子供からすれば、芸術に関することだけ自己判断でやっていこうとおもえるわけがない。擁護者でもいない限りは」

「そうやねん」

僕が相づちを打つと、影島は不安な表情を浮かべ、「俺、歯どこやったっけ?」とつぶやいた。先ほど、ポケットにしまっていたことを伝えると、また真剣な表情で語り始めた。

「その一方でな、そんな方法を繰り返す立場にある教師からすれば、各々の個性を尊重するべきみたいな言葉は頭の片隅にあったとしても、身体に馴染んではないやろうから、結局は自由に描いていいはずの絵まで、矯正してしまう。しかも、それが絵に対する批評ではなくて、人と違うということを恥ずかしくおもえという理屈やねん。異端など存在せず、異端であろうとする奴がたまにいるだけという考えやろ。無茶苦茶やけど、他のルールを納得いかんまま聞き入れる癖がついてた永山少年は、その教師の言葉も受け入れてしまった。よく、また描こうとおもったね」

「漫画という自由な表現を見つけられたからな」

「もちろん漫画は自由やけど、絵を描くことも自由やろ」

影島はポケットからティッシュに包んだ差し歯を取りだして、なかを確認したあと、またおなじように丁寧に包み直してポケットにしまった。影島がグラスの酒を飲み干して、おなじものを注文した。

「歯の抜けたとこ酒沁みひんの？」

「うん、消毒」

影島はコースターを指で弄びながら言った。

「絵を描くことが怖くなってんけどな、漫画が読者を楽しませるためにあるかどうかは一旦置いといてな、そういうことにしてしまえば、自分の好きなことをできるとおもった。漫画には奇をてらう奴も、馬鹿にされる奴も、面白かったらいいと言ってくれるような大きさを感じた。そんなことはどうでもいいんやと。好きにやれと言ってくれてるようにおもえた。でもな、いざ自分が実際に漫画を描こうとおもうと、なんか違うねん。無邪気に絵を描いてたときに摑めてたものは、やっぱりどこかに行ってしまって」

「わかるよ」

影島はそうつぶやいて、酒を飲んだ。僕の子供の頃の話と、自分がクリント・イーストウッドに触れなくなったこととを重ねているのかもしれない。

「先生に言われる前の自由な状況があと数年続いていたら、どうなってたんやろう?って考えだしたら苦しくなる。あのゾウの絵を描く前の自分の絵を影島に見せたいな。ものすごく平凡な絵かもしれんけどな」

「でも、そのときに頭のなかにあったクリント・イーストウッドが、どんな形してるのかって話やもんな」

僕もおかわりを注文する。レナード・コーエンの『ハレルヤ』が流れ始めた。

「こんな話はつまらんのかな?」

影島が首を傾げながら言った。

「どうやろな」

自分も正直に答える。

「この話を続けた先に、面白いことなんてないかもしれへんし、過去にもこの小道に迷い込んだ人なんて、いっぱいいてるんやろな」

不毛な会話には違いないのだろうけれど、そんな自分達の状態を俯瞰で見るという行為のせいで不毛になっているとも言える。

「この先行っても、行き止まりに誰かの落書きが書いてあるだけかもしれんし、誰かが小便撒き散らしてるだけかもしれんしな」

言い方がぞんざいになった。

「でも、一応行ってみようか？」

また影島の言葉に安心させられる。

影島に会ったら聞こうとおもっていたことがあった。

「なんで、あんなにナカノタイチにだけ過剰に反応したん？　めっちゃ怒ってたよな？」

聞かれ飽きた質問だからか、影島が笑った。

「いや、怒ってはないよ。単純に嫌いやねん。誰かを嘲笑する行為を高尚なもののように押しつけといて、そこを指摘されたら、いやいや僕みたいなくだらない者の言うことでむきにならなくても、って立場を都合よく変えたりするのがせこくて嫌いやねん」

「めっちゃ怒ってるやん」

言葉にすることで怒りが込み上げてきたのか、影島は語尾が強くなっていた。

「でも、そんなナカノタイチみたいな奴はいっぱいおるわけやん。なんであいつにだけ反応したんかなとおもって」

「あいつは、ハウスにおったから。他の人は知らんよ。その方法でしか生きていけないなら、そうすればいいんじゃない。状況によって自分を大きく見せたり小さく見せたりして、こいつには強い姿勢を示しとこうとか、この人はあの人と仲がいいから褒めておこうとか、しんどいやろうし。まったく尊敬はできひんけど。そうやって稼いだお金で、今夜はなにをどんな顔で食べるんやろうとかは無意識に考えてしまうけどな。でも、ナカノタイチはハウスにいたから他人事ではないやろ？　自分にとってハウスは井戸でもあったわけやから。さっきの井のなかの蛙のやつな、そこに出入りしてたわけやん。当時から、海への憧れが強い小魚みたいな面はあったけど。それでも、そこにいた奴があぁなるんかな。今となっては、あいつのせいで、俺達は完全に宇宙を獲得できなかったとさえおもえてきた。表現者のふりして、当事者であることから逃げているような奴がどの面さげて偉そうにしててんねやろな」

影島が顔をしかめた。

「影島がナカノタイチに送ったメールの文章を読んでて、俺はなんか不安になった。これは自分にも言われてるなとおもった」

「永山とナカノタイチなんて全然違うやん」

「どこが違うんかな？」

「永山は自分の作品の責任を負ってるやん」

そうだろうか。影島は、あの頃の僕の作品がどのように生まれたかを知っている。

「そうかな？　あれは自分の作品と言っていいのかどうかも」

「あれはどう考えても、永山の作品やん」

影島がそう言い切る理由はわからなかった。

自分が描いた作品は、自分が侮っていた人物の力によって完成されたものだった。あの情けなさに振り回されて現状に至る。

「自分で最後まで仕上げることができひんかったからな。最後諦めてもうたし」

僕達は何歳までこんな会話を続けるのだろう。

「それでええねん。というか、だからええねん。あのどうしようもない自意識の塊みたいな主人公を描いたのが、完全無欠な人間やったら腹立つけどな。すごい奴が想像する駄目な奴なんて、わざと下手に描いた絵よりしょうもないで。天才のふりして大失敗するのが面白いねん。転び方を知ってるプロっぽさも悪くはないけど、受け身なんか取る必要ないとおもってました、言いながら骨折するから、そいつの動向を見届けたいねん。本来そうやん。酔っ払って作品放りだして寝て起きたら、仕上がってたんやろ？　最高やん。それを誰かに描かしたのも、おまえの存在やねん。あの作品は永山にそっくりやし。漫画家志望の若者が誰かに自分の絵日記描いてもらったなんて、創作者としての全身複雑骨折ですよ。だから、ええねん。あんな気色の悪いもん、飯島に作れるわけないやん。あいつは、おまえを模写しただけや。あいつは、せいぜい人前で作為的な屁こくのが精一杯やねん。おまえなんて力んだがための無意識の屁を垂れ流し続けてるんやから」

「言い過ぎてない？　大丈夫？」

「大丈夫、ごめん」

「謝ってもうてるやん」

「他の誰かが物語の流れを作ったのかもしらんけど、それができたあと、ずっと永山は夜中まで起きて描いてたやん。その姿を俺は覚えてるもん。『凡人A』の話の筋なんて誰も覚えてないで。ただ、永山の過剰な言葉と筆圧強めの絵とかは、記憶にあるもん。ガリガリの男が身体を大きく動かして踊ってるみたいな、見たらあかんもん見せられてるみたいな『凡人A』の感触は、誰がなんと言おうと、そのまま永山のもんや。おい、なに泣いてんねん」

「泣いてないわ」

ゴッホの『夜のカフェテラス』が揺れて輝いて見える。影島の声が聞こえてくる。

「永山の『凡人A』の題名の由来になった、凡人Aの罪状は、自分の才能を信じていること、っていう言葉あるやん？」

「うん」

その言葉を掘り起こされることには抵抗があった。

「この永山の言葉ってな、全然謙虚じゃないねん。そこが永山やねん。なんか自分が苦しいのは、凡人のくせして才能あると勘違いしてしまって、創作に携わったからやと主張しながら、実はその言い回しによって、まだ才能を証明しにいこうとしてもうてんねん。相手に頭下げながら、下げた頭ぶつけにいってんねん。たぶん無意識で」

「うん、そんな意図はなかったとおもう」

「そうやろ、それが永山やねん。あれをできるのが永山。なんて言うんかな、確かに、そんなこと言わなやってられへん状況やってん。でも、言わなやってられへん状況やからこそ、あんなことを言わないという方法もあるわけやん。でも、永山は自分の化膿したえぐい傷口を見せて相手をひかすような戦い方を平気でしてたわけやん。感傷も嫉妬のような憎しみもごった煮にして」

「いや、それしかできひんかっただけやん」

この絵は酔って見た風景に似ている。

「俺な、大阪出身やけど、親のルーツは沖縄やったりするし、十八で東京出てきてもうてるしさ、そういう属性みたいなもんに抗いたくて、大阪弁を使わんとこうとしてたけど、永山といたら、自分が嘘っぽく見える瞬間が何度もあってん。大阪弁を使わんことによって、不便を感じるたびに、より地元の輪郭が濃くなってしまうというジレンマがあったりしてて。それがさ、二十年近く経ったら、すっかりこれやで。あれ、なんやったんかな？」

そう言って影島は笑った。

「だから、永山に助けられたというのは、ほんまやねん」

「ええように覚えてくれてるだけやで」

影島はマスターにも酒を勧めて、あらためて三人でグラスを合わせた。

「話逸れたけど、ナカノタイチに強めに言うたのは、永山のこともあったし、狂っとかなあかんハウスに現実的な意味での平凡を持ち込んだ張本人が絡んできたから、不世出の雑魚がなにいちびっとんねんとおもって」

影島は感情の摑みにくい微笑みを浮かべた。

影島がナカノタイチを激しく罵る言葉にある種の快楽を得ながらも、なにか胸に引っ掛かり続けているものがあった。ナカノタイチを庇おうなどという気持ちは微塵もなかったが、どこか自分と重なる部分があるのは確かだった。

「影島とナカノタイチのやりとりを読んでて、ナカノタイチの嫌な部分を指摘する言葉で救われたような気持ちになったことは確かやし、影島の言うてることは正しいからこそ、読んでる俺は不安になったともおもうねんけど、でも、ほんまに不本意やねんけどナカノタイチの主張を擁護したいとおもうところもあって」

言い訳がましくならないか気にすると、いつもの自分の話し方がわからなくなった。

「どこ？」

「普通の感覚だからこそ書けることもあって、それに対する自負もあるという主張」

影島の様子を窺うように語尾が上がる。

「うん」

影島は特に表情を変えずにうなずいた。

「表現者は特別でないとあかんという影島の主張は影島自身が個性を持つことを揶揄された経験があるからやろうし、普通であることを強制されてきたという記憶があるからなんやろうけど、それでも普通の感覚やからこそできることって、やっぱりあるとおもうねん。特別な感覚を持ってない人は表現したらあかんということはないとおもう」

影島はグラスを見つめて、なにかを考え込むようにしていた。

「うん。もしかしたら、ちゃんと伝わらんかったかもしらんけど、普通を否定したかったわけではなくて、普通であることを防壁にする態度のことを言いたかってん。百メートル九秒台で走れる人が特別やとしたら、もちろん十三秒台の人が走ってもいいねんけど、みなさんとおなじ、この十三秒台の走りをお楽しみください、っていうのを売りにするのが理解できひんというか、それを職業にするなら、せめて面白い走り方をするとか、泥を吸いながら走るとか、なにかしらの独自性を目指さんとあかんというか、泥を舐めたりするからそこにリスクが生まれるわけやし、普通でもいいと言い切ってしまうのは」

「でも、ナカノタイチはその普通の感覚を掘り下げていきたいと主張してたわけやから。そうだとするなら、クリアな眼で見る普通なら、普通でもいいとおもうねん」

「そうやな」

そう言って、影島は唇を結んだ。

本当の意味で影島が僕の言葉に納得しているかどうかはわからなかった。

「あとな」

「うん」

素直に耳を傾けようとする影島がなぜか不憫におもえた。この人は僕の不満さえも聞かされなければならないのだろうか。

「やっぱりいいわ」

「言うて」

影島の声がかすれる。

「いや、よく考えたら、これは影島に言うことじゃないもん。俺は当事者じゃないから適当に言えるだけで、影島は俺に考えるための素材を与えてくれただけやもんな。いちいち、すべての声をぶつけられてもどうしようもないもんな」

「ううん。そんな大層なことは考えてなかったから」

「ほんまは自分で処理せなあかんことやのに、人に頼ってもうてるんちゃうかな」

結局、愚痴っぽくなる。

「珍しくな、焦点が合ってんねん」

影島が言った。

「珍しいねん。だから言うて」

そう言って影島は酒を飲んだ。

「あいつが、企画者の要求に応える書き方が表現の妨げになるなんてことはなくて、それで化学反応が起こることもある、って主張してたやん」

「うん」

影島がうつむきながら相づちを打つ。

「それには、しっかりと答えるべきなんじゃないかなとおもって」

「そうやな」

そうつぶやいて、影島が続けた。

「俺もおなじやねん。自分のなかになんかなんもない。結局なにかに対する反応でやってる。でもな、虚勢を張らんと、やられたときに面白くないとおもって。ある人と対談したときに、相談したことがあってん」

「それを？」

「うん。僕にはなんにもないんです、って。なにもない感覚だけがあるんです、って」

影島にも相談する誰かがいるのかと当然のことをおもう。

「うん」

「ほんなら、その人が大事な言葉をくれた」

「なに？」

「なにもないということは全部あるということです、って。その人、クリント・イーストウッドの頭を自在に撫でられるんやろな」

視界がひらけるような感覚があった。

なにもないという状態と影島の言う井戸は似ているのかもしれない。

「なんかあると勘違いして、そのなんかに固執しているうちにずれ込んでいくんかな？」

影島の言葉は自問のようでもあった。ナカノタイチへの言葉と自身の考えが捻じれていることに自分でも気づいているのだろう。

「芸人になってから途中でやり方変えた？」

自分でもよくわからないことを聞いている。

「想定してたように物事が進むことはなかったし。どうしてきたんかな。断片はおもいだせるけど、途中の何年か意識がない。なんか対策を練れるほど器用じゃないし、器用じゃないこと売りにできるほどの器用さもないし」

自分もそうかもしれない。

「小説はなんで書いたん？」

「書きたくなったからやで」

「そらそうやな」

マスターは僕達の席から少し距離を取っていたから、声が届いているかわからなかった。

「小説は好きやしな。たとえば、永山に『野球チーム作ろう』って誘われたら、なんで?とはおもうけど、一応グローブ買って自主練はやるよ。『スケボーやろう』って言われても、一応ネットでスケボーの動画探して観るやろうし、アマゾンでなんぼするか金額調べたりはするとおもう。面白いこと断る理由を考える方が難しくない？やりたくなかったらやらへんし、やりたかったらやる。それ以上に大層な理由なんてないよ」

影島は淡々と話した。

「そっか」

「うん。どこかみんな芸人が小説を書いたことに驚き過ぎてるよな。新鮮におもってくれるのは自分としては得やけど、仮にもコントを十年以上作り続けてきたわけで、今まで何千人という架空の人物を自由に動かして、喋らせてきたんやから、どの職種の人より物語との距離は近いわけやん。もちろん小説とコントは全然違うから、新人には違いないけど、限りなくドーピングに近い経歴やとおもう。学生さんとか、創作に携わってなかった職種の人が突然物語を生みだしたことの方が日常からの跳躍は大きいねんから、そちらこそを称賛するべきで、自分ばかり言うてもらって、申し訳ない気持ちはある。でも、作家然とした人達も生まれたときから作家やったわけじゃなくて、途中でそうなったわけやから、異業種に過剰に反応する人は傲慢やな。芸人やと驚かれるのは、いい意味で芸人が舐められてるからやろな」

微笑む影島の顔が白く揺れた。

二十年近い時間が二人に堆積しているからか、どこか現実離れした夜だった。影島の声も遠くから聞こえるようだった。

「悪い意味じゃなくて、永山はなんでも劇的にしたがる癖があるよな」

影島がそう言った。

「そうかな？」

「ハウスのときもそうやった。スノードームの話をしたの覚えてる？　スノードームをぐるぐる回転させたら、渦ができて、この世の終わりみたいな不安な風景になるっていう」

「覚えてるよ」

不安になるようなことをわざわざやらなければいい、と僕が言ったら、おまえは絶対にやると奥だった頃の影島に予言されたことがあった。

「永山は、自分でスノードームを振り回したくせに、その物騒な光景を後悔しながら眺めてしまうねん。いまだに、それが続いてるんやとおもう。勝手にごめんな」

自分の抱えているものが、すべて自作自演だとしたら間抜けなことだ。

「なんで、そんなんわかんの？」

「俺もそうやから。そんな世界を望んでるわけじゃないけど、確認したくてやってしまうんやとおもう。ハウスでの生活を見ているとそう感じた。恋人のこととか、自分の作品に違う誰かが関わったとか、他者からすれば小さな傷でしかないことも、永山は事実を捻じ曲げてでも、その傷を致命傷になるくらい大きくしようとする。なにかを楽観的に捉えることよりも、自分の責任を厳しく追及する方が真実っぽく見えるのは、自分で自分のことを悪く言うわけがないという信憑性の薄い前提の上でしか成り立つことのない、人が陥りがちな錯覚やとおもう。自分のことを悪く言うと、冷静に俯瞰で物事を見ているという単純な理屈やろ。それはそれで、かなりバイアス掛かってる。それって、結局は自分のことを特別視し過ぎてるんやとおもう。自ら手を上げて汚名を背負うと宣言する。周囲から、あいつは罰を受けていると知られている状態の方が自分では楽やねん。ただし、どこでも刺してくれというわけではなくて、刺していいとこと、あかんところがあるやろ。他人には識別が難しいけど自分では明確な基準がある。そこだけは触られたくないという」

顔面の皮膚が乾燥して、小刻みに痙攣するような感覚があった。

「俺自身がそうやというだけの、推測でしかないけど」

影島の言葉が重く耳に残った。

「新約聖書の福音書も、四人の語り手が採用されてるやん」

影島の言葉が、それまでの話と繋がっているのかはわからなかった。

「四人だけやったっけ？」

そのまま疑問をぶつける。

「もっといたんやろうけど、新約聖書に採用されてるのは四人じゃないかな。その名前が実在の人物ではなくて、仮に記号のようなものやったとしても、これを一人による語りとして編集せず部分的に矛盾を残したことが重要やとおもうねん。おなじ場面でもさ、その語り手によって印象が違う証言になってたりするわけやん」

影島は静かに熱を込めて語った。実際にどうだったかなど、わかるわけがないし、それぞれの感覚も記憶も違うのだから、語り方にも変化があって当然のことだ。

マスターが小さなグラスに水を入れて二人の前に置いた。その動きに従うかのように影島は水を一口だけ飲み、また言葉を続けた。

「俺はな、福音書の語り手が四人採用されているということが、その福音と同様に大きな示唆を与えてくれてるとおもうねん。事象には揺れがあるんやと。だから自分の眼で見て感じた世界がすべてではないという事実からも俺達は逃れられへんのかなとおもって。いや、誰かの苦しみをなかったことにしたいわけじゃないで」

　そこまで聞いて、影島は自分のことを励まそうとしているのかもしれないとおもった。

「そうやな」

　曖昧な言葉をつぶやいたあと、やることがなくなって酒を飲んだ。

「永山はもう作品は作らへんの？」

「なんで？」

「いや、だってそういう人やん」

「うん、実は準備してんねん」

「そうなんや、漫画？」

　影島は驚いたように反応した。

「漫画と文章。三年前に書いたのを直そうとおもってる。今日、手掛かりもらえたし」

「いや、絶対やった方がいいよ」

「うん。もう誰かに嫉妬したりする時間がもったいないなと、やっとおもえた。俺が、『凡人A』描いたとき、影島が言うててん。嫉妬するとき、自分の時間を振り返ると恥ずかしくて狂いそうになる、って。俺のこと豚って呼んでいいよ、って」

「ほんまに豚って呼ばれたら喧嘩になってたやろうけどな」

笑う影島を不思議におもいながら見ていた。

「楽しみやな」

影島は静かにグラスの酒を飲んだ。

こうやって、会話を交わしていることが現実ではないような気がした。

「なんかやれそうな気がしてきた」

「そっか、俺も永山と定期的に話せてたらな」

影島を取り巻く状況のことが頭に浮かぶ。

「若い女の子に椅子投げたらあかんで」

僕の言葉を聞いて、影島がうなだれたように見えた。

「でもな、命が通ってる人間のことをただの小道具みたいに使うきみらこそ、俺から見たら安易な構成が書かれた薄い紙みたいに見えているということを示したかったのと、紙でも血流すんか知りたかってん」

「紙やと、紙の血が出るんじゃないの？」

「そうやねん。なんか印刷のインクみたいな変な血の色やったわ」

影島は現実的な日々の生活をおもいだしたのか憂鬱な顔色になった。

「怒られたん？」

「うん、怒られた。ナカノタイチの件は、満場一致で相手がタコという意見やったから大きな問題にはならんかったけど、子供と喧嘩したらあかんよな」

その言葉に反応したマスターが遠慮がちに笑った。

「ちゃんと謝って、また普通にやったらええやん」

眉間にしわを寄せる影島の深刻な表情につられて、自分の顔もそうなる。

「もう普通には戻られへん。普通がなにかもわからん。むしろ普通ではないことをやり続けるしかないというか、自分で管理できる状態でもない」

泣きそうな表情を浮かべる影島が一瞬とても幼く見えた。

「それに、もっと大変なことになる」

そう言って、影島は黙ってしまったが、なにが起きるのかを聞くことはできなかった。影島が自分の隣の椅子に置いていた文庫本を手に取ってページをひらいた。その文庫本にはカバーが付いておらず、茶色く焼けた表紙がそのまま剝き出しになっていて、読み込んでいることがわかった。

「なにそれ？」

「これ、新潮文庫の『人間失格』。もう何代目か忘れたけど、ボロボロやわ」

「俺と出会ったときには、もう読んでたよな。俺も読んでるよ」

影島は、文庫本のページを嬉しそうにめくりながら、端から文字を眼で追っていった。幸福そうな表情の影島に声を掛けることができずに、一人でゴッホの絵を眺めていた。

「これにもゴッホが出てくるの覚えてる？」

「竹一のとこやんな？」

「そう、お化けの絵」

自ら本好きを公言しておきながら、『人間失格』を好きだと発言するのは、とても勇気がいることだ。

「ほんまに読んでるんやな」

「なんで？」

「もちろん好きではあるんやろうけど、広く普及しているものを、内容関係なく評価とか置かれてる状況だけで否定的に捉える人達に皮肉を込めて好きって言い続けてるのかなとおもってた」

「なんやねん、その複雑な考え方。そんな面倒なことせえへんよ。面白いから読んでるだけやん」

影島は本から眼を離さずに、そう言った。

「あっ、違うとこ集中して読んでもうてた」

影島はつぶやいて、また本に向かった。

「なんか俺のこと邪魔者みたいにしてるやん」

僕の言葉には反応せず、影島はページをめくり続ける。

「あった、ここや。『僕も画くよ。お化けの絵を画くよ。地獄の馬を、画くよ』。ここが一番好きやねん。同級生の竹一がゴッホの自画像を見て『お化けの絵』って言うたことを受けて、自分も偽りのない自分の創作に向かうという覚悟を宣言すんねん。ここだけ主人公の大庭葉蔵が自分の人生に対して肯定的な視点を持つねん。それまでの悲観的な物事の捉え方は、すべてこの場面に帰結するんじゃないかな。ここから先は、葉蔵の『お化けの絵』を巡る物語としても読める。ほんで、この本こそが太宰治の『お化けの絵』なんちゃうかなとおもって」

影島の文庫本を覗くと、赤や青のペンでほとんどすべての箇所に線が引かれていた。僕が読んでいる『人間失格』も似たようなものだったが、彼の真似をしているとおもわれたくなかったので言えなかった。

「線引き過ぎて、どこが大事かわからんようになってるやろ?」

僕がそう言うと、影島は笑いながら、「むしろ最近は線引いてない箇所を重点的に読んでる」と言った。

　そして、「今度は、永山が『お化けの絵』を描く番やで」と影島は言った。真剣なのか戯言なのか真意は酌めなかったが、その言葉には影島の意図を超えて僕の感情を動かす響きがあった。

『ピアノ・マン』のイントロが流れる。そこに、影島の言葉が重なる。

「あの、『人間失格』の後半に出てくるアントニム遊びあるやん？」

「アント、対義語を言うていくやつな」

「結局、罪のアントはなんやとおもう？」

「ドストエフスキーの名前を持ちだして、罪と罰は同義語ではなくて、アントニムなんじゃないか、と葉蔵は考えてたよな」

「でも、『……ああ、わかりかけた、いや、まだ、……』って続くねん。だから続きがあるとおもうねん。ほんで、その後のヨシ子が犯される場面に続いていく」

　僕が初めて『人間失格』を読んだとき、あまりにも凄惨で読めなかった場面。以前からの疑問を影島にぶつけてみようとおもった。

「なんで、太宰はあんなにも処女性にこだわったんやとおもう？」

　影島は答えようとして、一旦言葉を飲み込み、考え込むように自分の片目を指で押した。

ハウスで、奥だった頃の影島とも小説について意見を交換したことが何度もあった。そのたび、読んだことのある小説であっても、必ず読み返すようにしていた。そのときにも、やはり気になった場面だった。

「安易に衝撃をもたらすために書いたわけではないよな。でも、あそこだけ気になる」

僕はさらに質問を重ねた。

「太宰というか、大庭葉蔵がこだわったのは逆なんじゃない？」

影島は言葉を確認するかのように話した。

「逆か」

影島の言葉をそのまま受け取ると、葉蔵がこだわったのは処女性の反対ということになるのだろうか。

「そこに自分自身が含まれていたかはわからんけど、処女性にこだわる人の弱さに太宰自身は気づいていたんじゃないの。横暴に分別されてしまう存在にこそ、こだわったんじゃないかな。だから葉蔵は苦しむ。さらにドストエフスキーが罪と罰を同義語ではなく、対義語として捉えていたという仮説を彼自身がおもいついてしまっていたことで、葉蔵の苦しみは行き場を失って煮詰まる」

影島は前方に視線を投げたまま話した。

「罰の方向にも逃げられない」

話が混線したが、わかる気がした。

「罪のアントは、罪を背負う存在。キリスト。人間に非ず、人間失格。私たちの知っている葉ちゃんは……、神様みたいないい子でした。いや、これこそただの言葉遊びか」

影島は静かにつぶやいた。

自分は子供の頃の話を影島にしたことがあっただろうか。

「子供の頃、保育所の卒園式っていうんかな、とにかく最後の日に、みんなの前で将来の夢を言わなあかんかってんな」

「あったな、永山はなんて言うたん？」

「練習のときは、牧師さんになりたいです、って自信満々で言うてたのにな、当日になると自分の将来を確定させるのが急に怖くなってさ、そのときなんて、なりたいものに絶対なれると信じてたから、ほんまにいいんか決まってまうぞ、って不安になって。ほんで結局、牧師か大工さんになりたいです、って二つ言うてん」

「一つにせえよ」

そう言って影島は笑った。

「決められへんかってん。祖父が熱心なクリスチャンやったから、その影響で牧師に憧れる気持ちもあったし、でもヨセフのことも気になって仕方なくてさ」

「そうやねん。イエス様がいて、マリア様がいて、だからこそ、養父である人間ヨセフの存在が際立つねん。しかも、大工さんやで」

影島が僕の言葉を力強く肯定した。

「そうやな」

「でも、葉ちゃんのお父さんは、ヨセフではなかった。それが言いたいんやろ？」

影島が意外な言葉を口にした。

「いや、そこまでは考えてなかった。ヨセフの人となりも知らんし」

「俺もなに言うてるかわからんようになってきた。ほんまに最後の一杯な」

そう言って影島が酒を頼んだ。僕もおなじものを頼む。

「将来の夢も決められへんような永山が、もっと困る質問していい？」

「なに？」

「自分に前世があったとしたらなんやとおもう？」

「それ、ほんまに困る質問やん」

僕がそう言うと影島は共感を示すように笑った。

「俺も飲み屋でその話題になったときな、全然答えられへんくて、一緒に飲んでた先輩になんでもいいから、とりあえず答えろ、ってちょっと怒られてんけど、それでも、すみませんやっぱり持ち帰らせてください、って謝った」

「そこは、なんか答えようや」

離れた場所からマスターの笑い声が響いていた。

時間が経つにつれて影島の口調はますます穏やかになっていった。

「最近、いつも見ていたはずの平凡な風景が、なぜか美しく見えるねん。風邪ひいて三日くらい家にこもってて、ようやく外に出たときに見た景色が妙に鮮明やったり、季節の変わり目に遠い記憶が呼び起こされて風景の質量が増すような感覚とか、そんなことはときどきあったんやけど」

「それは、わかる。美術館で長い時間を掛けて絵画を鑑賞したあと外に出ると、見慣れた景色のなかにある、いつも眼にしていたはずの色が、異常なほど際立って、奇跡のような印象で眼に映ることはある」

「それは、作家の眼を借りてんのかもしれへんな。俺達があらかじめ了解事項としている認識に囚われることなく世界を見た、作家の眼を通して風景を見ているから、日常とは違う状態になるんかもな」

「そうやな。その状態が慢性的に続いてるということ？」

「そうやねん。これなんやろうって考えてたら、もしかして死者の眼なんじゃないかなとおもった」

「死者の眼？」

「一度死んで、もう二度とこの世界の風景を見ることが叶わない人間にな、もう一度だけ景色を見る機会を与えたら、こういう風景に映るんじゃないかなとおもって」

「どこかの星に移住して、帰ってきたような郷愁があるということか」

「確かに、郷愁とよく似ている。なんやろうこれは。生きているという今現在の時間への郷愁のようなものが強烈にある。恋愛の渦中にいるときとも、感傷に浸っているときとも違う」

「生き慣れていない人の眼なんかもな」

「生まれたての眼なら、見る対象への恐怖もあるんやろうけど、その要素はないかな」

「死者の眼という名前が怖いねん」

「まだ、他の言葉が見つかってないねん」

「早く見つけて」

「うん、だから、今が尊いと最近おもうようになった。ほとんどの時間を忘れてしまうから。その過ぎていく時間に自分がなにを感じていたのかさえ忘れてしまうかもしれへん。それが、たまらなく怖くて、たまらなく嬉しい。今という時間のなかで自分が自在であることに、ようやく気づいた。こんな長い独り言をくさすのは簡単やろうけど、自分に見えているものを疑うのが難しいのもほんま」

「少なくとも俺は、頭大丈夫？とか言わへんから安心して」

「ちょっと言うたんちゃう？」

「自分が誰かにくさされる危険を感じたのとおなじように、そんな野暮な瞬間がこの人の人生になければいいなとおもっただけ」

「ありがとう」

「こちらこそ」

「記憶も叙述も一秒が一秒ではない。一秒のことを一秒では想像できない。一秒は一秒より遥かに大きい。その一秒を再現しようとしたら、莫大な労力が掛かる」

「現実ではありえへんほどの費用も」

「そんな一秒をこの瞬間も一秒で過ごしているということが、最も身近にある奇跡」

「確かに。あと、夜空を眺めたときに、他の星と比べて月だけ異常に大きいのに、みんな見過ぎて慣れているという奇跡もな」

「そうやねん。うわ、そうやわ。嬉しい」

「なにが？」

「会話できてること。今心のなかで両手を広げて、喜びを叫んでる状態やで」

「そんな喜んでたんや」

「あたりまえやん。最近、外歩いてたら自然と踊りたくなるときあんねん。思春期の頃、あんなにも踊ることに抵抗があったのは、本能に対する恐れやったんかもしれへん。踊りというのは誰かが発明したものではなくて、ほっといたらそうなる自然な現象なんやろな」

「踊りそうにない人と認識されているせいで、自分が踊るということは、もはや踊ることとは別の意味を持ってしまうと自覚してるからそうせえへんのかな。俺自身はまだまだ、踊ることに抵抗があるけどな」

「情けないな。外やったら、俺もう踊ってたけどな」

「なんで、ちょっと偉そうやねん」

「他にお客さんもいないので全然踊ってくれてもかまいませんよ」

マスターが微笑みながら、そう言ったときには、もう影島は椅子に座ったままの状態で上半身を奇妙に動かしていた。真剣な表情で踊り続ける彼をどうすることもできずに、ただ見ていた。影島が踊りながら、言葉ではないなにかを叫んだ。「声は出さんといて」と僕が言うと、それから影島が叫ぶことはなかったけれど、曲が終わるまで踊ることをやめなかった。酒が回り視界がぐるぐると回転した。連絡先は伝えず、「ここでまた会おう」と言って先に店を出た。夜の空が鮮明に浮かんだ。一瞬、影島の眼で世界を覗けたような気がした。

　影島と飲んだ翌日、眼を覚ましたときにはまだ酔いが残っていた。洗面所で顔を洗い、鏡に映る赤い顔を眺めながら、昨夜の断片をおもい返してみたが、この期に及んで影島への失言がなかったかと考えてしまう自分が情けなかった。

　午後から仕事をする予定だったが、時間が経つにつれて頭痛や眩暈（めまい）が激しくなった。昨日飲んだ酒が一切消化されず、そのまま胃袋に残っているようだった。突然、吐き気に襲われトイレに駆け込むと、喉の奥から胃にあった内容物が一気に噴きだした。慌てて便器の前にひざまずいて吐く。吐き終えても、また胃の辺りからなにかが迫り上がってくる。なにもかも全部吐いてしまおうとおもった。荒くなった自分の呼吸が両耳の奥で響く。

　天井を見上げると強い眩暈がした。眼をつぶると、まぶたの裏で白いミミズのような物体が数匹這っていた。頭が朦朧とする。吐き気に従うようにして頭を便器に垂らす。

昨夜飲んだ酒量よりも、ずっと多くのものを嘔吐した。いっそのこと臓器も一緒に吐きだしてきれいに洗ってしまいたかった。頭に血が上る。トイレの壁に背中をつけた体勢であぐらをかき、再び吐き気が戻ってくるのを待った。

マンションの住人が弾くピアノの音が聞こえている。途切れながら続いていく音がなんとか曲になっていく。しばらく進むと、また最初に戻り、おなじ箇所を繰り返しているので、子供が弾いているのだとわかる。さらに遠くの方から布団を叩く音が聞こえている。影島は歯医者に行けただろうか。

重たい腰を上げて、ふらつきながら風呂場まで歩く。服を脱いでシャワーの蛇口をひねる。まだ冷たいままの水で頭を濡らし、そのまま全身を濡らす。転ばないように風呂場の敷居をまたぎ、バスタオルで身体を乱暴に拭いた。下着をつけようとするが、どこに足を入れたらよいのかわからなくなり、いつまでも片足で立っている状態に自分でおかしくなってくる。ようやく足を通して、畳み跡のついたTシャツを着た。一人じゃなにもできない子供のようだとおもう。

身体が熱くなったので、部屋の窓を開ける。涼しい風が部屋に吹き込む。コップに水を注いで飲むと、喉の奥が焼けたように熱かった。それを冷やすために水を流し込んだが、水が通過するたびに喉が痛んだ。スマートフォンを確認すると姉から複数の懐かしい写真が送られてきていた。

姉からメールで送られてきた古い写真は、父が一人で暮らす沖縄の実家で見つかったものだった。母は大阪で暮らす家族の様子を父の実家に知らせるため定期的に写真を送っていたらしく、初めて見る写真がたくさんあった。

まだ一歳にならない僕が母に支えられ、赤子用の小さな風呂につかっている。その傍らで二人の姉のうち、長女は興味深げに弟を見つめているが、次女は無頓着でカメラに視線を向けている。ただし、この写真もほんの一瞬を切り取ったものでしかない。

それもわかったうえで、他の写真を順に見ていくと、幼い頃の自分が驚くほど平凡に笑っていることにとまどう。そこに映る無邪気さは、今の自分を知る人に見られたら赤面するほど恥ずかしい笑顔だった。自分が把握している自身の記憶なんてものは、やはりほんの一部分でしかなく、おなじ人生であったとしても、どの点と点を結ぶかによって、それぞれ喜びに充ちた物語にも暗澹たる物語にもなり得るのかもしれないとおもった。なにか繋がりそうな気がしたが、視界がかすみ、頭がぼんやりとしてきたので、考えることをやめて、ベッドに倒れ込んだ。睡眠をはね返すような鈍い思考が眉間の辺りで膨らみかけたが、眼を強く閉じるとそれも散って眠りに落ちた。

　眼が覚めたとき、それが朝なのか夜なのかもわからなかった。ベッドから立つと内臓に疲労の名残りのようなものはあったが、足取りがふらつくこともなく、それどころか、やけに眼が冴えていた。高揚していることを身体が伝えてくれる。影島の言葉が自分の身体に浸透しているのだろう。書き溜めていた原稿を机の上に広げて、頭から途中まで読み返してみたが、はやる気持ちを抑えられず、パソコンをひらいて冒頭から新しい別の言葉を書き始めていった。

　集中が切れることなく時間が過ぎた。言葉と自身の距離を近くにも遠くにも感じた。言葉を綴りながら、絵を描く衝動を抑えられなかった。絵を描き始めると、今度は言葉が動きだして、長く待たせていられなかった。

　どれほどの時間そうしていたのだろうか。手が痙攣して指が動かなくなった。作業を中断すると筋肉の張りが徐々に和らぐのがわかった。時間が惜しくて、出前で届けられたカレーを貪（むさぼ）るように食べた。久し振りにテレビをつけると、一瞬画面に影島の顔が大きく映った。芸能ニュースを扱う番組は次の話題へと移行したが、胸騒ぎが収まらなかった。

一呼吸置いて、スマートフォンでネットニュースをひらく。影島の名前がすぐに画面に出てきたので、やはりなにかあったようだった。おそるおそる指で画面を押してみる。

「ご乱心の影島、今度は略奪愛」という既視感の強いタイトルがつけられた記事だった。相手は恋人同士であることを公言し、二人揃ってメディアに取り上げられることの多い十代のタレントカップルの一人だった。その女性と影島が密会しているところを週刊誌に撮られたと報じる内容だった。

下北沢のバーで会ったときには、もう影島はこの件が報道されることを知っていたのかもしれない。

「それに、もっと大変なことになる」

あのとき、そうつぶやいた影島の声が頭のなかで再生される。

これは大変なことなのだろうか。ネットニュースを流し読みしただけでも、いくつか記事は上がっていたし、ワイドショーでも扱われているようだったが、この程度かとどこかで安堵している自分がいた。

こういった問題は大まかな概要がわかったとしても、当事者でない限り、真実はわかりようがない。それぞれが勝手に推論を重ね、そのなかから都合よく誰かの意見が採用され、物語が作られていくだけだから。こんな考え方は影島に肩入れし過ぎなのだろうか。

たとえば、影島は誰かに騙されただけかもしれない。知り合いを介して仕事で悩む女性の相談に乗ってほしいと持ち掛けられたのかもしれない。最初は警戒しただろう。ただ頑なに警戒をほどかない姿勢を相手に示すことを彼は恥じたのではないか。実際にタレントの女性に会ってみると、彼氏から毎日のように暴力を受けていることを告白されたのかもしれない。影島は別れろと助言しただろう。女性は彼氏から逃げだしたいが、応援してくれている人達を裏切ることになるし、仕事がなくなる恐怖もある。メディアでの取り上げられ方と現実に差があり過ぎて、それを明らかにされることにも抵抗があると言われたのかもしれない。別れたことが報道されると、彼はバラエティ番組に一人で出演して保身のためになにかを赤裸々に語るかもしれないし、私を悪者にするかもしれないなどと訴えられた可能性だってある。そんな話を聞かされた影島は内容の深刻さと見合わない温度で嘘を語り続ける彼女のことを詳しく知りたいと興味を持ってしまうかもしれない。こんな空想なんて誰にでも簡単にできる。さすがにこんなことで断罪されることはないだろう。

影島の言葉をおもいだしながら作業に没頭する日々を過ごした。三年前に制作したものとコンセプトや扱う記憶はおなじだったが、内容は別物になった。

書き直した原稿を編集者に送ると、これまでとはまた違った反応で面白がってくれた。原稿についての疑問や指摘もくれた。その一つ一つを自分なりに検証して、書き直す作業をひたすら繰り返した。

もとから少なかった打ち合わせや会食を一切なしにして、誰にも会わない日々を過ごした。カスミとも会わなかった。連載の原稿を前倒しで済ませ、残りのすべての時間を書籍の制作だけに費やした。

コーヒーを自分で淹れる時間さえも惜しくて、自宅の机と近所の自動販売機を往復するだけの一日もあった。手の甲で触れた取り出し口の蓋の熱さに夏であることを意識させられ、そういえば早朝の蟬(せみ)が申し合わせたように一斉に鳴き始めていたことをおもいだした。

おなじマンションに住む小学生とエレベーターで一緒になったときは伸びたままの髭を隠すようにうつむいてやり過ごした。

Tシャツが自然と汗ばむ季節が通り過ぎて、当然のように秋が来た。

影島と会った直後はそれほど印象に残っていなかった彼の言葉がふとした瞬間に強烈な心象として立ち上がることがあった。

た。

「凡人Aの懲役、長過ぎるやろ」

そのときは流れていた音楽の隙間を縫い、耳まで届いた声に反応するように影島に合わせて笑っていたが、あの夜をおもい返しているうちにその言葉が重みを増していった。

自分では服役とは意識していなかったが、知らずにそれと似たような心境で過ごしていたのかもしれない。罪として背負っていたものが背中で溶け皮膚に沁みて体内に吸収されたような感覚。自分でその罪を背負うことをやめて、自分がその罪そのものでもあるという意識があれば、なにかに脅える必要もない。

酒飲みの最後の一杯とおなじように、何度も最終確認を重ねた原稿を手放すときが来た。タイトルは、迷ったが『脱皮』とつけた。

久し振りに、自分でコーヒーを淹れて飲む。一息ついてネットニュースをひらく。なぜか、影島の報道が過熱している。不思議におもいながら、一つ一つ記事を読んでいく。影島と噂になったタレントの女性は彼氏と別れたことでテレビの露出が激減し、彼氏は番組に一人で出演して自分を裏切った元恋人をおもいやる発言で共感を呼んだ。同時に影島には挑発とも取れる厳しい態度で挑んでいるようだった。

影島と噂になった女性は自分のSNSなどに送られた批判に対して過剰に応戦する

ことによって、さらなる批判を集めていた。批判が過熱すると彼女の中学の卒業アルバムと現在の写真を比較して、どの部分を整形しているかを検証されたり、過去に密接な関係を持った者しか持ち得ないはずの写真まで週刊誌に掲載されたりした。さすがにやり過ぎだと異常な騒動を危惧する声は、「そういう仕事だろ」という多数派の意見によって掻き消された。

彼女への批判が高まると、影島の責任を追及する声も歯止めが利かないほどまでに膨れ上がった。交際している女性が複数いたという記事が出ると、それに反応して自分も交際していたと名乗る人物や、影島から執拗に言い寄られ無理やり関係を迫られたという人物まで現れた。元芸人で影島の後輩だったという全身タトゥーの男は彼から受けた暴力や嫌がらせをカメラの前で克明に語ったし、また反社会的勢力の一員であると語る男は週刊誌に登場して影島との交友を赤裸々に話した。

一連の報道に関して影島は沈黙を続けていたので、野次馬達はどのような物語も自由に想像することができたはずだが、これが誰かのプロモーションになっていることには眼をつむり、世間が影島と彼女を断罪する方向へと物語を構築していった背景には、ここ最近の彼の言動が少なからず影響しているのは確かだった。影島に謝罪会見などを要求する声もあるようだったが、個人的には見たくなかった。集団が正義を振りかざし誰かを痛めつけるための道具を、影島が自らの身体を使って場に提供するともおもえなかった。

もういいよ。

自然と独り言が口から漏れる。

物事を複雑に考える影島みたいな人間は共感されにくい。影島は不器用でなにも上手くやれない人なのだ。そんな人は、自分に酔っているとか恰好つけているとか、聞き飽きた定型の文句で鬼の首を取ったみたいに揶揄されてしまう。そんな紋切り型の言葉を照れずに使う人達に、影島の非合理な思考を伝えるのは難しい。そんなこと考えなくても充分楽しく生きていけるから、多くの人はそんなものを必要としていない。影島が自分の考えを特別だとも、唯一の正解だともおもっていないことだって、おそらく伝わらない。自分の考えを誰かに押しつける気持ちがないということすらも伝わらない。

暗い人間はコミュニケーションを放棄して、周囲に許されながら生きているという考えが正論としてまかり通ってしまう世の中だから。そもそも暗いってなんだ？　こんな考えでさえも、浅はかな了見で人を区別して断定していると批判されてしまうかもしれない。

どんな状況だったかとか、いかなる背景を持つ人物がどのような心境で取った言動なのかなんて、みんな忙しいから検証する暇はない。場合とか状況とか、そんなことを考慮してくれるはずもない。他の人はちゃんとやっているのだから、という話に簡単に飲み込まれてしまう。貧しくて教育の環境が整っておらず、誰かから暴力を振るわれていたとしても、真っ当に暮らしている人はたくさんいるのだから本人の努力次第、とか言いたがる奴ってなんなんだろうな、といつかの奥の口調が自分に乗り移ったように頭のなかで響いた。

昨夜から読み始めた本の続きを朝のうちに読み終えた。背筋を伸ばしこわばった身体をほぐす。窓の外に見える色付き始めた街並みが去年とは違う景色のように感じられた。自分で淹れたコーヒーを飲み終え、おもいだしたようにメールをチェックすると編集者から出版が正式に決まったと連絡が入っていた。身体のなかで喜びと不安が交錯し静かに部屋全体へと広がっていった。

その日の午後、影島と噂された女性タレントの自死が報じられた。まだ十九歳だった。彼女の手帳には、「世間のみなさん、ごめんなさい。死んでお詫びします」という言葉から始まる乱れた筆跡が残されていた。

数日前には、レポーターが実家に押し掛け、娘の代わりに母親から謝罪の言葉を引きだしていたワイドショーの連中が態度を一変させ、今度はＳＮＳで正義を振りかざし彼女を自死へと追い込んだ者達を強く断罪していた。

誰かの興味をひくということの他に主体がないのだとすれば、それは正しい姿なのかもしれないけれど、自分の眼には永遠にわかり合うことのできない生きものとして映った。

最悪の結末だった。誰も彼女を救うことができなかった。とても気分が悪かったが、自分もこの件に関して声を上げていたわけではない。黙って影島と彼女を応援していただけなのだから、ただの傍観者だったという意味では加害者の一人なのかもしれない。世間の空気に流されるという行為そのものが、世間の空気を作っているのだから。

だが一方で女性タレントを罵倒して自死へと追い込んだ人達を、自分は徹底して軽蔑する。自分達がタレントを食わせているという意識を持つのは自由だが、自分達が食わせている人が失敗したときは激しく罵っていいなどという考えはおかしい。本人に直接ぶつけられる罵倒は仕事を削るのではなく、命を削る行為だということに気づくべきだ。

その罵倒は誰かの収入と引き合っているのではなく、人の命と引き合っているという認識を持つべきだ。だから、ただの暴力に過ぎない。そもそも正義ってなんだ。しかるべきところに投書するというならまだわかる。もちろん、その行為を肯定したいわけではない。そういうのが好きな人なのだなという程度に理解できるだけだ。

自分のおもいどおりにならないことが人生にあると受け入れることは怠慢なのだろうか。恋愛とか夢なんてほとんどそうだろう。疑問なのは、そこまでの情熱や気概があるなら、なぜそこにいるのか。なぜマイクを取りに行かないのか。半身で刺しに行く態度に心を動かされることはない。お手軽に力を持とうとすることこそ怠慢なのではないか。

影島との関係を週刊誌で取り上げられたタレントが自死してから二週間が過ぎた頃、それまで沈黙を貫いていた影島が会見をひらくという情報がネットニュースで流れた。影島がなにかを語る必要などあるのだろうか。世間からストレスの捌け口にされる彼など見たくはなかったが、謝罪する必要のない影島がなにを語るのか自分こそが見届けなくてはいけないとおもった。取り繕ったところで自分のような者が存在するために影島は会見をひらかなければならないのだろう。

楽しみにしていたわけでもないのに影島が会見をひらく午後五時にテレビの前に座っている自分を悪趣味な俗物だと罵りたくなった。テレビ画面の端にライブ中継であることがテロップで表示されている。影島の姿はまだない。会議室のような白い無機質な空間にマイクが置かれた横長のテーブルとパイプ椅子が一脚だけ設置されている。ここで影島が話すのだろう。

「まだ影島道生さんの姿は見えません。間もなくこの会場で影島さんの会見がひらかれる模様です」

会見の会場とワイドショーのスタジオとが交互に映しだされる。キャスターは時間を持たすために事務的な言葉を繋いでいる。

「会場には五十人ほど記者が集まっております。けっして広い会場ではありませんので、廊下や建物の外にも報道陣が待機しているという状況です。あっ、今影島道生さんが登場しました」

映像に影島の姿が映る。影島はグレーのスーツに黒のシャツを合わせている。横顔はずいぶん憔悴しているように見える。カメラのフラッシュが激しく焚かれて画面が明滅する。瀕死の影島が大勢の敵から銃撃を受けているように見える。影島が着席してゆっくりとマイクを手に取った。

「影島道生です。最初にお断りしておきますが、この会見は謝罪会見ではありません。私がみなさんに弁明することや釈明するべきことは特にありません。各テレビ局、出版社にも今回の会見をお知らせする際、『お忙しい方はご遠慮願います』とあらかじめ通告しているので、『お忙しいなか、お集まりいただきありがとうございます』とも言えなくて残念です。ここにいる方々は私のことを心配してくれているか、あるいは私が残酷に糾弾され吊るし上げられる場面をその眼で確認したい物好きであるはずです。会社に命じられて嫌々来ているだけという方はご退席願います。二分待ちます」

影島は淡々とそこまで話すと腕時計を確認して黙った。カメラの大量のフラッシュが再び焚かれる。影島は少し緊張した表情のまま、ゆっくりと視線を天井や壁に動かしている。

「まだ二分経っていませんが、退席する人がいないようなので話したいとおもいます。先ほど申し上げたとおり、弁明や釈明ではなくいくつか説明したいことと自分の考えを示したいことがあります。会見をひらいた理由としては複数の事案についての不確かな情報が流れていること、そして公然と集団によるリンチが行われているにもかかわらずマスメディアがそれをエンターテイメントのように煽り、事態を過熱させ被害者を出したことについての抗議を表明するためです。まず初めに反社会的勢力との繫がりがあるのではないかという件に関してですが、当該記事を取り寄せて確認したところ掲載されていた写真の男性と知り合いであることは確かでした。知り合いから食事に誘われたときにあとから遅れて同席した男性です。その知り合いは私がコンビニでアルバイトをしていた頃の先輩です。先輩はその男性を介護福祉施設を増やすために尽力している人だと私に紹介しました。その方は自身の仕事について、すぐに施設を増やすことは難しいので長期的に計画しながら、現在すでに稼働している施設の現場の負担を減らす取り組みをしていると説明しました。私の親戚にも介護福祉士が何人かいることもあり、その言葉には大変共感しました。ただし掲載された写真のとおり怖そうな風体の人物だと感じたことも事実です。しかし、お世話になった先輩の知り合いで立派な目標を語る人物に反社会的勢力に該当するかどうかを質問するのはかなり困難です。人を見た目で判断してはいけないと子供の頃に習いましたが、あれは差別に繋がる偏見を抑止するための教育だったはずです。そんな状況でみなさんは、その人に『反社ですか？』などと聞けますか？　普通は無理ですよね？　でも私は質問したんです。『すみません、ヤクザじゃないですよね？』と。阿呆なふりして聞いたんです。自分が個人経営者だったなら聞けなかったとおもいます。だからおなじような状況に置かれた人が相手に反社かどうか確認できなかったとしても責めることはできません。私の場合は個人ではなく相方や会社に迷惑が掛かる可能性があったので質問できただけのことです。その人は『違いますよ。反社でもないです』と笑いながら否定しました。そこではそれが限界でした。そのとき、私はお酒を飲んでいたこともあり、その言葉で安心してしまいました。お酒のせいにするなと責められるかもしれませんが、成人の飲酒は法律で認められています。一方で飲酒運転を罰する法もありますよね。飲酒によって人の判断力が鈍ることは周知の事実です。実際にその方が反社会的勢力に属する人物なのかどうか私の方では確認が取れていません。知り合いの先輩からは謝罪の電話がありました。先輩はそんな人だとは知らなかったと言うので、その言葉を信じようとおもいます。そのとき自分が置かれた状況のなかでできる限りのことはやったつもりです。そんな場所に行かなければいいのではないかという意見もあるとおもいますが、私はこのような選択をしたというだけのことです。その件に関して私がメディアから退場を命じられるのであれば疑問は残りますが従います。でも自分に罪があるとはおもいません。彼が主張した福祉施設を増やしたい、現場の負担を減らしたいという言葉が嘘であったなら、そして自分自身がどのような存在であるかを意図的に隠していたとするなら私はただの被害者です。詐欺被害にあった人達と同様です。ただし、私は彼らに資金を提供したわけではない。そうか、そこで資金を提供していれば詐欺被害者として世間に同情され許されたのかもしれませんね。あっ、誤解されたくないので断っておきますが、私は詐欺被害者が反社会的勢力に資金を提供していると主張したいわけではありません。誰かを騙すような犯罪自体がなくなることを願っています。悪い人に騙された被害者を追い込むのは本質からずれていないか確認したいだけです。もう一度言いますが、この件に関して自分に罪があるとはおもいません。記念撮影に応じただけですから。その件と自分のメディア出演が減ったことを関連付けてあたかも反社と親密な交際があったかのように語られているようなので説明させてもらいました。メディアへの露出が減ったのは一部誤解もあったかもしれませんが、自分の実力不足です。そもそも必要な人材ではなく、潔癖な環境にもそぐわなかったということです。以上が反社会的勢力と繋がりがあるという噂に関しての私の認識です」

そこまで聞いて、僕はテレビの前で溜息を吐いた。影島はなにもかも終わらせるつもりなのではないかという不安が頭をよぎった。影島は椅子に座ったまま背筋を伸ばし再び語り始める。

「続いて、ゲッソこと肥後正美さんとの関係について話したいとおもいます。亡くなられた肥後さんのことを勝手に語ることに強い抵抗がありますが、一方的なおもい込みや虚偽の情報により糾弾され釈明を聞き入れられず、みなさんによって殺害された彼女についての誤解を解きたいとおもいます。私が彼女と初めて会ったのは、昨年の終わりでした。知り合いから、『困っている人がいるから相談に乗ってあげてほしい』と頼まれて会うことになったのが最初でした。私が選ばれたのは彼女の意思ではありません。共通の知り合いがおなじ業界で活動している私なら、なにか役に立つのではないかと考えたからです。彼女は当時お付き合いしていた男性のことでひどく悩んでいました。その男性とは仕事上のパートナーでもあるので簡単に関係を切ることはできない状態でした。その男性が彼女に対して暴力的だったというような話は聞いていませんし、そんなことをここで訴えたいわけではありません。彼女は彼に対して敬意を持っていましたし、私の前でその人のことを悪く言うこともありませんでした。もっとも二人のことは他者に理解できることではありません。私は二人の関係まで深く介入していません。何度か会う機会を重ねて、彼女から彼と別れることになったという話を聞きました。彼女が言うには彼から一方的に別れを言い渡されたということでした。ただし、これは私が彼女から聞いたことなので実際にどうかはわかりません。二人はプライベートでの関係はなくなるけれど、仕事上ではこれまでの形を継続していくということで合意したようでした。私と肥後正美さんとの関係が週刊誌で取り沙汰されたのはそのタイミングです。正直に告白すると、自分が大変な状況に置かれているにもかかわらず彼のことを尊重しなんとか前向きに活動を続けようとする彼女を見て、私が一方的に惹かれていたのは事実です。もっと閉じられた場所では嘘でも真実でもなんでもいいから彼女は彼のことを罵ればよかったのかもしれません。みなさんが彼女にそうしたように。でも彼女はそうしなかった。公の場に限らず、私と二人でいる瞬間もそうです。何度、私が代わりに彼を罵ってやろうとおもったことか。あんな言葉の軽い、隙だらけの奴はいませんよ。ただし彼女がそれを望んでいないのであれば仕方ない。彼女が嫌なことはする必要がありませんから。だけど偏った情報が独り歩きして彼女はあっという間に悪者にされてしまいました。そのとき私が矢面に立って彼女の潔白を証明するべきだったのかもしれません。でも私としては少しでも彼女に平穏な時間を過ごしてほしかった。話を大きくしたくなかった。一刻も早く彼女が安心して眠れる日が来るように静かにやり過ごそうと考えました。しかし彼女の精神はみなさんからの暴言によって限界を迎えていた。私は近くで見守っているつもりでしたが、なにもわかっていませんでした。彼女に対して申し訳ない気持ちでいっぱいです。後悔してもし切れない。こうしている今も無邪気に笑う彼女の顔が頭に浮かびます。適当な情報に乗せられて彼女を追い込んだ誰かは恋人と楽しい時間を過ごしているのでしょうか？　彼女を殺した誰かの手は自分の子供の頭を撫でながら健やかに成長することを願っているのでしょうか？　なにかおかしくないですか？　考えると気が狂いそうです。繰り返しますが自分が潔白だったことを証明したいわけではありません。たとえ私と彼女がみなさんの想像するように批判を受けるような関係であったとしても、事実を知り得ない他者がなぜ残酷に人を攻撃することができるのでしょうか。この国で私刑は禁じられているはずです。過去、私刑によって冤罪であるにもかかわらず多くの人々が殺されてきた事例が世界中にいくつもある。気軽に流布する情報に踊らされて殺人に加担している暇があるなら、誹謗中傷や不確かな情報によって殺されてきた存在達の無念にこそ積極的に触れるべきです。あなた方が正義の名のもとに集団リンチによって殺人を犯したことは揺るぎない事実です。自分を善良な市民であると疑わない素直な人達をミスリードしたメディアにも責任はあるでしょう。無論、私もそのシステムのなかの一人です。彼女を助けることができた状況にいながらそれができなかったぼんくらの自分を棚に上げるつもりはありません。でもみなさんが正義を唱えたいのであれば、もっと真剣に向き合うべきだった。繰り返し言いますが、みなさんが殺人を犯したことを自覚してください。この件ではなにも言わなかったから自分はセーフだとおもっている人も考え直すべきです。自分とは無関係の誰かの浮気や不倫や人間関係に触れて、その当事者の人格を否定するような発言をＳＮＳで発信した人も自分こそが今回の痛ましい殺人に至るまでの社会の空気を作りだした張本人であると自覚してください」

通りを歩く子供達の笑い声が聞こえて、ふと我に返った。これで伝わるのであればこんな事態にはならなかったのではないかと酷なことをおもった。切実に考えを伝えようとする影島が不憫に見える。

「誰にでもどうしようもない夜があるとおもいます。このままでは自分が死んでしまうという状態まで追い込まれた夜に、誰かの悪口をどこかに書き込んでしまうのかもしれない。そのときには書き込んだ内容を当事者やその家族が眼にして傷つくことなんて考えていないのでしょう。納得はできないけど、理解はできます。自分が死んでしまうくらいなら生き延びるためにはやればいいとおもいます。でもその自分の行為によって誰かが命を落とすことまでは想定していなかったはずです。だから悪意を垂れ流してしまうのでしょう。そんな最悪の事態が起こることをわかったうえで誰かに悪意をぶつける人がいるのなら絶対に許しません。自分の過ちを後悔せず相手に制裁を加えただけだと偉そうにしている馬鹿がいるなら教育してあげた方がいい。こうして実際に一人の大切な命が集団リンチによって奪われた。自分の悪意を他者に向けることによって自分が救われた気持ちになったり、快楽を感じるなんてことは断じて正当化されることではない。たとえそんな精神作用があったとしても、そんな行為を許してはいけない。死ななくていい人が亡くなったんです。その責任は我々が自分で背負わなければなりません。自分が生き延びるために他者を攻撃したくなるのはその人が生まれつき持っている性質だけの問題ではないでしょう。それだけみんな追い込まれているんでしょう。でもそこまで自分を追い込んだのは、これから自分が傷つけようとしているその人なのかを立ち止まって考えるべきです。違うでしょ。彼女はみなさんを傷つけたりしていないはずです。どうしようもない夜はあるけれど、暴力衝動を爆発させて乗り越えるのではなくて、別の方法を探さなければならないんです。ノートに文章を書き殴るとか爆音で音楽を聴くとかエレキギターを掻き鳴らすとかぶっ倒れるまで歩き続けるとかサッカーボールをひたすら蹴るとかサウナで汗を流すとかカレーを腹いっぱい食べるとか、まだ我々には面白い方法がいくらでも残されているでしょう。若者に対してもリンチを容認するのではなく社会全体で別の有効な手段を提示していくべきです。そういったリンチが正しいからネットのシステムが整備されているわけではない。本来、ＳＮＳは有益な情報を相互に得たり、コミュニケーションをはかったりするためのポジティブなツールです。だからネットやＳＮＳが悪いわけではありません。どう使うかは本人の問題ですから、すべてをネットやＳＮＳの責任にするのは間違っています。現時点では利益と結び付けるためにあえて未整備にして悪意の垂れ流しを放置している面もあるのかもしれないですけど。いつの日かネットもスマホもさらにインフラ化されれば取り締まりも強化されるのかもしれません。それはそれで怖いけど。ルールに対して異常なほど真摯に向き合うみなさんは、ルールが定められていないところでは信じられないほど残酷だったりしますよね。もっと自分で考えた方がいいですよ」

静まり返った会見場で影島だけが話し続けている。影島が抱える不安が声の端から伝わる。

「失敗した人を追い込みたいわけではないですが、正義の名のもとに人を殺し、そんな自分を正当化するのはもうやめましょう。不確かな情報で誰かを罰することの危険性を子供達に伝えるためにもまず大人が考えるべきです。このような話を世間が受け入れてくれるとはおもいません。もうそこまで世間に期待もしていない。でも、おかしいですよね。標的にされた人物に集団で石を投げることが正義ですか？　周囲への自分はそっち側ではなく安全な人間であるという主張ですか？　和を乱すように見える者を排除するのが人類の生存戦略ですか？　おまえらは猿かなんかですか？　もうちょっと冷静になりましょうよ。新しい時代では清潔な人物が求められる？」

影島が大きく溜息を吐いた。

「どこが新しいねん。どこが清潔やねん。気に食わん奴がいたらぶっ殺して、自分と似てない奴や考えが異なる奴は排除して、って退化してもうてるやんけ。こんなことがこれまでも繰り返されてきたんやし、そのうち揺り戻しが起きて清潔過ぎない正常な感覚に戻ると予測してるんかもしれんけど、そのリズムにＩＴの介入がどんな影響を及ぼすかは検証してないから未知やろ。揺り戻されることなく、わけのわからん軌道に乗って大きく外れていくこともあり得るで。誰もがＳＮＳで個人的に発信できて有名も無名もない社会が近づいてきてる。たとえば民間の浮気不倫調査の一覧を発表するみたいな狂ったサービスを誰かがやりだすかもしれんで。五万とか十万払ったら、未練やら恨みやらを持っている側が一方的にあることないことネット上に掲載できるみたいな。名前調べたら大量に浮気した者と不倫した者が羅列してある。他の項目も大量にあったりして。好きな人ができたら、そこで名前調べるんか？　会社の同僚の名前とか？　子供たちは自分の親の名前とか友達の親の名前が載ってないか調べるんか？　差別が加速するぞ。話が飛躍し過ぎ？　これ極論ですか？　だってその実証実験が現在すでに有名人を対象に実施されてるやん。これからおなじようなことが身の周りで起こるよ」

そこで記者から、「関係ない話はやめろ」という野次が飛んだ。またフラッシュが大量に焚かれる。「肥後正美さんとは実際にお付き合いされていたということですか?」という見当外れな質問が聞こえる。

「お亡くなりになった肥後正美さんになにかメッセージはありますか?」と一人の記者が芝居掛かった沈痛な声を出した。

「おまえはあんのか? あったとしてなんでそれをここで言わなあかんねん」

影島は声の調子を落としながらも怒りを露わにした。

「会見をひらくということは、世間にご自身の考えを示したかったからじゃないんですか? 気になっている人も多いとおもいますが?」

影島に記者が食い下がる。

「ここで人の眼を気にして言葉を選ぶということは彼女の前に世間を意識することになるやろ。それはもはや『彼女へ』ではなくて『世間へ』にならへんか? そんな世間に対する言葉を彼女への言葉と偽って述べるのは彼女への冒瀆やし、世間を気にせず彼女への気持ちをここで伝えることは、彼女の気持ちを一切考慮していない暴挙でしかない。彼女を一番に尊重したいと考えてるから心のなかで直接彼女に言うわ。雑にエンターテイメントにしようとすんな」

「肥後さん以外にも複数の女性と関係があったという報道について考えを聞かせてください」

　別の記者から質問が上がると、また影島は神妙な表情に戻り、考え込んでいるように見えた。

「そうですね。過去に何度も恋愛はしてきました。その過程で上手くいった時期もあれば上手くいかずに終わったこともあります。自分と一時的にでも関係を持った人には例外なく感謝しています」

「複数の証言が出ていますが、実際には何人なんですか？」

　記者がさらに質問を重ねる。

「下品な奴やな。コレクションかなんかと勘違いしてないか？　人と人との話やぞ。数をまとめて一くくりにするようなことではないやろ。たとえ複数だったとしても集団のなかの一人などではない。その人と自分の一対一の関係があって、一緒に過ごした大切な時間があったというだけのこと」

「相手側からは騙されたという証言も出ていますが？」

「それが本当なら受け入れる。その人に対して自分がしょうもなかったからそういう言葉に繫がるんやろうし傷つけたなら申し訳ない」

影島がマイクを置こうとすると、また別の記者が質問を投げ掛けた。

「先ほど、正義を主張して誰かに悪意をぶつけてはならないというようなお話をされていましたが、コラムニストのナカノタイチさんに対しての一連の攻撃的な文章はそういうものに該当しないのでしょうか？」

またフラッシュが一斉に焚かれる。光を浴びせられる影島がやはり撃たれているように見えた。

「そうですね。名前は忘れましたが自称コラムニストでイラストレーターの方ですよね。人によっては悪意を持って攻撃しているように見えたかもしれません。実際に憤りも感じていましたし。でも彼自身は実体のない安価なスピーカーのような存在にしか感じられなかったので、私自身の怒りは彼の奥にある世間に対してのものだったとおもいます。それを劣悪な音で拡声していたのが、あの人物だっただけです」

「人前に出る仕事なんだからそれくらいは受け入れるべきだという声もありますが」

「あなたがそうおもってるんですか？　まぁ、いいです。正当な批評なら聞く耳を持つべきやろうし反論があるなら批評という形式で返せばよかったんやろうけど、あれは批評なんてものではなくただの嘘と悪意の塊だと感じたのであのような泥の掛け合いになってしまいました。あと人前に出る仕事だから殴ってもいいということの意味が理解できないんです。三択問題のなぞなぞの間違った回答にありそうな有名税とかいうのもよくわからない。有名であることのそれと引き換えになぜ命を差し出さなければならないのか誰か自信を持って答えられる人いますか？　なにかしら私に理解できない高次元の真理みたいなものがあるのだとしたら教えてください。またその有名税を取り立てるときに暴力で快感を得ている人達はどこで清算するんですか？　なぜ彼らのフリーライドは免除されるんですか？　そのような疑問から自分のなかにある醜い攻撃性が発揮されてしまったことは認めます。相手が無名の自称コラムニストでイラストレーターだったということで、一方的になってしまっているんじゃないかという批判も一部で受けましたが、文章を書いて収入を得ている人がいて、その人は自分の名前では誰も読まないから誰かを批判することで読まれようとしたわけですよね。ようは人の名前を使って階段を駆け上がろうと勝負を仕掛けたわけです。それが返り討ちにあったからといって文句言うのは筋違いですよ。無賃乗車が許されなかったというだけのことでしょ？　さっきの不思議議な有名税と比べれば取り立てられる理由がはっきりとありますよね」

影島が一人でうなずいてマイクを置こうとする。

「今後、もう劇場には立たないんですか？」

また別の記者が質問する。

影島はマイクを自分の口もとまで運んだが、すぐにそれを胸の辺りまで下げた。眉を上げることで眉間に寄ったしわを伸ばそうとしている。あえて無表情を作ろうとする姿が苦しかった。

「畳一枚分の場所があればできるので」

自分の声をマイクに通すことも忘れている。マイクを使えていなかったことに自虐的に笑みを浮かべて影島がマイクを口もとまで持ち上げた。

「そうやった、忘れてた。今日もここに来るまでどのように話すべきか考えてたんです。ソクラテスみたいに上手く話せるわけじゃないしなって。ほんで気づいたんです。そういえば、俺阿呆やったって。阿呆で好きなことしかできへんから芸人になったんでした。子供の頃から大人にずっと怒られていました。『ちゃんとしろ』って言われてもできなくて。それが正しいこととはおもえないから。周りに気持ち悪がられて、『あの子と遊んだらあかん』って言われる子供でした。俺のことを、『不気味でなんか怖い』って理由で転校した同級生がいるんですよ。嘘みたいでしょ？　変なこと言うことくらいしかまともにできることがなくて。まぁ変なことを言うことはまともなことではないんですけど。それで変なこと言うても許される芸人になったんでした。そんな自分にとって芸人の世界は優しかった。先輩にも後輩にも優しい妖怪がいて居心地がよかった。恐ろしい妖怪も何人かいたけど。俺人間じゃないです。みなさんみたいな人間様とは違うんですよ。なんにもできないんです。失敗ばっかりするんです。でもそれを言い訳にするとまた怒られてしまうから。だからたまに努力してみたりして。自分が苦手なことを苦手と言っても怒られるから平気なふりしてました。ちゃんとできる人達は偉いとおもいます。ちゃんとできない生きものはどこで静かにしとけばいいですか？　こんな会見みたいなん自分でひらいといてする質問じゃないですよね。芥川賞を受賞したときもこんな会見がありました。あのとき作家の方と二人で同時受賞やったから授賞式のときは大人しくしようとおもったんです。芸人の参加者も人数をかなり絞りました。同時に受賞した作家の大勢の仲間がその作家を祝福するために列を作っているのを見て羨ましいとおもったのを覚えています。自分もそうすればよかったって。でもどっちにせよ駄目だったんです。あとから聞いてしまったんです。その作家集団の仲間のうちの誰かが、『芸人になんか負けられないから沢山集めよう』って呼び掛けていたそうなんです。聞いたときは驚きましたよ。こんなわかりやすい差別があるんやなって。いろんな立場の人が平等であるべきだと積極的に訴えている印象が強い作家にもそんな人がいるんだなって。呼び掛けた作家がそういう偏った思考の人というだけで他の作家は純粋にお祝いしたい気持ちで集まったんでしょうけれど、こちらからしたら誰がそうで誰がそうじゃないかなんて判断できないじゃないですか？　被害妄想なのはわかっているんですけど全員がそういう思想を持っているように見えてくるんですよね。心に余裕があるときなら、なんか喧嘩弱そうな奴らが取りそうな手段だなとおもえたんでしょうけど、調子悪かったから傷つきましたね。そんな偏った思考の人が権力を振り回さないことを祈るばかりです。一緒に受賞したその作家は『おめでとうございます』って声を掛けてくれたんです。嬉しかったですね。辛うじて正気を保てたのはその人のおかげです。でもなんか懐かしかったんです。そういう扱いを受けるの。そうや、自分はこういう存在やったんやっておもいだしました。でも芸人の仲間達には悪いことしたとおもってます。広い授賞式の会場のなかで『ここから出ないように』って勝手に場所まで限定してたんです。人の迷惑にならないように。そうなると本当にこっちは妖怪ですよね。結果として差別に従わせてしまったことになるんですかね。やっぱりインテリゲンチャは違うなっておもいましたね。インテリゲンチャって今初めて声に出して言いました。自虐でもなんでもなくこれは暴力に対しての受け身なんです。そうせな死んでまうから。そのことで心が乱れたのは確かです。しばらく書店にも怖くて行けなくなりましたから。なんで言わへんかったかですか？　だって言うと怒るじゃないですか？　おまえが弱いだけやって言われるのが眼に見えますもん。さっきも言いましたよね。平気なふりをしてしまう癖がついてるんです。足並み揃えないとすぐ排除するじゃないですか？　人って排除するの得意でしょ？」

影島は力なく笑みを浮かべた。

「そんな自分のような駄目な存在はね、普通の社会人がたまにするような失敗は全部やってしまうんです。だって阿呆なんですから。でも阿呆でよかったです。自虐じゃないです。受け身です。私を硬い地面に投げつけるのはいつだって人間様じゃないですか。そうでしょ？　自分が人間ではないことは認めますが、人間様の暴力はやはり容認できません。私が語りたいことは以上です」

影島は静かにマイクを置いて席を立った。影島が会見場から退席するまで誰かが彼の頼りない背中に質問を浴びせていた。テレビを消して顔を上げると夜になっていた。

第四章　人間

影島が姿を消してから一年が過ぎた。

彼が覚悟を持ってひらいた会見によってなにかが変わった気配は見られなかった。むしろ過激な言葉で世間を批判した影島の態度は多くの反発を生んだ。一連の騒動を短時間で振り返る特集が某番組で放送されたとき、スタジオにいた大御所芸人は、「変化を求めたくなるのはわかるけど、派手なことをせずテレビに出続けることがいかに難しいことか」と淡々と語っていた。一年経つと世間では彼が話題に上がることすらなくなった。結局はなにも変わらなかったということなのだろう。

会見後に影島の目撃情報が一切出てこないことから、死んだのではないかという噂も立った。下北沢のバーに何度か足を運んでみたが、会うことはできなかった。マスターの話によると、影島は会見から数日後にまた一人でやって来たらしい。帰り際に店での想い出を振り返っていたので、これが最後になるのではないかと感じたそうだ。

影島の不在を感じて飲む酒は現実味が乏しかった。彼にとって表現することはそのまま生きることだった。抱え続けた違和感を踏み台にして言葉を紡ぎなんとか呼吸していたが、その術さえも世間によって奪われた。結局、影島は自分と社会との境界に折り合いをつけることができなかったのだろう。

若いタレントの自死という悲惨な出来事には多くの人が打ちのめされ、特定の個人を罵倒することへの躊躇や強い批判も一時はあったようだが、そのタレントのSNSへ直接攻撃的な文言を送っていた者の身元が明らかにされると、彼らに責任を追及する人達も一定数湧いて出た。

今後もおなじようなことが飽きずに繰り返されていくのだろう。だからといって自分がなにか打開策を持っているわけでもない。

僕達は人間をやるのが下手なのではないか、人間としての営みが拙いのではないか。影島の失踪以降、そんな疑問が頭から離れなかった。

今春に上梓（じょうし）した『脱皮』にしても、人生の場面を振り返り、自分は人間が下手だと宣言したものに他ならなかった。

『脱皮』は一部の人に読まれ評価を受けた。もちろん批判もされた。特段売れたわけではなかったが、そんなことはどうでもいいことのようにおもえた。この本で随筆の新人賞を受賞した。新聞に載った次の日には知り合いからたくさんメールが届いた。これまでこんなことはなかったから不思議な感覚だった。

「永山くん、おめでとう！　自分のことのように嬉しいです」と森本から送られてきたメールを読み、結局おまえは誰やねんという言葉が自然と口から出た。

数年前に影島が小説を発表したときの激動に比べたら些細な揺れなのかもしれないが、自分にしてみれば充分なほどの非日常だった。だが、影島という存在がいる限り、その揺れに果敢に飲まれに行くことはなかった。

そんな時期に大阪の母から久し振りに電話があった。父が暮らす沖縄の集落で僕のお祝いを計画してくれているということだった。それに合わせて母も沖縄に行くと言うので、自分も行くことにした。二人揃った両親を見るのはいつ以来だろう。

長い滞在に備えて荷物を準備しているとき、広げたトランクに詰め込んだ大量の小説を見ておもわず苦笑した。旅行から帰るたびに半分も読まなかった小説を本棚に戻す自分の姿をおもいだしたからだった。一旦、その小説をすべて取りだして、文庫本を一冊だけバッグに入れ直した。ふと、まだ聴いていないCDがあったことをおもいだした。それはカスミが初めて作った自主制作のものだった。ジャケットには誰かの手書きで『ひま』と書かれてあった。それを聴くために古いウォークマンまで引っ張りだしてきて、一緒にトランクに入れた。

那覇空港から名護行きのバスに乗り込んだ。十月とはおもえないほど空気が暖かかったが、沖縄の十月はこうだったと喉の粘膜が記憶していた。母よりも二日早く沖縄に到着する日程になったと父に伝えると、「ここに来てもなんも面白いことはないから那覇で遊んどけ」と言われた。

父が住む名護の実家に泊まる予定でいたのだが、まさか断られるとはおもわなかった。那覇に知り合いがいないので父の言いつけを守ることはできない。名護のホテルに一泊して翌日父に会いに行くことにした。

数年前、仕事で那覇に滞在することになったときも、「那覇は遠いから行かん。名護来るとき連絡しろ」と言われて会えなかったことをおもいだした。

父が大阪から沖縄に帰ることになった理由は僕の三歳上の次姉から電話で聞いた。そのときのことを淡々と語る姉の存在を少しだけいびつに感じながら、その声を聞いていた。

「深夜に家の電話が鳴ってな、こんな時間に誰やろうとおもって、出たら警察やってさ、公園でお父さんが血だらけで倒れていたので保護していますって。怪我してるんやったら車で迎えに行った方がいいんやろなとおもって、急いで着替えて家出ようとしたときに、また警察から電話あって、今お父さんが走って逃げました！　自宅待機でお願いします！って言われて、いや走れるんや、血流してるんちゃうんかい、とおもって、でも心配やから家の前で待っててん。ちょっとしたら警察も家の前まで来てさ、しばらく警察と一緒に待っててん。ほんなら、顔に血つけたまま普通に歩いて帰って来てさ、うちも警察も爆笑。その笑い声に気づいてさ、お父さん顔上げてな、なんて言うたとおもう？　うちに、おまえが警察に住所言うたんかこら、やって。あんたが見せた免許証に住所記載されてんねん」

僕は姉の声に相づちを打ちながら、黙って話を聞いていた。

「そのときに、お母さんに言うたらよかったんやけど、かわいそうやなとおもって隠してしまったんが、あかんかったんかもな」

後悔しているようには聞こえない口調で姉は語り続けた。僕は子供の頃から家族の話を聞くのが好きだった。

名護行きのバスは順調に北へと走っていく。

幼い頃、父が運転する親戚の車で名護に向かうとき、いつも僕は後部座席で眠ってしまい、荒れた道で揺れが激しくなると眼を覚まして窓から外の景色を確認した。祖母の家は海が近いので、まだ海が見えなければまた眠るのだが、那覇の街並みよりも緑が深くなっていることに安心しながら眠るのだった。

バスは北に向かって走り続けている。

父と次姉が口論になり、父が姉の顔面を殴って眼の辺りを黒く変色させたことがあった。母は姉に学校を休むように勧めたが、姉は「自分の父がいかに最低であるかをみんなに見せてくる」と言って、いつもとおなじように登校した。子供の頃から姉はたくましかったのだ。

「四十歳にもなって、まだ父親に殴られるとはおもわんかった」

姉が語るその出来事こそが、父が大阪から沖縄に帰った最も大きな理由だった。

「お母さんが夜勤で家におらんかったときに、公園でお酒飲んでたみたいやねん。それで酔っ払って最終的に家の前で座って飲んでたところを、警察に連れて行かれたみたいで、お父さんからしたら、風に当たりながら飲んでただけやのに、なんで連れて行かれなあかんねんっていう気持ちやったみたいで、結構暴れてさ、警察署までうちが車で迎えに行ってんけど、警察署入ったら大声で叫ぶ声が聞こえるから嫌な予感してんけど、案の定おとんやって、警察五人くらいに、お父さん落ち着いてくださいってなだめられてて、ほんま恥ずかしくて顔真っ赤なってもうたわ。そのときに、うちがいい加減にしいやって言うたら、いきなり殴られてん。なんで迎えに行ったうちが殴られなあかんの？　いっそのこと逮捕してもらったらよかったな。でも自分の名前で仕事してる弟に迷惑掛かるとおもって、申し訳ございませんって何度も謝った。次の日もお菓子持って謝りに行ったから心配せんといてな。なんでうちのこと殴った人のために謝ってるんやろとおもったら泣きそうになってさ、でも今度はなんでこんな奴のために泣かなあかんねんとおもって耐えた」

この件に自分も関わっていたことを知って、申し訳ない気持ちになった。

「しかもな、家の前で飲んでたとき最初に声を掛けてきた警察官に謝ってもらうまで帰らんぞって子供みたいなこと言うてさ、ほんま情けない。警察の特集番組に出てくる酔っ払いなんかまだ可愛げあるし全然ましやで。警察の人、うちに気遣ったんか謝ってくれてさ、それだけはあかんとおもって、やめてください、頭上げてくださいってうちが言うたら、また激昂して、あれ頭おかしいで。帰り道も車の助手席で、ずっと、風気持ちいいから飲んでただけやのにって、ぶつぶつ言うてて、なんか留置場みたいなとこに入れられたんがショックやったみたいで。腹立ったから、水で布団びちょびちょにしといた言うて、笑いだしてさ、それ聞いてうちも笑ってもうた」

そう話す姉もやはり笑っていた。

たとえ肉親とはいえ、数分前に自分を殴った人間の言葉で笑えることが不思議におもえたが、どこか懐かしい感覚もあった。眼の周りを黒く変色させていた幼い姉の顔が頭に浮かんだ。

車窓から見えるさとうきび畑の風景もまた遠い記憶に繋がっていく。

「これ、勝手に食べていいの？」

「みんなのやからええねん」

さとうきび畑に挟まれた道に車を停めて、父は当然のようにさとうきびを引っこ抜くと、手際よく皮を剝いて齧った。おまえもやってみろと言って渡されたさとうきびを奥歯で噛むと植物の匂いの奥に甘い味がした。僕から少し離れたところで小便をしている父の背中が見えた。

大阪の実家は四軒連なった文化住宅の端で、家の隣には舗装されていない土のままの駐輪場を挟んで一軒家が建っていた。

「隣の壁におしっこしたらあかんよ」

小学生だった僕に母がそう言った。

駐輪場に面した壁に僕が小便をしていると隣人から苦情が来たらしい。

「してないで」

僕がそう言うと、母はわざわざ隣家にうちの子ではないと伝えに行った。

父は帰宅すると、風呂場で足を洗い、ビールを飲みながら野球中継を観ていた。側面が橙色の古いテレビだった。

「今日、お母さん隣の人に怒られてんて。なんか駐輪場でな」

「音大きくしてくれ」

父はこちらを見ずにそう言った。その声に反応して僕はすぐにテレビのつまみを回し音量を調節した。僕が話し始めたから実況が聞き取りにくくなったのだろう。

「なんか、俺が壁にしょんべんしてるとおもったみたい」

邪魔になっているとわかってはいながらも、最後まで話してみたが、父は無反応だった。

「たぶん、野良犬やとおもうねんけど」

母はスーパーの鮮魚コーナーで買ったイカの刺身を机に置いて台所からそう言った。するると父が、「それ、わしや」と言った。

「なんでそんなことするの。酔ってた?」

母が理由を聞いた。

「外の方が気持ちええからな。わざわざ家から外に出てすんねん」

「子供のせいにされるからやめて」

「下、土やろ」

噛み合っていないように見えたが、お互い納得しているようだった。黙っていてもよさそうなものだが、母はあらためて隣家に謝りに行った。

いつの間にかバスの心地いい揺れに寝かされていた。時間を確認すると名護に到着する予定時刻だったが、少し渋滞しているようだった。

子供の頃、車酔いが酷かった名残りなのか、いまだに車に乗るとすぐに眠ってしまう。サッカーの遠征で遠くまで移動するときは酔いをさますために最初の試合には出場することができなかった。

一度だけ父が車を出したことがあった。ほとんどの家は遠征に適したワゴン車だったが、父の車はトヨタのマークⅡだった。セダンが珍しいからか、みんながそれに乗りたいと言って取り合いになった。僕は別の車を希望して友達の父親が運転する車の後部座席で眠ろうとしたが、そんな日に限って眠れずに、父が余計なことを言っていないか気になって仕方がなかった。

「ナガンのおっちゃんの車めっさ速かった」

試合会場に着くと父の車に乗っていた友達が嬉しそうにはしゃいでいた。

車内にこもった熱が再び眠気を誘う。

「このあいだ、ナガンのおっちゃん、公園に来て大変やったんやで」

また友達の声が蘇る。

近所の公園で僕の友達が集まってサッカーをしていた。僕はそこにはいなかった。公園の入口で父がビールを持って試合を見ていたので、僕の友達は「ナガンのおっちゃん酔うてるから、あっち見るな」と囁き合っていた。父はビールを飲み終えると公園に入ってきて、「集合」と声を掛けた。みんなはサッカーを強制的に終了させられ、公園の砂場に集められた。

「おまえら、花札って知ってるか？」

父は砂で四角い台を作りながらそう言った。みんなが知らないと言うと、父は札の図柄を見せ名前を覚えさせた。そして丁寧に遊び方を説明した。

「おまえら、なんぼ持ってる？」

父は僕の友達に所持金を聞くと、それをコンビニで十円玉に両替してこいと命令した。

「ナガンのおっちゃん、一人勝ちやったで。最終的にはお金返してくれたけど」

「ごめんな」

「でも、おもろかったで」

父は子供と遊ぶのが好きだったのかもしれない。

バスが名護のターミナルに到着する。バスから降りて荷物を地面に置くと、これからどうするのだったか一瞬わからなくなる。日が暮れると風は少し冷たい。ホテルに一泊して、明日、父に会う。

ホテルのロビーでタクシーを待っていた。暗いエントランスから見える外の光がまぶしかった。タクシーがホテルの前に着いたので、荷物を持って外に出ると運転手さんがトランクを開けてくれた。陽に焼けた笑顔が印象的な老人だった。

行き先を告げると車が走りだした。

「あんた永山さんの息子さんね？」

運転手にそう言われて、なぜわかったのだろうと不思議におもった。

「はい、よくわかりましたね」

「あきしゃみよ、顔そっくりだね。作家やってるんでしょ？」

三日後に公民館でお祝いをしてもらえることになっているので、地元の人は知っているのかもしれない。

「あなたのお父さんと私は同級生よ。お父さんお酒、医者に止められてるでしょ」

「飲んだら死ぬって言われたみたいですね」

「ああ、そうだよね」

父は酒が好きで長年毎晩酔うまで飲み続け肝臓を壊した。医者にかかることを頑なに拒んでいたが、母に説得されてようやく病院で検査を受けた。医者に一カ月間酒を抜くようにきつく言われ、一カ月後に再び病院を訪れたが、検査後あらたに出た数値を見て医者は無言で考え込むように首をひねったあと、「お父さん、まさかお酒飲んでませんよね？」と父に聞いた。父は医者に、「飲んでます」と答えた。それ以降は酒を控えていると聞いていた。

「みんなそれ知ってるからね、あなたのお父さんを酒場で見つけたらね、車に乗せて村まで連れて帰ることになってるんだよ」

「えっ？　飲んでるんですね」

「うん。私も三回くらい乗せたよ」

運転手は心配そうにつぶやいた。

「申し訳ないです。そのときのタクシー代、払わせてください」

「いやいや、こっちが勝手に乗せてるだけだから気にしなくていいよ」

そう言って、運転手さんは笑った。

「あつかましいですが、また見掛けたら乗せたってください」

「酒はやめさせられないの？　最近はノンアルコールビールも美味しいのあるのに」

「勧めてみます」

右手に海が見える。

子供の頃、祖母に連れられて泳ぎに来たこともあったので馴染みのある風景だった。祖父が眠る先祖の墓からも、この海が見えたが、その風景が大きく変わろうとしている。

右手に見えていた海が川になり、橋の向こうに小さな神社が見えた。道路を挟んで橋の向かいに広がるのが、父が住む集落だった。

タクシーが三日後に宴席の会場となる公民館の前に停車する。公民館の隣にあった商店は看板だけを残し閉店してしまったようだった。

幼い頃、父に言われてこの商店までビールを買いに来たことがあった。怪訝な表情を浮かべた店のおじさんに、「このビール誰が飲むの？」と聞かれたとき、まさか自分が飲むと疑われたのかと不思議におもったが、「お父さん」と答えると、おじさんは父の名前を口にして、「よく似ているね」と僕に言ったのだった。

公民館に面した公園には大晦日に近所の人達が鳴らす小さな鐘があり、ゲートボール場があった。大人になった視点では、すべてが小さくなったように見えたが、その分だけ密度が増したようにもおもえた。

父がいる家まではすぐだった。何時に来るとも伝えていなかったので、突然訪ねていいものか急に不安になったが、もう表札が見えてしまったので玄関のドアを叩いた。

何度か叩いてみたが、反応がなかったので、庭に面した窓から中を覗いた。仏壇の前に置かれた椅子に白髪頭の父が眼を閉じたまま座っていた。父の左手から上手方向の庭に向かって延びたヒモのようなものが揺れて陽の当たる箇所が変化しながら光っていた。そのヒモがなにに繋がっているのか、僕の場所からは見えなかった。

窓を叩くと、父はしかめた顔をほどくかのようにひらいたり閉じたりの段階を経て、ようやく眼を開けた。すべてを見てはいけないような気がして、僕は庭の土や駐車場の錆を眺めていた。次に部屋に視線を戻したとき、父は状況を確認するようにゆっくりと首を持ち上げ正面の庭を見ていた。僕を見つけると、時間を掛けて立ち上がり、持っていたヒモを椅子の一部に引っ掛けた。

「今日か？」

玄関のドアを開けた父は頬が痩せたように見えたが、腹にはしっかりと肉が残っていた。父は大阪で働いていたときに現場で着ていたものとおなじ作業服を身に着けていた。

「仕事してたん？」

「ああ？」

僕の質問の意図がわからないようだった。

「作業服着てるから」

「これが一番落ち着くんや」

父は大きな声でそう言った。

数年前、大阪の実家に帰ったとき、夜中の十二時に父の部屋からテレビの音が漏れていたので、ノックしてドアを開けると作業服を着たままの父が布団で横になっていた。なぜ作業服なのか聞くと、「明日の現場早いから、起きてそのまま行けるように」と答えたことをおもいだした。

椅子には父のお尻の形のままくぼんだ座布団が敷いてあった。椅子に座り直すと、自分の腹をさすり、「ほら、これ見てみ、もう死ぬぞ。情けない」と言った。

「なんなんそれ？」

「水が溜まってるんや」

父は自分の腹に視線を落としながら言った。

「水抜いて肉切ったらええんちゃうん？」

「おう、そうやな。それは考えつかんかったわ。今度言うてみるわ」

窓の外からはよく見えなかったが、父のそばに缶ビールが置いてあった。

「そのヒモはなんなん？」

「おう、これか！　農作物に悪さする鳥をな捕まえようとおもって、罠掛けたんや」

そう言って父はヒモを手に取ると、そのヒモの先を覗くように背中を伸ばした。

窓の外には、ヒモを引くとカゴが落ちるという単純な罠が仕掛けられていた。

僕が窓に近づこうとすると、父が「待て！」と小さく叫んだ。

「野良猫が来てる。鳥襲うんちゃうか？」

父の方を振り返ると真剣な眼差しで窓の外を見つめている。

「えっ、かわいそうやん」

「カゴに入ってるから大丈夫や」

父はカゴのなかの鳥と野良猫を無言で見守っていたが、「あかん、猫どっか行った」とつぶやき、仏壇の引き出しから小石をいくつか取りだし、窓を開けて、カゴの鳥に小石を投げながら、「もう来たらあかんぞ、猫に襲われるぞ」と忠告し庭に出て、カゴを外した。父は空に飛んで行く鳥を眺めながら、「あいつまた来るやろな」と言った。

「鳥撃退するための小石なん？」

「それだけじゃないけどな」

窓から差し込む陽が父のしわを際立たせた。父は堂々と缶ビールを飲んだ。酒を飲んでいることを隠しているわけではないようだった。最後の一滴を飲み干したあと、右手で缶を潰す仕草が若い頃の父と重なった。

母が夜勤で自宅にいないときは、父の存在が膨らんで家の空気は独特のものになった。父は小さな袋に生ごみを詰めながら、「神社行くぞ」と絵を描いていた僕に言うと、玄関脇の工具箱から取りだしたスコップと生ごみを手に持ち、勝手に歩きだした。過去に父を見失い、置いていかれた経験が何度もあったので、なにをするのかわからなかったが、慌てて靴を履き父を追った。神社までの道を行く父は妙に嬉しそうだった。父の歩幅は大きく、普通に歩いていても置いていかれそうになったが、必死で歩いた。所々走ったが、普通に並んで歩いているという顔を崩さないように無言でついていった。

神社に着くと、父は境内の大きな銀杏の木の下にスコップで穴を掘り、そこに生ごみを入れて、上から土をかぶせた。

「こっちや」

父に従って銀杏から距離を取った。父は別の木の後ろでセブンスターを吸い始めた。

父の口から吐かれる煙を見上げていると、「ちゃんと見張っとかんかい」と言われたので、銀杏の木に視線を戻したとき、そこにカラスが二羽飛んで来た。

「カラス来た」

「おう」

カラスは土を掘り起こし、器用に生ごみをくちばしでつつき始めた。

「ほらな」

父はそう言うと、煙草の煙を吐きだしながら満足そうにカラスを眺めていた。なぜか僕も妙に充ち足りた気分でカラスを見ていた。普段なら、恐ろしく感じるほどの大きな夕焼けが空に広がっていたが、まだ帰ろうと言ってほしくないとおもった。この瞬間を少しでも引き延ばしたいという気持ちで父とカラスを眺めていた。

あの頃の父は今の自分よりも若かったのだろうか。

「そうや、ちょっと川行ってくるわ」

年老いた父は声も少し細くなった。

「なんで？」

「川にな、網を仕掛けてなでかいカニを一匹仕留めたんやけどな、ヨウジの家に持って行ったら一匹やと鍋にならん言われたから、また網仕掛けてるんや。見てこよう」

そう言って父はサンダルを履いて家を出た。

父に会いに来たつもりだったが一人になってしまった。自分のカバンを二階に上げて、文庫本を取りだし適当にページをひらいた。

父は川から戻ると、朝よりも大きなカニが獲れたと言った。

「ヨウジもこれで鍋できるって言うとったわ。一匹やとあかんねやて、二匹やと家族みんなの分足りるみたいやわ」

父は作業服を着たまま、冷蔵庫から缶ビールを一本取りだすと、無言で飲み始めた。何年前だったか、長姉家族が新居で暮らし始めたとき、引っ越し祝いに家族揃って外食する機会があったのだが、食事を終えると父が、「先に帰っとくから新居の鍵渡せ」と言った。姉は心配したが、「さっき家は見たから場所はわかる」と父は言った。

父が店を出たあと、小学生になる姉の娘に父のことを質問した。姪は祖父にずいぶんなついているように見えたので関係が気になったのだ。姪が、「おじいちゃん、めちゃくちゃやで」と言うと母も姉も笑った。姪と父が公園に行ったとき、父がジャングルジムを指さして、「てっぺんまで行ったことあるか?」と聞いたらしい。姪が、「ない」と答えると、「てっぺんまで行ったらスーパーで好きなもん買ったる」と言うので、姪は脅えながらも挑戦した。だが、ジャングルジムの一番高い所まで上ったとき、姪は足を滑らせてズルズルと地面まで落ちた。一歩間違えれば大怪我になりそうなものだが、上手く着地できたらしい。その光景を見ていた父は心配するでもなく、一人で腹を抱えて笑っていたらしい。

「一人で爆笑してたから、おじいちゃん公園に残して私泣きながら帰った」という姪の言葉を聞いて、母と姉がまた笑った。

父を先に帰らせたことが気になったので、会計を済ませて姉の家に向かった。それでも父が一人で店を出てから一時間近くが過ぎていた。部屋に入ると鍵は開いていたが、電気が消えていた。部屋に入ると暗闇のなかになにかいる気配がした。一瞬、不穏な空気が家族に流れた。姉が電気をつけると、リビングの真んなかであぐらをかいた父が缶ビールを飲んでいた。

「電気のつけ方わからんかったんや。真っ暗でなんにも見えへんけど、根性で冷蔵庫だけは見つけたわ」

そのとき、僕の眼には父が獣のように見えていた。

父は窓を開け、縁側に腰掛けて缶ビールを飲んだ。ここでなら誰にも怒られず、風に当たってビールを飲むことができる。僕も冷蔵庫から缶ビールを一本取りだしプルトップを引いた。その音に反応した父が振り返り、「ちゃんと補充しとかなあかんぞ」

と言った。

父と二人きりのまま夜になった。

「おまえホテルとってないんか？」

父は椅子に座ってビールを飲み続けていた。

「今日はとってない」

僕もビールを飲んでいた。

「ここはなんにもないから那覇で遊んでこい言うたんや」

今祖母は那覇の施設で寝泊まりしているので、父は一人で暮らしていた。

祖母が住んでいた名残りで、壁には孫や親戚の写真がたくさん飾られていて、そのなかには僕の写真もあった。祖母が暮らしていた頃よりも部屋の物は少なくなり、仏壇の周りも整頓されていたから、祖父が使っていた三線（さんしん）が仏壇のそばの壁に立て掛けてあるのが目立った。

「俺が中学の頃、おとん一回家出たよな？」

「おう」

父は落ち着いた声で答えた。

長姉は地元の高校に通っていたが、揉めごとが絶えなかった父と一緒に暮らすことを避け、わざわざ大阪市此花区に住む母方の祖父母の家から毎朝電車で地元まで戻り、通学していた。その状況を受けて、母と姉達と話し合った結果、父に家から出ていってもらうことになった。母がそのことを父に伝えると、父は「百万円くれたら出ていったる」と悪態をついた。母はすぐに貯金をおろし、百万円を父に渡した。

父は僕達が暮らす家から三駅離れた場所で一人暮らしを始めたが、たった三カ月で百万円を食い潰して生活できなくなった。

「おとんが住んでた古川橋のさ、見晴らしのいいアパート、夏でも窓開けたら風が入ってきて気持ちよかったよな」

「そうやねん」

父の表情が緩んだ。

「内見したとき、アパートの窓開けたら風が入ってきてな、ほんで外の木から鳥の鳴き声が聞こえてきたんや、それで決めてん」

父は昔からなぜか鳥が好きだった。

「でもな、住み始めたら鳥の鳴き声がうるさくてのう。朝から鳴き始めるから、やかましくてしゃあなかったわ」

「ムクドリやんな」

前から気になっていたことがあった。

「その頃、古川橋の駅前で三線弾いてた？」

「ええ、わしか？」

駅前で地べたに座り三線を弾いて唄う父を見たと友達が言っていたのだ。結局、父の一人暮らしは半年もたず、何事もなかったかのように家に帰ってきた。数日間だけ大人しく神妙な顔をしていたのが腹立たしかった。

祖母の布団を二階まで運び敷いてみたが、まだ眠たくはなかった。

父は風呂から上がると、太ももの部分がダルダルにくたびれたパッチ姿で横になった。作業服ではないことに少し安心した。

父は二階から降りてきた息子の気配を感じてなにかを考えているようだった。

台所で水を飲んでいると父の声が聞こえたが、聞き取れなかったので、部屋まで様子を見に行くと、父は布団の上であぐらをかいていた。

「誰かが置いていった酒あるけど飲むか？」

「もう寝るんやろ？　水で大丈夫やで」

「いや明日な、朝起きたら山行こうとおもってるから寝るけど、飲むんやったら飲めよ」

「もう俺も寝る。山なにしに行くん？」

「明日、あいつも来るから山で掃除して拝んどかな墓が開かへんから」

父は背中を掻きながら、あくびをした。

「小さい頃、俺もおばあちゃんとおとんと一回山行ったことあるわ。鎌で草刈りながら」

「おう、おまえも行ったたか」

「行ったた。明日俺も行こうか？」

「いや、いい」

そう言って、父はまたあくびをした。この時間だと、いつもは眠っているのだろう。

「子供の頃、おとんの友達で家にファミコンくれた人おったやん？　カセットが麻雀と将棋とグラディウスしかなかったけど」

「おう、溝口な」

「あの人も沖縄の人やんな。沖縄帰ってきてんの？」

「死んだ。もう十年くらい経つんちゃうか、飲みに行く約束してたけど連絡つかんくて家行ったら留守で、あとで死んだって聞いた」

「そうなんや」

「あいつも、酒好きやったたからな。よしお覚えてるか？　家に半年くらい住んでた」

「お菓子くれるおっちゃんな」

その人は父の同級生だったが、家がなかったので狭い永山家にしばらく居候していた。

「あいつも死んだ」

「ウソやん？」

「借金作ってこっち帰ってきて、何年かふらふらしてたけど、アル中やったからな」

そのおじさんは最後に家を出るとき、僕達姉弟にビニール袋に入った駄菓子の詰め合わせをくれた。僕達が喜んでいると、父が「安もんでごまかしやがって」と言った光景を覚えている。

「俺の髪切ってくれた友達は元気なん？」

「かずも去年酔って車に轢(ひ)かれて死んだ」

神話を聞いているみたいに簡単に人が死んでいくものだなとおもった。

父はビールを何本か飲むと眠ってしまった。父のいびきを久し振りに聞いて、生きているとおもったが、それは父がなのか自分がなのかわからなかった。

自分が寝ている布団の周囲をぐるぐると走り回る足音が聞こえていた。父が布団の周りを走っている光景が頭に浮かんだ。起きているのか夢のなかなのか不鮮明な状態のまま床が揺れる振動だけが身体に残り、複数の息遣いも聞こえてきた。混濁した意識のまま眼を開けると、二人の見知らぬ子供が両手を広げて、僕の布団を中心に旋回していた。

もう一度眼をつぶったが、太陽がまぶしくてもう眠れなかった。眠っていたはずの大人がはっきりと眼を覚ましたことに気づいた子供達は驚いて声を上げたあと、笑いながら階段を駆け降りていった。階下にも人がいるようだった。布団を畳んで階段を降りると、さっきの子供とその両親らしき人がお茶を飲んでいた。母親は赤ちゃんを抱いている。

「こんにちは」

僕が声を掛けると、二人とも笑顔で挨拶を返してくれた。説明を聞くとお互いの親同士がいとこ関係に当たるそうなので、赤ちゃんを抱くその母親と自分は又いとこの関係になるのだろう。今回は祖母も那覇から帰ってくるので、普段なかなか会えない親戚にも声を掛けているらしい。

「子供達が走ってたから驚いたでしょう？」

子供達とその父親は庭に出て遊んでいる。

「うちのおとんが僕の布団の周りを走ってる夢見ました」

その親戚は僕よりも若く幼いように見えたが、どことなく自分の姉と目鼻立ちが似ていた。知らない親戚が存在していて、初めて会うのにその面影に自分が懐かしさを感じていることを不思議におもった。

「それは、驚くね」

「眼開けたら知らん子供が走ってたから、先祖が遊びに来たんかなともおもいました」

「ほとんどパンツ一枚だしね。朝、ヨウジおじさんのとこで、お父さんに会ってね、それでここに遊びに来たんだよ。さっき、お父さんは山に行ったよ」

彼女達の家族はヨウジさんの家に泊まっているようだった。ヨウジさんは父の弟で昔から面倒見のいい人だった。町内会の副会長でもあり、今回の会もヨウジさんが先導してくれている。自分のために会をひらいてもらうのは気恥ずかしいので断りたかったが、父には、「みんな飲み食いしたいだけやから難しく考えるな」と説得された。それなら、お礼で酒をみなさんに贈りたいと言うと、「こっちでやっとくから現金を俺に送れ」と言われ、従ったことをおもいだした。父に預けたあのお金はどうなっているのだろう。

母はバスに乗って夜に名護までやって来た。バス停の近くで待ち合わせていたのだが、見覚えのある服を着ていたから道に立っている母をすぐに見つけることができた。

ヨウジさんが運転席からクラクションを鳴らすと、母は全然違う方向を振り返った。

父が窓を開けて、「おい」と低い声で呼ぶと母がこちらを見た。車を停止させて、ヨウジさんが母の荷物をトランクに積み込む。僕も車を降りたが、父は乗ったままだった。母はトランクの前で手に持っていた紙袋をひらくと、ヨウジさんにお土産の説明を始めた。ヨウジさんも紙袋を覗きながら質問を重ねていたので、ずいぶんお土産の説明が長くなった。いつの間にか車から降りていた父は道の端の木に小便をしていた。

来た道とおなじように家までヨウジさんが車を運転した。母は助手席に座り、父と僕は後部座席に並んで座った。ヨウジさんと母はお互いの家族の近況を報告し合うと、他の親類の話に流れていったが、父と僕は一言も話さずに窓の外の風景を眺めていた。

こんなとき、自分が一言も話さないことには慣れていたが、おなじようにしている父を見ていると、自分が黙っていることがとても変なことであるように感じられた。

母とヨウジさんの会話はまたお土産の話に戻っていた。信号で車が停止すると、ガジュマルの幹が複雑に絡み合う姿が街灯に照らされ、生々しく眼に映った。いびつで恐ろしくも見えたが、なぜか眼が離せなかった。

ヨウジさんが、ダッシュボードを開けて写真を一枚取りだすと、「ミチ、これ見ろ」と言って僕に手渡した。わりと新しい写真だった。体育館のような場所で作業服姿の父が小さな旗を高々と掲げている。写真の余白には、活発な字で「トシにぃにぃ　一等賞！」と書かれていたのでおもわず笑ってしまった。父は横目で写真を盗み見たが、また窓の外に視線を戻した。

「どれ？」

興味を示した母に写真を渡すと、母は写真を見ながら声を出して笑ったが、「もう眼鏡を掛けないとなにも見えない」とつぶやき、眼鏡を掛け写真を確認してまた笑った。最初、見えていなかったのになぜ笑ったのかなどとは誰も聞かない。

「いい写真だろ。名カメラマンの俺が撮ったからな」

ヨウジさんの言葉にも誰もなにも言わない。また車が走り始めて、やがてガジュマルが見えなくなった。

母は大阪の自宅から持参した新聞を広げて読んでいる。実家には大量の新聞があった。僕ら姉弟の同級生の親や近所の人が家まで勧誘に来ると母はほとんどすべてと契約を交わした。狭い自宅には、朝日新聞、毎日新聞、読売新聞、聖教新聞、赤旗と大量の紙が溢れていた。母は暇があれば仕事のように新聞をめくっていたが内容について語っているのを見たことはない。父に、「新聞なんか一つでええやろ」と怒鳴られても、笑いながら新聞をめくり続けていた。

ヨウジさんから預かった父の写真を仏壇の前に置いてみる。走り切ったあとの興奮を抑え切れていない父の表情がとても懐かしい。

「ん？」

母が顔を上げて僕の様子を見る。

「おとんの写真」

「あの人、走るのが得意だから」

母は新聞に視線を落とす。

「まだ走れるんかな」

「お母さんはもう走れないよ」

驚いた表情で母が僕を見る。

「そんなこと聞いてないよ」

保育所の運動会の日、母が仕事だったため、父が途中から見に来てくれたことがある。父は、原付のヘルメットを手に持ったまま門の外から僕をずっと見ていた。自分の親とダンスを踊る演目があったので、門に隠れていた父を誘いに行くと、「ええわ」と断られた。先生と踊っていると、原付で帰っていく父の姿が見えたので、声を掛けなければよかったと後悔した。

　小学校の運動会に来た父はなぜか機嫌がよく、保護者による障害物競走に参加した。遊びに行く父についていこうとして、走ってまかれたことはあったが、父がグラウンドを走る姿を見るのはそれが初めてだった。父はスタートと同時に列を抜けだして先頭に立つと、最初の障害物の網を素早くくぐった。一本橋も器用に渡ったが、なぜか会場からは笑いが起こっていた。パンチパーマの父が全力で走っている光景が愉快だったのかもしれない。そのまま問題なくレースは終わりそうに見えたが、最終コーナーで父は派手に転倒してしまい、会場から大きな笑いが起こった。父はすぐに立ち上がったが、追いかけてきた走者に並ばれてしまった。ゴールまでまだ距離があるにもかかわらず、なぜか父が前方にダイブすると、隣の走者もつられてダイブした。会場がまた沸く。父は起き上がり最後はゴールテープに向かってダイブし血だらけで一位になった。そのときの表情が写真と重なった。


　公民館にはたくさんの人が集まっていた。

　集落の人達と永山家の親戚がほとんどだったが、名護市役所からも関係者が来ているようだった。公民館には舞台があり、そこで代表者の挨拶があった。穏やかな表情をしたご老人は、この辺りの村長のような存在だとヨウジさんから説明を受けていた。

僕と両親は長テーブルで作られた来賓席に案内されて三人で並んで座った。その状況に母は恐縮していたが、父はいつもどおりなにを考えているのかわからなかった。

舞台の前に広がったスペースには机と椅子が並べられ、五十人ほどの参加者のなかには、多くの親戚に囲まれ車椅子のままテーブルについている祖母もいた。

僕に説明するように優しく語る老人の声に参加者達は黙って静かに耳を傾けていた。

「戦争が終わる前ね、この集落の人達はみんなで山に逃げてね、ようやく戦争が終わってね、自分の家に帰ってきたら、知らない人達がたくさん家に住んでいたんですよ」

老人がそう言うと、参加者達から小さく笑いが起こった。

「南部から逃げてきた人達がね、家に上がってね、勝手に住んでたんですよ。それで、しばらくはその逃げてきた人達と我々でね、ともに暮らしていたんです」

僕はうなずきながら、その光景を想像してみる。おぼろげな風景が頭に浮かんだところで、自分の首を振って参加者達の穏やかな表情を眺めていたら、輪郭が曖昧だった風景のなかの顔の線が濃くなり音や風を伴った実像のようにはっきりと摑むことができた。

「私の父がこの詩を書いてね、ここに住む人達は苦しいときも楽しいときも、ずっとこの歌を唄ってきました。この集落の自然と先祖に感謝する歌なんです。ミチさんはまだ知らないとおもいますが、ここに住む人はみんな小さい頃から唄っているからね、みんな知ってるんだよ。お父さんは知ってるよね？」

老人が父に問い掛けた。

「一度も聴いたことがありません」

父は大きな声ではっきりとそう言った。

会場から大きな笑いが起こった。父は真っ直ぐに前方を見つめていた。なぜか母は頭を下げて誰かに礼を言っているようだった。

「では、唄いましょう」

老人が呼び掛け、参加者が一斉に唄い始めた。誰よりも老人が大声で唄っていた。そのとき、父の歌声が聞こえたので隣を見ると、何事もなかったかのように父が唄っていた。母は手拍子をしながら微笑んでいた。

集落の若者達がエイサーを踊ってくれた。髪を紫色に染めた眼光の鋭い少年が必死で太鼓を叩いている姿が印象に残った。老人達は指笛を吹いたり、手を叩いたりして場を盛り上げた。

母はテーブルを回って挨拶を一通り済ませたあと祖母の隣の席に座っていた。父はテーブルを移動して仲間達と酒を飲み始めた。父と眼が合ったので、おなじテーブルに移動すると誰かが席を空けてくれた。

「僕もね、東京に住んでいたんですよ」

白いシャツを着た人がそう言った。

「そうなんですね」

そういえば沖縄のなまりがなかった。

「僕はミチさんのお父さんと同級生なんですけどね、五年ほど前に帰ってきたんです」

周りが騒がしかったので耳を近づけて声を聞いた。

「定年でですか?」

「早期退職で。最後は地元で暮らしたいとずっとおもっていたので」

「やっぱり、そうなんですね」

そう答えたものの自分にとってそんな場所はなかった。

「でもね、やっぱり村でも序列があるんですよ」

囁くようにその人が言った。

「なんのですか?」

「ずっと村に残っていた人が偉いんです」

年配なのに自分に対して丁寧な物腰で接するその人には、まだ都会で暮らしていた時間が流れているようだった。

「そういうのあるんですね」

「こっちが勝手に感じてるだけですよ。みんなよくしてくれますし」

「うちの父も数年前ですよね、ここに戻ってきたのは？」

「僕の少しあとですかね」

その人は父の様子を窺いながら答えた。父は仲間に囲まれて楽しそうにしている。

「父は大丈夫ですか？　偉そうにして嫌われてないか心配になってきました」

「お父さんは大丈夫です。一瞬で溶け込みましたね。そういう力があるんだろうな」

その人の言葉に違和を感じた。

「父は大阪に長く住んでいましたけど、溶け込んでも馴染んでもいなかったですよ。ずっと浮いてました。ここの環境が合うんでしょうね」

他のテーブルから大量の色紙とペンを僕に持ってきた老人に、「おい、五枚くらいまでにしたれ」と離れたところから父が言うと、「なんで」と老人がすねたように言った。

父の旧友達が順番に父の話を聞かせてくれた。父の先輩と名乗る人が僕のコップにビールを注いでくれた。礼を言うと、その人は僕の隣に座っていた人の肩を叩いてどかし、自分が座った。

「学生時代にね、山に行ってよ、ブロックくらいの大きさの石を担いで持ってこいって後輩達に命令して、先輩達は下で待っているわけさ」

これも父の話なのだろう。

「その石はなにかに使うんですか？」

「使わない。根性試しでそんなことを言うんだよ。わったーも先輩にやらされたからね。その後輩のなかにアンタのお父さんもいたわけさ。一人ずつ石持って帰ってくるんだけど、お父さんだけ帰ってこないから、心配してたらね、お父さん山の方から両肩に石を二個ずつ、合計四つ担いできたさ」

その人は眼を見開き決め台詞のようにそう言った。

「二つや！　四つも持てるか。こいつ話すたび石を増やしていくからな」

父が呆れた調子でそう言った。

「四つ！」

「二つや！」

「なに言ってる！　この眼で見たのに！」

先輩が興奮した調子で叫んだ。

「二つや！」

真剣な表情で互いに譲らなかった。

「どっちでもいいさぁ！」

誰かがそう言うと、周りが笑って場が和んだ。

「あんたのお父さんは怪力よ」

先輩は僕にしか聞こえない声で囁いた。

一旦、席を立って外の自動販売機で水を買った。公民館から漏れる灯りは木々には当たらず、葉が揺れる音がどこか恐ろしく感じられた。ペットボトルのフタを開けて水を飲む。

さっきの先輩が言った怪力という阿呆らしい響きが耳に残った。

子供の頃、一度だけ父が泣いているのを見たことがある。その夜、母は夜勤で家にはいなかった。布団に入ったあと、父が誰かと電話で話す声で眼が覚めた。姉達は眠ったままだったから、一人で声のする方へ行くと、父の背中が見えた。父は黒電話に繋がれた線を限界まで延ばし、台所の椅子に座って話していた。いつもと様子の違う父の声からとんでもないことが起ころうとしていることはわかった。「お父さん」と呼び掛けると、父は振り返らず、「明日、沖縄に帰る」と震える声で言った。

「どうしたん？」

背中を向けたままの父に聞いた。

「沖縄から電話あってな、おばあがもうあかんみたいやわ」

やはり父の声は震えていた。僕は父の顔を見てはいけないとおもい自分の布団に戻った。真っ暗な部屋のなかでよくない考えがいくつも頭に浮かんだ。なによりも背中とはいえ父が泣いている姿を見てしまったことに少なからず衝撃を受けていた。眠れずに布団のなかで眼をつぶっていると、今度は父の怒鳴り声が聞こえてきた。

「ふざけんなこら！　その嘘は絶対にあかんやろ！　殺したろか！」

興奮した父の言葉で大体話の流れはわかった。父の怒鳴る声で姉達も眼を覚ました。

「どうしたん？」

「なに叫んでんの？」

姉達は状況が把握できていない。

「沖縄から電話掛かってきて、おばあちゃんが死ぬみたいなん言われて、お父さん明日から沖縄に行くって言うてたんやけど、それがなんか嘘やったみたい」

自分がわかっていることを姉達に伝えた。

「なんでなん？」

「わからん」

僕はもう一度、布団から出て父に近づいた。

「どうしたん？」

「あいつら嘘吐きよったんや！　ふざけてるやろ！　もう二度と帰らんぞ」

父の興奮は収まらないようだった。父の話によると、なかなか沖縄に帰省しない父を沖縄に帰って来させるために祖母とヨウジさんが嘘を吐いたらしい。僕に説明しているあいだにも自宅の電話が鳴り続けていたが父が電話に出ることはなかった。

今おもえば、すぐにばらすつもりの軽い冗談を父が真に受けてしまったのだろう。まさか、祖母も父が泣いてしまうとはおもわなかっただろう。

その祖母は百歳になった今も生きている。一時期、転倒による骨折で調子が悪くなり那覇の施設に入ったが、三年前にカジマヤーを済ませたあとは徐々に体力が回復して、少しなら一人で歩けるほど元気になった。

公民館の外からなかを覗くと、祖母は親戚や近所の人に囲まれて笑いながら赤飯を食べていた。

「おばあは不死身。わしの方が先に死ぬ」

父のそんな言葉を何度も聞いた。そんなことを淡々と口にする父からなにか思索のようなものを感じたことは一度もなかった。

公民館のなかに戻り祖母の近くに座る。

祖母は僕の顔を見ると、「じょうとう」と言って、身振り手振りを交えながら、なぜ結婚しないのか、早く結婚しろと強い口調で言った。今日祖母に会ってから何度も繰り返し伝えられたことだった。僕は沖縄の方言はまったくといっていいほど知らなかったが、祖母の言葉だけはなぜか理解できた。

「なんでなん？」

おなじ言葉を繰り返す祖母に、自分でも驚くほど雑な質問を返してしまった。

祖母は簡潔な言葉で力強くそう言った。その光景を見てみんなが笑う。祖母は耳が遠く、かなり大きな声で話さないと言葉を聞き取れないはずなのに、僕が小さな声で

「家族、必要だよ！」

聞いた質問に素早く反応したからだろう。

昔は祖母も標準語でゆっくりと話してくれたが、今は標準語を忘れてしまったらしい。

僕が大阪に帰るとき、毎回祖母は泣きながら、「ミチ、これが最後だよ。今度はおばあのお葬式だからね」と言い、僕は「また、すぐに会いに来るからな」と言った。

小学校の高学年になると沖縄に行ける機会がなくなり、何年も祖母と会えなかった。

偶然、高校の修学旅行が沖縄で、二日目にバスで名護まで来た。なんとなく、名護に祖母が住んでいることを隣に座っていた同級生に話すと、話を聞いていた担任に「次の名護パイン園まで親戚に迎えに来てもらえるならおばあちゃんに会ってこい」と言われた。祖母の家に電話を掛けてヨウジさんが迎えに来てくれることになった。数年振りに会った祖母は僕を見て驚き、「誰ね?」と言った。ミチだと言うと、「お父さんそっくり」と言った。祖母が作ってくれた食事の周りを旋回する虫を祖父が会いに来てくれたのだなと眺めていたら、祖母が両手で虫を潰した。

夜中に自動販売機までコーヒーとお茶を買いに行くと、まだ公民館に灯りがともっていて騒いでいる父達の姿が見えた。

「まだ、おとん飲んでたわ」

「時間足りなかったんよ」

母はそう言って、僕が買ってきたペットボトルのお茶を飲んだ。

「昔はお父さん毎晩飲んでたよ」

「そうなん」

自分の相づちが再生のきっかけみたいになっていて、何度も聞いたことのある母の話が、また繰り返されようとしている。

「毎晩、隣の部屋から酒盛りの声が聞こえてきたからね」

父と母はそれぞれ実家から大阪に出て、住んだアパートの部屋が隣同士だった。

「その言葉が奄美の方言だったから、奄美の人が住んでるとおもってね」

「うるさかったやろ？」

「いや言葉が懐かしかった」

母の故郷の奄美大島と沖縄の方言は共通する部分があり、母は親近感を覚えたらしい。

「ほら、奄美の言葉と沖縄の言葉が似てるから、奄美の人が住んでるとおもって」

そして、二日酔いで体調が悪く道端で吐いていた父に母が声を掛けたことで二人は知り合うことになったと何度も聞いた。

「よくそっから知り合いになったよな。普通アパートの隣の部屋の人と話さへんやろ」

母が話しやすいように誘導する。

「それが、飲み過ぎて近所のその辺の溝に吐いてたんよ」

「おとんが？」

「うん、奄美の若い子が吐いてるから大丈夫かなって心配になって、大丈夫ですか？ってお母さんが声を掛けたんよ」

「怖くなかったん？」

「なんで？」

「そんな毎日酔ってる若者」

「田舎の人だから」

それで、お礼に父が母の部屋にすいかを持って行く。

「ああ、ほんで？」

「このあいだはありがとうございました、って言ってお父さんがすいかを部屋に持って来てくれて。半玉」

「半玉？　一玉じゃなくて？」

「ああ、お父さんは一玉持って行ったって言い張るけど半玉だったんじゃないかな」

子供の頃、一玉だったと主張して父が激昂しているのを見たことがあった。

「記憶なんて曖昧だからね」

父は自分が母の部屋にすいかを一玉持って行ったときの重さを記憶していて、母はすいかを切って半玉を冷蔵庫に冷やしたときの風景を覚えているのかもしれない。

「おとんが夜中病院に運ばれたときのこと覚えてる？」

僕が小学生の頃、夜中に電話が鳴り父が救急車で運ばれたと連絡があった。

「覚えてるよ。お父さんが道の真ん中で寝ててね、トラックの運転手さんが轢きそうになって、急ブレーキ踏んで、救急車呼んだのよ」

「あれなんやったん？」

「なんだろう。喧嘩して殴られたんじゃないかな」

病室で血だらけの父を見た記憶が鮮明に残っている。

「あのとき、ミチが僕も一緒に行こうか、って言って、血だらけのお父さんを見たあとに、お母さんの病院に運ばれんでよかったな、って言ったのよ」

母は看護師だったから、自分の勤め先に夫が運ばれるのは嫌だろうとおもった。

「お父さんが血だらけだから怖がるかなとおもったけど、そんな言葉が出てきたから、ミチが成長してるなとおもった」

「いや、驚きはしたけど、おかんは動揺せえへんかったん？」

「しないよ」

母は即答して、またペットボトルのお茶を飲んだ。

「美味しいね、このお茶」

母はペットボトルのラベルを真剣な表情で眺めている。

「なんで動揺せえへんの？」

「昔からそんなこと何度もあったからね。お父さん現場で大怪我して、ミチが生まれる前に死にそうになったこともあるんよ。額を五針縫ったのかな。病院行くの嫌がるから、お母さんが家で抜糸したんよ」

「そんなんできるの？」

「病院行ってくれないから。清潔にすれば誰でもできるよ。ピンセットとハサミで」

母親は当然のようにそう言った。

「グリコ・森永事件の犯人と間違えられたこともあったよな？」

「あれは、ミチとバイク二人乗りしてて検問突破しようとして捕まったんよ」

僕が保育所に通っていたときのことだ。原付バイクのハンドルと父のあいだに僕は座っていた。淀川沿いの国道を走っていると渋滞の先にパトカーと警察官の姿が見えた。父の舌打ちが頭の上で鳴った。

「ミチ、一回停まるけどすぐ走りだすからハンドルから手を離すなよ」

父が僕の耳もとで囁いた。

僕は言われたとおり、持ちやすいところを探して両手で握ったが、不安定で心細かった。

「ああ、お父さん二人乗り駄目ですよ」

警察官に停められて父は原付の速度を緩め一旦は停止したが、自分がかぶっていたヘルメットを取って警察官に渡すと、一気に速度を上げて走りだした。

だが、その三十メートル先にも数台のパトカーが停車していることがわかると、父は「あっ、あかんわ」とつぶやき原付バイクをパトカーの近くに停めて、「なんやろ、これ？」とエンジンを見ながら芝居を始めたが、すぐに複数の警察官に囲まれた。

「お父さん、今逃げようとしましたよね」

「いや、いや、ここで停めたらええんかなとおもったんやけど、ここでええんかな？」

「急に走りだしたら危ないですよ。息子さんもいてるのに」

検問を抜けていく車が徐行しながら僕達を見ているような気がした。

「いや、後ろのおまわりさんに前に進んでください、って言われたんやで。のう？」

父に賛同を求められたので、僕は無言でうなずいた。

「確認したらすぐにわかりますよ」

警察官が呆れたように言った。諦めた父が財布から免許証を出して、警察官とやりとりをしているあいだ、父がまた逃げだすかもしれないから集中を途切れさせないようにしていた。

「二人乗りせずに帰ってくださいね」

警察官が念を押すように言った。

「わかってる、ありがとう」

父はそう言って原付バイクを押した。

「前、あれで逃げ切れたんやけどな」

「そうなん」

住宅街に入ると父は原付バイクを停めて、自動販売機でコーヒーを買って飲んだ。僕にはコーラを買ってくれた。

「このことはお母さんに言うなよ」

そう言ったあと、父は煙草を吸いながら空を見上げていた。

煙草を吸い終わると、父は周囲を見回して、「乗れ」と言った。僕が躊躇していると、「早く乗れ」と強い口調で言った。

家に帰ると警察から電話が掛かってきていたので母はもうそのことを知っていた。

「あのときグリコ・森永事件の検問をやってたみたいなんよ。何月何日、ご主人どんな服着て家出ましたか？って聞かれて」

「うん」

「お母さん、覚えてたからそれを伝えたら、なぜ覚えてるんですか？って疑われて」

「なんで覚えてたん？」

「わからん」

家に帰ったとき、母に「警察から連絡あったよ」と言われた父は照れたように笑っていて、僕も共犯者としての負い目を感じ母と眼が合わないようにうつむいていた。

家であった出来事と家族の反応はそのまま僕が外に出たときの行動へと繋がっていった。

保育所の卒園を数日後に控えたある日、保育所の近所にあった公園に散歩に出掛けた。クラスを担当していた先生がケーキを出して、人数分に切り分けてみんなで食べた。

「ケーキ食べたことは内緒やで」

僕達と過ごす残りわずかな時間のなかで、先生がお祝いとしてケーキを食べさせてくれたことが嬉しかった。

保育所に戻るとパートのおばさんに、「どこ行ってたの?」と聞かれたので、「公園」と答えると、「遅かったね、なにしてたん?」と続けて質問を受けた。

「なんもしてへんで」

僕がそう答えると、他のクラスメートが、「秘密!」と叫んだ。すると、みんなが一斉に「秘密!」と叫んだ。

秘密があることを知られてはいけない。その言い方では気づかれてしまう。先生の気持ちを裏切ることになると落ち着かなかった。

パートのおばさんは、「なんで？　私は仲間に入れてくれへんの？」という聞き方をした。その言い方だとみんな騙されてしまうとおもった。

「絶対に言うたらあかんで」

パートのおばさん達に話そうとするクラスメートの肩を摑んで、「言うたらあかんで」と言った僕の言葉を無視して、次々にみんなは、「ケーキ食べてん」と誇らしげに語り始めた。

「へー、いいなー」

「美味しかったで」

会話の合間にパートのおばさん同士が目配せしているのがわかって、先生が怒られないか怖くなった。家に帰ってもそのことが頭から離れなかった。

「明日、夜はここでみんな集まるみたいよ」

布団を敷きながら母がそう言った。

ぞろぞろと親戚連中が墓までの道を歩く。親兄弟達は誰が祝詞を言うかで揉めている。

「長男なんだからおまえが言え」

父は自分の姉からそう言われると、首を振った。

「長女が言え、詳しいのに」

ヨウジさんが父を助けるように言う。

父が線香に火をつけて墓前に供えると、弟達に促された長女の伯母さんが墓の前にしゃがみ込んで話し始めた。集まった親戚一同の名前を先祖に伝え、今回どういった経緯で集まったのかを説明する。

そこで先祖達が実際に話を聞いているかのように話すので、自分の名前が伯母さんの口から出るとおもわず頭を下げてしまった。母はずっと手を合わせたまま眼を閉じている。

祝詞が終わると父とヨウジさんが手際よく紙コップに酒を注いでみんなに配り始める。振り返ると、道路を挟んで海が見える。埋め立てられた場所からじきに飛行機が飛ぶようになるらしい。

父は酒を飲みながら、気持ちよさそうな声を出している。

「おまえ達は酒を飲みに来たのか？」

伯母さんがそう言うと、みんなが笑った。

「ミチが墓参りしたい言うからやな、このあいだ一人で山まで行ってきたんやぞ」

父が言い訳にならないことを言う。

「あんまり飲み過ぎるなよ、今日の夜はミチが買ってきた上等な泡盛があるからな。昼から飲むと、それが飲めなくなるだろ」

ヨウジさんが父に言う。

「わかっとるわ」

他の親戚達も酒を飲み始める。子供達は墓のなかを走り回っている。

「沖縄のお墓は広くて明るいな」

母が僕のそばで言った。

「実家の居間より広いな」

僕が言うと、母は辺りを見渡して、「うん、そうやな」と言った。

「そこにピアノとコタツ置いてたからな、カニ歩きせなトイレ行かれへんかったもんな」

「お店で見るより大きかったんよ。狭いところで見ると大きくなるからね、ピアノは」

「実家のことエッセイで書くと、金持ちから貧乏自慢とか言われるんやで」

そう言うと、母は声を出して笑った。

「トイレの電気つかんとか、窓ガラス割れたままでネズミ出入り自由とか、鍵なくてもコツ摑めば玄関開けられたとか、そういうことは恥ずかしいから書いてないのに。金持ちの坊ちゃんが嫉妬するのは勝手やけど、人の家の日常よりましな生活を貧乏自慢やって」

「そんな人いてるの？」

母が真剣な表情でそう言ったので笑ってしまった。

「いっぱいおるで。社会問題化してる貧困には襟を正して、貧困層に寄り添う理解者のふりしてんねんけど、その話が個人の問題まで降りてくると、急に立場を変えて『自慢話』と揶揄すんねん。結局はお勉強屋さんのポジショントーク。本当の意味で金持ちが貧困に寄り添うことなんてできへんねん。『社会全体で考えていくべき』とおのれが神妙に語ってた貧困のさらにもう一段階下の貧乏人をただの貧乏自慢と切り捨てる。どんな顔してたらいいかわからんから自己防衛でそう言いたくなるんかもな。金持ちとインテリはなぜか不良とか貧乏に憧れがあるから、それがコンプレックスにもなってんねん。いい歳したおっさん、おばはんが鼻の穴広げてみんな悪ぶってんねんけど、それが痛々しくて見てられへんねん。だから、こっちが気を遣って嘘にならへん程度で貧乏を隠して、伝えたいのは貧困のレベルじゃないですよってヒントあげてんのに、それさえも自慢って感じてしまうんやろな」

「へー」

たいして僕の話に興味を持っていない母を相手に長々と話してしまった。

父の顔は早くも酒で赤くなっている。ヨウジさんの笑い声が聞こえる。

「居酒屋でどっちが金払うかで還暦過ぎた兄弟が喧嘩したって聞いても信じへんやろな」

むきになったことを隠すように軽口を叩く。

「しっかりと勉強して色々考えてるから疲れてるんやわ。そういう人がいてくれるおかげで、ミチもお仕事できてるんやからね」

母の言葉に含みはなかった。

「でも、ミチも疲れるやろうね。そういう環境だと。お母さんなんか、嫌なことあっても寝たら忘れてしまうから。賢いと記憶力がいいから、ずっと覚えてるでしょ」

「貧乏も平気なん？」

「貧乏じゃなかったよ。お父さんも仕事はしてくれてたし、仕事がないときは仕方ないしね。会社から給料が出ないことはよくあったけどね」

ヨウジさんが僕の紙コップに酒を注いでくれた。

「おとんが定年する全然前の話やねんけど、俺にな、不況で最近現場が少ないから働きたいのに仕事がないねん、って言い訳しながら酒飲んでたときにな、おとんに会社の人から電話掛かってきてん。ほんならおとん、えっ、明日ですか？　いやぁ、いきなり言われてもなぁ、心の準備が、言うて断ってってん。いや、現場あるやんって俺が言うたら、むすっとしてたわ」

「うーん、お母さんも前日に急に言われたりしたらできないよ。毎日やってるからできるだけで」

母が父を庇うように言った。

「お父さんと一緒になるときに、お父さんのお姉さんとかお母さん達が言ってくれたのは、お父さんは働く人間だから大丈夫って。それで安心したんよ」

「働くのって普通じゃないの？」

「働かない人もいるから」

仕事をする父をみんなが特別な能力者であるかのように扱っていることがおかしかった。

祖父の写真が飾られている仏壇から庭までに本来あるはずの襖（ふすま）を外した部屋には、

三十数名が並んでいて、そのほとんどに血の繋がりがあることを不思議におもった。

座敷の真んなかに座る祖母を親戚達が囲んでいる。

全員で記念写真を撮ろうということになり、ヨウジさんが仏壇をうまく利用してファインダーを覗き、タイマーのボタンを押すと、急いでこちらまで走って戻り、端に並んでカメラに視線を向けた。すると仏壇の横から父が缶ビールを持って歩いてきたので、みんな噴きだしてしまって、ヨウジさんが、「やり直し！」と叫んだ。

父は顔色一つ変えずに、プルトップを引き上げてビールを飲んだ。

誰かが三線を弾き始めると、長女の伯母が静かに唄い始めた。音楽が日常と地続きにある光景を僕は庭に面した窓に背中をつけながら懐かしい気持ちで眺めていた。

窓をノックされて振り返ると近所の少年達が何人か集まっていた。なかには、昨晩太鼓を叩き踊ってくれた少年もいた。

窓を開けてこんばんはと声を掛けると、少年達が手に色紙を持っているのが見えた。

「サインください」

「えっ、誰の？」

「永山さんの」

「いや、俺のいる？」

「うん」

それぞれが、色紙とマジックを持っている。

一人ずつ名前を聞き、サインを書いていく。そのサインの書き方は父のサインを真似たものだということをおもいだした。僕が子供の頃、なぜか父は自分で考案したサインをノートに繰り返し書いていたのだ。

徐々に近所から人が集まり、部屋に上がって酒を飲む人もいたし、庭でサインの列に並ぶ人もいた。なかには僕が書いた本を持って並ぶ子供や老人もいた。自分なんかと気恥ずかしさはあったが、書き続けた。

「おい、わしのも書いてくれ。飲み屋で言われてるんや」

父がビールの空き缶を握り潰しながら言うと、庭に並んでいた少年が、「せこいぞ、並べよ」と言った。

すると、父は色紙を一枚持ってわざわざサンダルを履くと、庭に回って列に並んだ。

少年達はサインを書くと、礼を言って帰っていく。一人書くたびに父の姿が気になったが、文句を言わずに大人しく自分の順番が来るまで並んでいた。

律儀に列に並んでいた父に見下ろされながらサインを書いていると、文字が部分的に拡大されたように見えて、一瞬自分がなにを書こうとしているのかわからなくなった。サインは父が書いていたものを真似したものだったが、そんなことを本人は覚えていないようだった。父から言われたとおりに書いた宛名はあからさまにスナックの店名だった。

「おまえのサイン持って来たら半額で飲ませたるって言われてるんや」

いつもより高い声で父がそうつぶやいた。

一通りサインを書き終わり、窓を閉める。親戚と近所の人が酒を飲んでいる。子供の頃の記憶と目の前の風景が重なる。

子供の頃、街に出掛けるために祖母の家から車が走り始めてすぐに、墓の近くで真白なヤギを見つけた。

「ヤギや」

自分がそう言ったのか、運転席に座る父がそう言ったのかはっきりと覚えていない。父が車を停めると、後ろを走っていた親戚の車も停まった。運転席の窓を開けて父が誰かと話している。

「あのヤギ野生か？」

「野生のヤギはこの辺にいないだろ？」

「でも誰も見張ってないやろ。一回家に戻って軽トラ回すぞ」

父はそう言うと、車をUターンさせて祖母の家に戻り、軽トラックを運転して大人達と出ていってしまった。僕は祖母の家に残り、沖縄のテレビで放送されていた喜劇のようなものを観ていた。街に出掛けるはずが中止になり、なにか厳めしい雰囲気に家が包まれていることがわかった。

軽トラックが戻った音がしたので、庭に回ると、荷台には大きくて白いヤギが積まれていた。大人達は普段よりも言葉数が少なく手際よくヤギを荷台から降ろした。ヤギの鳴き声だけが聞こえていて、その声は自分の腹の底で響いているようにも聞こえた。

「ミチ、見ん方がええぞ。家のなかに入っておばあとおれ」

庭でヤギを見つめていた僕に父が言った。

そのとき、僕の記憶では父も親戚の大人達もみんな白装束のようなものを身にまとっていた。その後、父に何度も確認し否定もされたので、そんなはずはないのだけれど儀式のように白装束を着た父達がヤギを囲む光景がなぜか記憶に残っている。一方で祖母の家のなかでヤギの声を聞いた記憶もあるので、儀式はあとから補足されたものなのだろう。

街に行く予定は変更になり、近所の人達を家に招いて宴会がひらかれた。机にはあらゆるヤギ料理が並び、当然のように大人達はそれを食べた。僕はなんとなくヤギのことが頭から離れず部屋の片隅で徐々に酔いが回っていく大人達を見ていた。

「ミチ」

父に呼ばれて隣に座ると、「食べてみろ」とヤギの肉を勧められた。言われたとおり箸で摘まんで口に含むと、生々しい味がして戻してしまいそうになった。

「臭いやろ？　吐け」

父に言われて、肉を吐いた。肉を食えなかったことで、さらに自分は居場所をなくしたような気になっていた。

誰かが祖父の三線を弾き始めると、最初に伯母が唄い始め、やがて大勢での合唱になっていった。酔っていた父が立ち上がりカチャーシーを踊ると場がさらに盛り上がった。近所の人達は手拍子をしたり指笛を吹いたりして父の踊りに加勢した。

「ミチも踊れ」

誰かに囃したてられた。そのように言われるずっと前から、いつか誰かにそのように言われる気配を感じていたので、僕はずっと目立たないように息を潜めていたのに。父は音楽に合わせて踊り続けていた。普段の僕なら聞こえていないふりをして、やり過ごしていたかもしれない。

だが、ヤギを墓の近くで眼にしたときから自分を取り囲む空気が薄くなってしまったような感覚がずっとあった。宴のざわめきもどこか遠くで聞こえているような。白装束という記憶の印象はヤギの白がもたらしたものではなく、自分とそれ以外を分かつ膜のようなものではなかったか。自分自身がなにかに包まれていて、とても息苦しいような。

この感覚は自分が本来持っていたものではなく、彼から聞いた話に影響を受け、あらたな言葉で構築された記憶かもしれない。

とにかく、この状況を破り呼吸したいと願う衝動が確かに自分のなかにあった。

大人達に誘われるまま立ち上がり三線に合わせて身体を動かした。自分の動きと音が合っていたかどうか自分ではわからない。父のように上手く動けてはいなかったから、おそらくずれていたのだろう。だが、その場にいた大人達が自分の動きを見て一斉に笑った。その瞬間、なにかが晴れたような気分になった。踊れば踊るほどみんなが笑った。踊りをやめるとみんなが口々に褒めてくれた。息苦しさから解放された心地よさと熱が残った。

自分が踊り、その場にいた人達が反応することによって、充分に酸素を体内に取り込めたかのような快楽と喜びを得た。大きな興奮を消化し切れずに誰もいない台所で麦茶を飲むと、自分の呼吸が荒れていることがわかった。

台所に一人でいる僕を見つけて父が近寄ってきた。さっき勇気を出して踊ったことを褒めてもらえるとおもった。

「おい」

父がそう呼び掛ける前から僕は父の顔を見ていた。父は言葉を続けた。

「おまえ、あんま調子に乗んなよ」

おもってもいなかった言葉が耳に刺さった。

「え？」

「調子に乗って踊りやがって」

父が正直に嫉妬していることに驚いた。

いつもなら絶対に踊らない場面で踊った理由は少なからず父との関係にあった。父が盛り上げた場を自分の不甲斐なさによってしらけさせたくないという気持ちが強かったのだ。父の期待に応えられていない自分を情けなく感じることが多かったので、父に喜んでもらえるいい機会だと信じて取った行動だった。それを簡単に否定されてしまったことで、とても自然に怒りが湧いた。

少年の頃の自分が見た風景と現在が重なる。

「子供の頃、おとんがヤギ捌くときに大人達が白い服着てたような気がするんやけど、そんなはずないよな？」

　ここであったことを奄美出身の母に聞くのはおかしいような気もしたが隣にいたのでなんとなく聞いてみた。

「白い服？　うん、着ないとおもうよ」

　母は答えたあともなにか考えているようだった。

「大阪の実家でな、家のなかに白い着物の女の人がいてるって言うて怖がったの覚えてる？」

「よく覚えてるね、そんなこと」

　母も覚えていたようだ。

「そのとき、俺を安心させようとおもったんやろうけど、住んでるんだよ、って説明したやん？　あれ、もっと怖かってんけど」

　僕がそう言うと母は笑ったが、本当は不思議におもっただけで最初からあまり怖くはなかった。それからは住んでいるという言葉を受け入れて、白い着物を着ている女の人の部屋には行かないようにしていた。

「ミチが言ってた、白い着物の女の人っていうのは、お母さんの奄美のおばあちゃんじゃないかなとおもってたのよ」

母はそう言って何度かうなずいた。

母の両親、自分にとっての祖父母のことはよく知っているけれど、曽祖母のことはほとんど聞いたことがなかった。

「お母さんのおばあちゃんって、奄美のユタなんやったっけ？」

「うん、ユタっていうのかな？　神様は拝んでいたけどね」

「どんな人やったん？」

「うん、子供のときは怖かったね。怒ったらね、白い着物なのかな、それを着て島を走り回るんよ」

「なんで？」

「なんでやろ。おばあちゃんが白い着物でその神憑り（かみがか）りになるとね、なぜか、子供だったお母さんが海に向かって歩いて、そのまま海に入ってしまうのよ。それを大人達に止められてね、だから怖かった」

「なんで、お母さんは海に入って行くん？」

「わからんのよ」

僕が子供の頃、母はよく奄美大島での体験を話してくれた。母がまだ小学校に入る前に親戚のお葬式に行ったとき、大人達が部屋のなかで話していたので、母は庭に出て親戚のおじさんと遊んでいたらしく、あとから、「庭でなにしていたのか？」と親に聞かれ、親戚のおじさんの名前を言って一緒に遊んでいたと告げると、「そのおじさんのお葬式だったんだよ」と教えられたという話や、家から小学校まで一時間近く掛かる山道を毎日歩いていたが、一日だけとんでもない干潮の日があり、夕暮れのなか本当は海のはずの道を歩いて帰ったことがあるという話をしてくれたこともあった。海を渡れたことよりも、海を通ると家までとても早く着いたと、帰宅時間が短縮できた点に重きを置いているところが母らしかった。

　大人になって、その話を詳しく聞こうとすると、母は覚えていないと言った。お伽噺（とぎばなし）のように繰り返し聞かされた物語は、妙に状況や感情の動きなどのディテールがしっかりしていたので、母の覚えていないという言葉は信じられなかった。母は熱心なクリスチャンである祖父のことを考えたうえで、大人になった僕に不思議な話をすることをためらったのではないか。民間における宗教者であった曽祖母と祖父はしばしば口論になったらしい。祖父は奇妙な話や曽祖母のような存在自体にも疑問を持っていたから。そんな話を知ったのもずいぶん大人になってからだった。母は自分の父親を尊敬していたが、幼い頃の自分に語った曽祖母の話にも畏怖だけではない愛情や憧憬が間違いなく含まれていた。普段は積極的に話さない母だが、想い出がふと口からこぼれてしまうことがあった。

まだ宴会は続いていた。父の笑い声が聞こえている。母はたまに父と祖母の姿を眼で追いながら言葉を繋いだ。

「奄美のおばあちゃんが亡くなるときにね、父さん、ミチのおじいさんね、最後に仲直りしてるんよ」

奄美に住んでいた母にとっての祖母と父の話だ。二人は当然親子関係だった。

「どうやって？」

「おばあちゃんが、父さんに、あんたが信じている神様の方が偉いからしっかり信じるんだよ、って言ったたって」

なにか心の底に玉を落とされたような感覚があった。高鳴っているのか沈んでいるのか判然としないが、激しく揺すられたような。

「どういう気持ちで言うたんかわからんけど、優しい人やったんやな」

言葉が曖昧になる。

「うん、普段は優しかったよ。その神憑りの状態になったときだけ近寄れなかったけど、遊んでくれたこともあったしね」

そう言って、母はお茶を飲んだ。

よく考えると、神憑りになる祖母と勤勉なクリスチャンの父を持つ母は、かなり特異な環境で生まれ育ったと言える。自身も若い頃に洗礼を受けて一時は熱心に教会に通い、今でも定期的に教会に足を運ぶ母だったが、自分の子供に対してなにかを強制することはなかった。そんな母の姿と曽祖母の言葉には通底する響きがあった。

「あんたが信じている神様の方が偉いってな、なんかグッとくるねん。勝手な解釈やけど、神様の敗北って歴史上至る所で何度も繰り返されてきたことでな、現代でもおなじことずっとやってんねん。でもな、おかんのおばあちゃんの言葉を聞くと、敗北じゃないかもしれへんとおもった。自分が信じてきた神様とよほどの信頼関係がないと、そんなこと言われへんもんな。自分の息子が習ってきた神様の方が偉いと認める一方で、奄美のおばあちゃんは、自分の神様をものすごく近くに感じてたんちゃうかな。神憑りっていうくらいやし、もう身体に浸透してたんやろうな」

僕の話を聞いて、母はなにも言わずにお茶を飲んだ。

「なんで、今お茶飲んだん？」

「ん？　お母さんお酒飲めないから」

話を聞いているのかいないのか母は僕の言葉をよく受け流す。

どのような状況だったのかおもいだせないが、保育所の暗い部屋で母と帰り支度をしていた。電気が消えていたので、もしかしたら母と僕は忘れ物を取りに教室に戻ったのかもしれない。僕はその日あった出来事を母に詳しく話していた。消防署に社会見学に行き先生がハシゴ車のバスケットに乗せられたこと。そのハシゴがどんどん伸びて高さを増し空にも届きそうだったこと。先生が大きくなったり小さくなったりしていたこと。

「ミチくん」呼ばれる声がして、振り返ると先生が教室の入口に立っていた。

「今日、ハシゴ車に乗られたんですね？」

母がにこやかに先生に話し掛けた。

「乗りましたよ。怖かったです」

先生も笑顔で答えたが、僕は不安を感じていた。

「ハシゴがどんどん伸びて空にも届きそうだったって」

母が無邪気に話す。

「いや空までということはないですけど、地上にいたミチくんから見てたらそう見えたのかな？」

先生はなんとか話を合わせようとしていたが、露骨にとまどった表情を浮かべていたので、僕も黙ってうつむいてしまった。母も僕との会話は二人のなかにだけ留めておこうと気を遣い、先生が大きくなったり小さくなったりという部分はおそらく意識的に伝えなかった。

僕が話したのは、見たものそのものだけではないのかもしれなかった。風景と感じたことが融合されたものこそが見えたものだった。僕にとって物語るとはそういうことであり、状況をそのまま説明することではなかった。

「ミチくんには虚言癖があります、だって」

母は実家に電話を掛けて、保育所の連絡帳に書かれていたその言葉について、自分の母、つまり僕にとっての祖母に相談していた。その電話の会話を僕は母に気づかれないよう階段に座って聞いていた。祖母は虚言というのは捉えようで、曽祖母に通じる能力の高さだと肯定的に受け取るべきだと言った。母は祖母の言葉がよほど嬉しかったのか、僕にそのことをすぐに話してくれた。安堵した母の表情を見ていると、自分の性質によって母をそれなりに心配させていたということがわかった。

自分には具象と抽象の意味を理解することが困難だった。なにかを抽象化するときには、原形と同等の力に戻さなければならないと考える癖のようなものがあったり、観念や形而上なるものを無形と捉えることも難しかった。そのため自分が感じたように伝えると「嘘吐き」だと言われてしまうことがあった。

小学生のとき、クリスチャンの祖父と電車に乗っていると、僕が腕に巻いていたミサンガを祖父に咎められたことがあった。それは日曜日に教会から帰る途中のことだった。ミサンガは海外のカトリック教徒のサッカー選手達のあいだで流行り、日本でもサッカー選手が付け始めたことでブームになった。

「ミチくん、それはなに？」

祖父に聞かれて、僕はおもわず、「御守り」と答えてしまった。答えた瞬間には後悔していたが、もう遅かった。プロテスタントの祖父は「御守り」という言葉に過剰に反応した。

「御守り、ってなんね？」

祖父の口調は淡々としていたが張り詰めた響きがあった。

「これをずっと付けといて、いつか切れたらよいことがあるらしくて」

信仰のような特別な感情があるわけではないということを伝えたかったが、この説明では駄目だろうとおもった。実際に僕はミサンガにおもい入れなどなかった。サッカーショップでスパイクを買ったら店主に、「たくさん余っているから」と言われて、おまけで貰ったものをなんとなく付けていただけだった。

祖父は御守りのような形のあるものを身に付けなくても、真剣にお祈りする気持ちがあればそれだけでいいのだと、僕が理解できる範囲の言葉を使って丁寧に話してくれた。そこには形のあるものを拝んではいけないという意図も充分に含まれていた。

だが、僕には「形のあるもの」という言葉が示す意味はわかっても、「形のないもの」という概念を飲み込むことが難しかった。どのような意味を成す言葉なのかはなんとなく摑めても、ここに御守りがあるということと、神様がいるという状態を明確に区別することができない。祈りという行為はどちらに分けられるのか、そもそも分ける必要があるのか、分けることを要求されていると思考が旋回し続けてどこにも辿り着けなかった。そんな曖昧なものに厳格な違いを求める必要性も見つけられなかった。都合のよい解釈だが、祖母の言葉を信じるならば、これは曽祖母の視点なのかもしれなかった。

誰かが三線を搔き鳴らすと、それぞれが好きなように身体を揺らし始めた。いつの間にか家に上がり込み勝手に泡盛を大量に飲んでいた二軒隣に住む詩人のおじさんが片足を引きずりながら激しく踊りだすと、一気に場が高揚するのがわかった。父が指笛を吹くとさらに詩人は躍動した。どこか現代的で自由度の高い動きが一族の緊張を解き、枠を破壊して、うねりのようなものを作った。誰かの赤ん坊が三線の音色に合わせて叫ぶように泣く声が、亡くなった祖父の歌声に似ているのも偶然の一致ではないだろう。

先ほどまで一言も話さず静かに座っていた祖母さえも身体を揺らし徐々に両手を上げると、軽く握った拳を鋭く表と裏に返し始め、笑顔を見せた。それを誰も不思議と捉えないほどに、一族は高まっていた。

幼い子供らはその面に老熟した表情を浮かべていたし、老人達は青年の面影をまとっていた。恥じらいもなく掛け声を発する親戚のなかで母は微笑を浮かべていたが、その顔も母方の誰かかもしれず、自分自身は今この瞬間に誰のどのような顔をしているのだろうと疑問におもったが、この期に及んでもまだ目立たない程度に身体を揺らしているような自分は誰でもなくただの自分なのかもしれない。

「見てみ、おばあ！」

ヨウジさんがそう言うと、眉間にしわを寄せて踊る祖母を見て一斉にみんなが笑った。

祖母は少しだけ椅子から尻を浮かせて、さらに軽快に踊りだす。

「あきしゃみよー」

詩人が大声で叫ぶと、また赤ん坊が祖父に似た声で泣いた。

三線の速度が落ちると、それに合わせて祖母の動きも緩やかになる。祖母がその場に重なった笑い声を手で握り、自分の身体を通して、またその場に戻す。幸福な循環をそれぞれが浴びた。

翌朝、眼が覚めたとき、まだ内臓に酒の名残りがあったので、水でも飲もうと一階に降りると、母が大阪の家から大量に持ってきた新聞を広げて読んでいた。

「おはよう」

声を掛けると、母が僕の方を見た。

「お父さんがドライブに行こうって言ってたよ。ミチが疲れてなかったら」

「そうなんや、おとんは？」

「魚釣り。ミチが行くなら呼びに来てって」

「ほんなら行こうか」

僕がそう言うと母は新聞を丁寧に畳んで家を出ていった。

父が運転する車の助手席に母が座っていた。近くの島まで新しく架かった橋があるので、まずは、その橋からの景色を見せてくれるということだった。

「昨日の宴会、先祖の魂を労わるというより召喚して一緒に騒いでるみたいやったな」

「すごかったね」

母はそう言って運転する父を見た。

「カチャーシーはな、掻き混ぜるいう意味やから、いろいろおったんやろ」

父は前方を見つめたままつぶやいた。死者も生者も混在していたという意味だろう。

「おばあちゃんのカチャーシーのキレもやばかったな」

「おばあちゃんは手が大きいのよ」

「手が大きいんや」

二人が互いに祖母の手の大きさに注目していた理由はわからなかった。

母方の祖母が危篤状態になり、その年の暮れに祖父母が住む大阪の家に親戚がたくさん集まって、その最期を看取ったときの光景をおもいだした。底冷えする家のなかで祖母が眠る部屋だけが暖かく、その感触がそのまま優しい祖母の存在と重なった。医師から臨終を告げられると、一同は祖母を取り囲んだまま、祖母が好きだった『いつくしみ深き』という讃美歌を斉唱した。その歌は僕も好きな歌だったが、唄われる美しい言葉と血脈を感じさせる声の集合と繊細な音の一粒一粒が祖母への想いと合致していた。もしかしたら、あの感覚こそが祈りに近いのかもしれない。そのとき、僕は初めて涙を流す母を見た。昨晩の母は祖母の顔をしていたのかもしれない。

自動販売機が並ぶ一角に車を停めると、父は「ちょっと、煙草」と言って車外に出た。

僕も外に出て自動販売機でコーヒーを買った。車に戻ると母が、『人間失格』の文庫本を手にしていた。僕が後部座席に置いていたものだ。母になにか飲み物がいるか聞いたが、大丈夫と答えた。

「これ、ずっと読んでるの？」

「うん、百回は読んだ」

「ミチはおなじ本を何度も読むの？」

「うん、阿呆やから一回じゃわからん」

「おじいちゃんとおなじやね」

そう言って、母は文庫本をめくって笑った。

「どうしたん？」

僕が聞くと、母は「線引っ張って、たくさん付箋を貼って、中身もおじいちゃんの聖書とまったくおんなじ」と言って笑った。

そうか、昨晩、自分は祖父とおなじ顔をしていたのかもしれない。

父が運転席に戻ると煙草の匂いが車内に広がった。母は助手席で姿勢正しく前を見つめている。タイヤが砂利を踏む音がして車が走り始めた。後部座席の窓から吹く風を自分の顔に当てていたが、速度が速くなると息苦しくなって窓を閉めた。

相変わらず、母はなにも言わず、姿勢を正したまま前を向いている。

「いまだに謎やねんけどな、小学校に入る前におとんと二人で淀川までドライブしたことあんねん。真夜中に。対岸の景色を二人で眺めてたらな、おとんが煙突の煙見てみろ、って緊張した声で言うねん。もうその時点で怖かってんけど、おとんが、煙の上に敵おるの見えるか？って言うねん。確かに煙突から煙が上ってて、それが途中から横に流れていくのは見えるねんけど、敵は見えへん」

「お父さん、ミチを怖がらせたかったんよ」

母が口を挟んだが、父は無言だった。

「それがな、ずっと見てたらなんかな、恐怖でそうなるのか敵が見えてきてん。ヤリを持ってる奴とか、笛吹いてる奴とか、『西遊記』に出てきそうな敵の集団がはっきりと」

「笛を吹いてたの？」

母が笛に興味を示したが、それには答えなかった。

「ほんなら脅えてる俺におとんが、見つかった！　逃げるぞ！って叫んでな、走りだすのよ、俺も慌てて追い掛けてな、車に乗り込んでんけど、おとんに、後ろ見てみろ、車来てるか？って言われて、来てる！って答えたら、追い掛けられてるぞ、って深刻そうにつぶやいてん。どのタイミングで中国風の敵が乗用車に乗り換えたんやろ?とかおかしな点はあるけど、恐怖が勝ってるから、そんなんわからへんやん、もう涙止まらんくて。泣いてたら、ミチ泣いてる場合ちゃうぞ、右か左かどっちや?って聞かれて、わからんけど、右!って叫んだら、おとんが、左や!って叫びながら左折して、あれはなにがしたかったん?」

「ほんまに敵がおったんや」

父がつぶやいた。

「頭おかしいやん」

おもわずそう言うと、母が笑った。

「おっ、ここや」

父がそう言うと古宇利大橋が見えてきた。晴れ渡った空と海の他にはなにも見えない。

「ええやろ」

「きれいやね」

二人はのんきな会話を交わしている。

「ミチは赤ちゃんのとき、お父さんと車で横浜まで行ったことあんのよ」

母は海を眺めながら懐かしそうに語り始めた。

「ミチが生まれて二回目のお正月だったかな、お父さん働いてたんだけど会社から給料が支払われてなくて、お金がないからお酒が飲めなかったのよ」

初めて聞く話だった。

「お母さんも買い物に行くの忘れてて、そしたらお父さんが、車に乗って横浜の友達の家まで飲みに行く、って怒りだして」

そう言って母は笑いだした。父はハンドルを握ったまま変な口笛を吹いている。

「それは仕方ないんだけど、ミチを連れて行くって言うのよ。まだ赤ちゃんよ」

「絶対あかんやん」

「そう、それだけは勘弁してってお願いしたけど、もうほとんど誘拐みたいに奪われて、なんでミチ連れて行くの？って聞いたら、こいつを殺すわけにはいかんから絶対事故が起きないって言うのよ」

怖い理屈だとおもった。

「寒いからね、せめて暖かくしてって毛布をぐるぐる巻きにして乗せたのよ」

許した母も異常だ。

「次の日だったかな、お父さんの横浜の友達の奥さんから電話が掛かってきてね、お母さん怒られたんよ。なんでこんなに小さいミチを連れて来させたんだって、絶対駄目だって、怒られて反省した」

「めちゃくちゃな話やな」

橋の上から穏やかな海が見えている。

「ほんで、おとん帰ってきたん？」

「帰ってきて、刺激したら、またミチを誘拐されるかもしれないから、どうだった？って普通に接するようにして」

父は口笛に飽きたのか、あくびをしている。

「そしたら、途中で丘の上から富士山と初日の出をミチと一緒に見れてきれいやったって、おまえ達にも見せたかったたって嬉しそうに話してたよ」

微笑みながら母は話した。

「おまえら、ちゃんと景色見てるか」

父がそう言うと、母はずっと見えていると答え、「そういう見方じゃないねんな」と父が不服そうに言った。

古宇利島を車に乗ったまま回り、再び橋を渡る。その島で食事をしたり写真を撮ったりはしないようだ。とにかく父はこの景色を僕達に見せたかったのだろう。

「ナキジンの城行こうか」

父はそう言って、飲みかけのコーヒーを一口飲んでまた黙った。

あまり感情を出さない母も助手席から景色を眺める姿はどこか楽しそうだった。

「おとんって競輪選手になりたかったんやんな？」

僕がそう聞くと、「そうや」と父が言った。

父は競輪選手になるために沖縄から大阪に出たが、面接会場に辿り着けずに諦めたらしい。

「知り合ってすぐの頃、お父さんの誕生日に自転車を買ってあげようとおもって、一緒に自転車屋さんに行ったのよ」

そう言って母は笑っている。

「お父さん、すぐに一番高級な自転車にまたがってね、そしたらお店の人が試乗を勧めてくれたから、自転車に乗って角を曲がっていったんだけど、なかなか帰ってこないんよ」

「三分くらいやろ？」

「ずっと。お店の人と帰ってきませんねって言って、気まずかったよ。結局、帰ってこないから、貰いますって言ってその自転車を買って。自転車屋さんの前でしばらく待ったけど、帰ってこなくてね、そのときにこの人は帰ってこない人なんだってわかった」

その日の夜、父から母に電話があり、父は自転車が楽しくて遠くまで行ってしまったと謝ったそうだ。父が競輪選手になりたかったなんて疑わしいと自分はおもっている。本当だったとしても、どれくらいの熱量があったかなんてわからない。ただ、その叶わなかった夢を語り、その自転車に夢中で乗っていられるということが羨ましかった。

今帰仁城(なきじんぐすく)の高台に母と二人で上る。振り返ると頂上まで歩くことを諦めた父がベンチに座っているのが小さく見える。

「橋では、景色見ろって言うてたのにな」

「運転で疲れたんやわ」

夕暮れの高台には風が吹いていて、嬉しそうに遠くの海を眺める母の髪が不安になるほど揺れていた。夕焼けの粒さえも美しくて少し笑えた。

「毎日、奄美の浜で夕焼け見てたんよ」

母が空を眺めたままつぶやくように言った。

「俺もやねん。東京行ってやることないとき、毎日のように近所のマンションの踊り場から夕焼けを見てた。そんな話聞いたことなかったけどおかんの影響なんかもな」

前世がなんだったとおもうかと、影島に聞かれたときは答えられなかった。そんなことはわかりようがないし、これなら嬉しいというものもなかった。だが、自分の前世が幼い頃の母の網膜だったなら。母が見た景色を自分も生まれる前から見ていたとしたら、僕が母の網膜の生まれ変わりなら、僕が見るということは母が見ているということになる。

飛行機は予定どおりの時刻に羽田に到着するようだった。高度を下げていく機体のなかで、東京に戻ることをなぜだか新鮮に感じていた。

今帰仁城で疲れて座り込んだ父に声を掛け、駐車場まで歩こうと促すと、父が資料館のような建物を指さし、「あれを見んと勉強にならんぞ」と真面目に言うので、なかに入ることになった。

僕と母は植えられた芝を踏まないように作られたスロープを歩いたが、父は柵を乗り越え芝生を踏んで入口までの最短距離を進んだ。

「おとん見て、恥ずかしい」

僕がそう言うと、母はうなずきながら「あの人、ああ見えて賢いとこあるからね」と意外な言葉を口にした。

おもいだすと苦笑してしまう。それは両親に対する苦笑ではなく、自身が狭量であることへの苦笑だった。人間が何者かである必要などないという無自覚な強さを自分は両親から譲り受けることはできなかった。卑屈になっているわけではない。その証拠に長年付き合ってきた焦燥は霧散して穏やかな心地でいる。気分がよいのは今だけかもしれない。この先、失敗することもあるだろう。のんきに浮かれていた自分を恥ずかしく感じるかもしれない。だが、ちゃんと人間の顔をして生活を続ける人間を見た。自分は人間が拙い。特別な意味や含みなどない。そのままの言葉として自分は人間が拙い。だけど、それでもいい。

とうとう聴くことがなかったCDをひらきウォークマンにセットする。うっすらと街のノイズが聴こえている。伴奏がないままカスミが剝き出しの幼い声で唄う『いつくしみ深き』が流れた。この曲を鼻歌で唄っていたカスミに曲名を尋ねると、「えっ、あなたの鼻歌がうつったんだよ」と言われたことがあった。妙に胸に迫るものがあった。窓の外の夜にすべてがあるような気がした。

子供の頃、大阪の祖父母の家に親戚が集まった。祖父が食事の前に聖書を朗読して、お祈りを始めた。みんな眼を閉じて手を組んだ。祖父の低い声の隙間から聞こえた団地のグラウンドで遊ぶ子供の声を羨ましくおもった。

　そのとき、ここで眼を開けたらどうなるのだろう?とおもった。それはとても勇気がいることだった。見たことのないものを見たいという単純な発想だったのかもしれない。激しくなる動悸を感じながら、僕は薄く眼を開けた。お祈りする祖父がいて、優しい表情の祖母がいた。親戚が食卓に並び、母もいた。少しずつ視線をずらしていくと父と眼が合った。父ははっきりと眼を開けていた。僕を笑わそうと変な顔をしていた。僕は必死で笑いをこらえながら、眼を逸らさずに父を見ていた。

　これから自分はなにを信じていくのだろう。

　機内アナウンスが流れる。夜の東京が眼下に広がる。明滅する街の光が細胞のように見えた。その灯りの一つ一つに人間がいる。

あとがき

この小説を書いたとき、幼い頃からこの物語の断片を無意識のうちに拾い集めていたような妙な感覚を覚えた。私が小説を書くと意識したのは三十歳を過ぎてからだったので、そんなことは現実としてあり得ない。

だが時間を置いて読み返してみると、なにも不思議なことではないように感じた。生まれてから今日に至るまでに生きにくいと感じた風景や感覚を記憶していただけのことだ。

子供の頃から、「おまえは何者にもなれない」と誰かに脅されながら生きてきた。実際に言われたこともあるし、自分が勝手にそう解釈したこともあっただろう。何者にもなれないということは大人にもなれないことと漠然と受け入れた。すると成人する自分の姿をおもい描くことができなくなった。

小学校に上がる頃には将来の夢を語れなくなった。何者にもなれない自分が夢を語るなんて許されないと考えたからだ。夢を発表しなければならないときには、わざと年齢よりも幼いことを書いた。周囲は笑っていたが、そうしている方が楽だった。

ある日、テレビで変なことをやったり阿呆なことを叫んだりしている芸人を観た。その姿を眺めていると息苦しさから解放されるような感動があった。

芸人になりたいとおもった。芸人になって変な存在として生きていけば、何者かになる必要などない。それが自分の人生を乱暴に規定する忌まわしい呪いに抗うための唯一の方法だとおもった。

出会いや環境に恵まれ芸人になることができたが、現実の有様では芸人も何者かであることを求められる。変な存在であれば芸人であるなどというのは私が信じていただけの幻想なのかもしれない。

依然、自分が何者でもないという意識が強くある。拠り所としていたものが幻だったのなら、このどうしようもない自分こそを受け入れるしかない。

この小説を手に取ってくださったすべての読者に感謝している。

そして、なにより自分にこの小説を捧げたい。生きるために書いたから。

二〇二二年

又吉直樹

本書は二〇一九年十月に毎日新聞出版より刊行された単行本を加筆修正のうえ、文庫化したものです。本文中の情報は単行本刊行時のものです。あとがきは文庫化に際し、新たに書き下ろしました。

人間（にんげん）

又吉直樹（またよしなおき）

令和4年 4月25日 初版発行

発行者●堀内大示

発行●株式会社KADOKAWA
〒102-8177 東京都千代田区富士見2-13-3
電話 0570-002-301（ナビダイヤル）

角川文庫 23152

印刷所●株式会社暁印刷
製本所●本間製本株式会社

表紙画●和田三造

●お問い合わせ
https://www.kadokawa.co.jp/（「お問い合わせ」へお進みください）
※内容によっては、お答えできない場合があります。
※サポートは日本国内のみとさせていただきます。
※Japanese text only

ISBN 978-4-04-897420-2 C0193

◇◇◇

角川文庫発刊に際して

角川源義

　第二次世界大戦の敗北は、軍事力の敗北であった以上に、私たちの若い文化力の敗退であった。私たちの文化が戦争に対して如何に無力であり、単なるあだ花に過ぎなかったかを、私たちは身を以て体験し痛感した。西洋近代文化の摂取にとって、明治以後八十年の歳月は決して短かすぎたとは言えない。にもかかわらず、近代文化の伝統を確立し、自由な批判と柔軟な良識に富む文化層として自らを形成することに私たちは失敗して来た。そしてこれは、各層への文化の普及滲透を任務とする出版人の責任でもあった。

　一九四五年以来、私たちは再び振出しに戻り、第一歩から踏み出すことを余儀なくされた。これは大きな不幸ではあるが、反面、これまでの混沌・未熟・歪曲の中にあった我が国の文化に秩序と確たる基礎を齎らすためには絶好の機会でもある。角川書店は、このような祖国の文化的危機にあたり、微力をも顧みず再建の礎石たるべき抱負と決意とをもって出発したが、ここに創立以来の念願を果すべく角川文庫を発刊する。これまで刊行されたあらゆる全集叢書文庫類の長所と短所とを検討し、古今東西の不朽の典籍を、良心的編集のもとに、廉価に、そして書架にふさわしい美本として、多くのひとびとに提供しようとする。しかし私たちは徒らに百科全書的な知識のジレッタントを作ることを目的とせず、あくまで祖国の文化に秩序と再建への道を示し、この文庫を角川書店の栄ある事業として、今後永久に継続発展せしめ、学芸と教養との殿堂として大成せんことを期したい。多くの読書子の愛情ある忠言と支持とによって、この希望と抱負とを完遂せしめられんことを願う。

一九四九年五月三日